Le Retour de Rose

DU MÊME AUTEUR

De Loire en Mézenc, (thèmes), éditions du Roure, 1992.
Roche-Longue, (roman), éditions du Roure, 1994.
Puynoir, la vallée aux alisiers, (roman), éditions du Roure, 1996.
Le Simulateur, (nouvelles), éditions Jeanne d'Arc, 1999.
Le Retour de Rose, collection « Romans et récits du terroir », éditions De Borée, 2000, Prix du Roman d'Auvergne 2000.

Diffusion : De Borée
35, rue des Frères-Lumière - Z.I. Le Brézet - 63100 Clermont-Ferrand
Achevé d'imprimer dans l'U.E. en février 2002
Dépôt légal 2e trimestre 2002
ISBN 2-84494-125-7

Yveline Gimbert

Le Retour de Rose

De Borée
Terre de poche

À ma mère Josette Chabanon
et à monsieur Claudius Richard.

Même si l'auteur s'est inspiré d'un fait réel
pour tisser le canevas de son histoire,
celle-ci n'en demeure pas moins
le fruit unique de son imagination.
Aucun des personnages n'a jamais existé.

I

Les souvenirs de Rose

LE PUY, 17 décembre 1935. Il pleut sur la ville. Une pluie fine, dense, silencieuse. Une jeune femme, debout derrière une fenêtre close, regarde dans la ruelle. Quelques parapluies ouverts cheminent sur les trottoirs, longent les murs. Une passante se met à l'abri sous un porche noir, attendant peut-être une éclaircie. Le front contre la vitre, Rose ferme à demi les yeux. Elle songe à un autre paysage : un endroit secret où elle croyait ne jamais revenir…

Il est, sur le haut d'une pente légère, au bord d'un vaste terrain, une niche végétale au dôme arrondi que branches et feuillages ont formée au hasard de leur croissance. Ils se sont entrelacés puis courbés jusqu'à l'herbe drue, ne laissant qu'une ouverture basse et étroite et, çà et là, de petites trouées par où la pluie et le soleil peuvent entrer. Mille gouttelettes y scintillent, les unes accrochées aux écorces, aux vieilles mousses, aux limbes des feuilles, les autres enfoncées dans le calice des fleurs, nacrées comme des perles d'huîtres. Des odeurs flottent et se muent en une exhalaison lourde, presque nauséeuse. Le silence, isolé par la touffeur des houppiers est coupé parfois à intervalles réguliers par le chant d'un oiseau niché dans un bouquet de plantes volubiles à fleurs bleues. Là demeurent désormais des secrets, des embrassements, des rires et des chuchotements.

Rose soupire. Le lieu qu'elle a tant aimé, c'est aussi une grande parcelle de terre arborée, ceinte de murs en pierre sèche écroulés sur de bonnes longueurs. Dans les brèches, des frênes et des peupliers, des lilas et des buis ont poussé à la diable et se sont transformés au fil du temps en des haies impénétrables. Posée au milieu du pré, une grande bâtisse flanquée de vieux bâtiments sommeille au carrefour de longues allées fleuries.

Rose a été si heureuse, là-haut, au domaine du Long ! Hélas, le temps écoulé en ces lieux n'est plus qu'un douloureux souvenir.

Pendant les années qui ont suivi la mort de Gérard, la jeune femme a ressenti bien des fois le désir de mourir à son tour. Elle ne pouvait surmonter son chagrin. Si la mort s'était présentée, elle lui aurait offert bien peu de résistance. Elle était hors du temps, des êtres et des choses, spectatrice insensible de sa vie où rien ne retenait son attention et où rien ne la consolait. L'existence lui apparaissait implacablement liée au passé, privée à jamais du bonheur auquel elle avait goûté. Sa destinée était absurde. Son cœur était chargé de douleur et de colère, cette colère qu'elle vouait à son sort impitoyable. Les seuls moments d'apaisement qu'elle connaissait étaient ceux passés dans son bureau ou au cours de ses promenades solitaires dans les ruelles recueillies de la vieille ville. Curieusement, son quartier, plus animé, lui semblait le pire des déserts, et alors qu'elle croyait avoir oublié sa misère elle la remuait à nouveau, semblant s'y complaire. La vie n'avait plus aucune saveur, plus aucune raison d'être vécue. Et pourtant il a bien fallu vivre ! Pour ses parents tout au moins qui lui ont témoigné tellement de tendresse et d'attention soutenue, pour ne pas la voir sombrer dans un accablement total. Certes il fallait bien continuer à vivre, avec les bons et mauvais souvenirs qui venaient lui remuer le cœur et puis le broyer. Cinq années après, Rose vit encore avec eux.

Un bruit sec la tire de ses pensées. La pluie a doublé de vigueur. Elle bat sur les tuiles, ruisselle dans les chéneaux, donne des bruits divers à toute chose. La jeune femme ouvre la croisée et écoute un instant cette musique. L'air est froid. Ce n'est pourtant pas un temps de décembre. Soudain le vent se met à siffler sous les chevrons. Un roulement sourd, comme un coup de tonnerre, vibre au loin, longuement sur les têtes blanches des montagnes. Mais le vent cesse, l'averse perd de son intensité et les choses redeviennent muettes peu à peu. Rose referme la fenêtre. De nouveau elle soupire, appuie son front contre la vitre ruisselante. Au travers elle n'a plus qu'une vision floue de la rue. Elle s'abandonne une nouvelle fois au passé.

Le domaine du Long est situé en bordure du village de Coste-Chaude. Il a autrefois appartenu à oncle Charles qui y a vécu en solitaire. Tout le monde à Coste-Chaude et dans les bourgs voisins connaissait le père Aurel, le charron. On venait chez lui faire réparer le char à foin, le tombereau, la brouette, et même le traîneau. On commandait aussi des véhicules neufs que l'artisan fabriquait presque entièrement à la main. Bien que resté célibataire, il n'était jamais seul. Combien de fois le portail du domaine a grincé ! et même au cours des longs hivers ! Le temps passait, toujours régulier, sans apporter de grands changements dans la vie d'oncle Charles, réglée seulement par le cours des saisons, jusqu'au jour où il se retrouva vieux, accablé par les rhumatismes et usé par son dur labeur. Il aspira alors à un repos bien mérité et se retira du domaine quand Rose s'unit à Gérard Bertalier, de Villelonge. Il légua tout son bien à la jeune femme, fille unique de sa sœur Marie, ainsi qu'il le lui avait toujours promis ; mais ce qui le confortait dans sa décision était que Gérard exerçât, lui aussi, le métier de charron. Il s'était fort réjoui du choix de Rose, car le jeune homme avait de la volonté et était bon artisan.

Le destin avait donc bien fait les choses, le domaine survivrait avec les jeunes gens qui ne tarderaient sans doute pas à fonder une famille. Le vieil homme éprouvait un soulagement à la pensée que le soufflet de sa forge et les tintements de son enclume résonneraient encore dans l'air de Coste-Chaude. Son atelier garderait l'outillage qu'il avait utilisé avec tant de goût et auquel il était si attaché. Et puis de nouveaux outils, comme on en voyait déjà, viendraient aussi s'y loger. Outre la satisfaction de se voir un successeur, Charles Aurel ressentait une exultation secrète à l'idée que Rose, qu'il aimait comme sa propre enfant, s'occuperait du domaine. Il connaissait son amour pour la vieille bâtisse et le parc. Elle ne serait pas dépaysée, elle aurait une vie heureuse entre ces murs et ces souches centenaires. Rose savait tout ce que pensait son vieil oncle, elle le lisait au fond de son regard clair et sur son sourire en coin. Il appréciait tant quand elle venait le contempler, affairé à sa forge, à l'établi ou au tour, et quand elle lui prêtait la main sans craindre de se salir ou de s'écorcher. Ainsi oncle Charles partait dans l'appartement du Puy sans trop de regrets. Rose vouait une grande affection à ce vieux solitaire aux manières sauvages et au bon cœur, elle avait toujours su créer entre elle et lui une entente parfaite. Elle aimait ses longs séjours au domaine, où été comme hiver elle trouvait toujours de quoi user les heures. La veille des vacances, sa mère préparait son sac et c'était avec une impatience presque douloureuse que Rose attendait l'heure du départ. Le voyage était tout une épopée. Son père, le plus souvent, l'accompagnait au bus et une fois qu'elle était installée, il se rendait à son travail. Rose ne ressentait aucune tristesse à se séparer de ses parents puisqu'ils viendraient au domaine pendant le week-end. Elle n'avait pas non plus le regret d'abandonner pour quelques jours la maison du Puy et la ville auxquelles elle était si habituée. Elle était tout excitée et n'avait plus que la hâte d'arriver à Aubreynac où oncle Charles l'attendait. C'était en charrette qu'ils finiraient le parcours. Comme à chaque fois, il lui semblerait long, mais, au bout... il y avait des vacances merveilleuses.

Rose revoit encore l'atelier où ont travaillé oncle Charles et Gérard. Les outils y étaient bien rangés, de part et d'autre sur un grand établi placé près de la fenêtre. D'un côté les ciseaux, les rabots, les bédanes… et de l'autre les marteaux, les pinces, les tenailles, les tranches… utiles au travail du bois et du fer, et au-dessus de l'établi toutes sortes de scies étaient suspendues au mur. Les grosses machines occupaient la partie centrale du bâtiment. On y voyait le tour, la dégauchisseuse, l'enclume... et la précieuse forge avec son soufflet qui fut plus tard remplacé par un ventilateur électrique. Rose aimait activer le feu à l'aide de ce soufflet qu'elle maniait avec habileté. Elle avait la bonne manière d'arroser le charbon pour le réduire à un brasier rougeoyant dans lequel oncle Charles n'avait plus qu'à glisser sa pièce de fer. Quand celle-ci avait pris une belle couleur orangée, il avait l'art de lui donner la forme voulue.

Ce dont Rose a gardé le plus beau souvenir est le cerclage des roues. C'était presque fête ce jour-là. Non loin du hangar, on allumait un grand feu sur lequel les cercles étaient disposés pour les chauffer au rouge. Tandis qu'ils se dilataient au contact des flammes on plaçait les roues, car il y en avait plusieurs, sur des plots. Les hommes lançaient toujours quelques paroles cocasses et les femmes, cruches en main, avaient des visages éclatants de rire. Quand les bandages étaient prêts, d'un rouge vif, on les prenait avec de longues pinces pour les poser autour des jantes. Les femmes les arrosaient alors d'eau fraîche. Rose ressentait un plaisir immense à humer l'odeur de fumée qui se dégageait des bandages en train de se contracter sous l'effet de l'eau froide.

De la bonne odeur, il en flottait partout autour et dans l'atelier. Celle des planches de pin, de hêtre, d'ormeau, de frêne qui étaient mises à sécher à l'extérieur le long du hangar puis stockées à l'intérieur. Cette odeur de résine et d'écorce, Rose la sentira toute sa vie.

Oncle Charles et Gérard savaient travailler le bois avec amour. Elle entend encore le vieil homme dire : « Tu vois, ma petite, pour le moyeu c'est de l'ormeau qu'il nous faut, voilà un bois solide et souple qui ne fend pas ! Quant au frêne, rien de tel pour les brancards et les ridelles, c'est dur, résistant et ça peut se polir. » Ah ! il s'y connaissait le père Aurel en matière de bois ! Il avait ses secrets, comme celui par exemple de faire tremper certaines pièces dans une écluse pendant tout un hiver afin de leur donner meilleure résistance et plus grande souplesse.

Rose revoit les pinèdes et les bois de sapins noirs de Coste-Chaude. Mais aussi les forêts de feuillus, des frênes en particulier, et des fayards gigantesques. Là-haut, la campagne est toujours belle, même en hiver ! À la belle saison elle devient exubérante. Le village s'étire en elle, se perd en elle, se pavane en elle. Sous ses feuillages et ses cônes verts, il dresse timidement ses toits rouges comme s'il voulait demeurer dans son ombre et respirer ses multiples senteurs. La route, on la voit à peine, de loin. Elle serpente, étroite, entre des rangées d'aubépines et de sureaux que personne ne taille trop puisqu'ils ne gênent pas au passage et qu'ils fleurent si bon. Chaque muret de pierre est paré de mousse, chaque clôture de bois de liserons fleuris. Les fenêtres des maisons s'ouvrent sous les lierres et les tilleuls où tourbillonnent les insectes et chante le pinson. Tassé sous l'édifice ombreux de la nature, le village semble pourtant rayonner de lumière. Celle-ci, précipitée des cieux souvent bleus, met de l'or aux feuillages et des couleurs vives aux fleurs. Les jardins à la terre fécondée, placés où il se doit, en sont inondés.

Coste-Chaude est édifié à bonne altitude sur le horst d'Aubreynac. À égale distance du village des Las et du gros bourg. Il compte six feux dont deux bâtisses abandonnées que des touristes occupent pendant l'été. Coste-Chaude est un nom qui lui sied bien puisqu'il est protégé des aquilons par des crêtes rocheuses, lesquelles se succèdent sur toute la plate-forme en faisant place à des trouées profondes où l'horizon se profile. L'été y est chaud et l'arrière-saison aussi. En novembre l'hiver apparaît, certes rude, mais les gelées y sont moins fréquentes que dans les vallées de la Sumène et de la Loire. Ses habitants sont tous paysans et artisans. Le village des Las, quant à lui, regroupe sept foyers, serrés les uns contre les autres, devant un grand bois de sapins, planté là sans doute par les anciens pour défendre le site des vents froids. Le troisième village, en ruine celui-ci, qui porte nom de Saint-Quentin, est assis en bout de promontoire, au bord de falaises abruptes dressées sur la vallée de la Loire. Si on n'y voit plus âme qui vive depuis le début du siècle il n'en demeure pas moins un lieu fréquenté par les troupeaux de vaches et de moutons, et les bergers. On peut s'y rendre par trois chemins.

Le premier, celui de Coste-Chaude, que l'on emprunte devant le domaine du Long, est rejoint par le second, celui des Las, à hauteur du lieu-dit des Sources où est sise la ferme des Eyraud. À partir de là ce n'est donc plus qu'une sente unique qui descend jusqu'aux ruines. Mais un autre chemin, plus malaisé, débute aux abords de Peyredeyre, s'agrippe aux flancs du horst aux bords de ravins sans fond et termine sa course près des ruines de l'ancienne chapelle. C'est par le biais de ces chemins que les gens d'ici restent rattachés à Saint-Quentin, un haut lieu où la pâture est bonne.

Aubreynac est le hameau le plus important de la commune, avec ses cinquante feux, sa belle église romane, son école, son cimetière, son café épicerie, et sa grande place où se tiennent les foires. On y vient le plus couramment par la vallée de la Sumène mais ceux de la vallée ligérienne n'ont d'autre route que le chemin escarpé de Peyredeyre. Ainsi, ce horst aux allures farouches, érodé par les âges, le nez sur la Loire et les pieds longuement étirés entre failles et rivières du Velay, est le support de quatre villages sensiblement éloignés les uns des autres, dont trois vivants et l'autre mort, tous reliés par des chemins plus ou moins praticables.

Le domaine du Long, édifié par la famille Aurel autrefois, présente l'avantage d'être placé sous un second repli du terrain et il est donc plus abrité du vent de traverse que ne l'est le village. La verdure se montre plus hâtive dès le printemps venu et la végétation plus abondante. Ce patrimoine, d'un hectare de surface, s'étend depuis les abords de Coste-Chaude jusqu'à la première déclivité de la vallée des combes. De ce fait, l'enceinte est plate sur sa première moitié et légèrement pentue sur la seconde. Le ruisseau Long épouse sa ligne, côté nord-ouest, avant de s'égarer en contrebas entre terres et bois. Derrière ces vieux murs de pierre, ces rangées d'arbres buissonnants et la haute grille au fronton travaillé, se trouve le domaine. Au centre de cet espace clos se dresse tout un pâté de bâtiments, dont la maison d'habitation avec le hangar du charron sur la gauche, et sur la droite, les vieux locaux fermiers, utilisés jadis par les aïeux Aurel. Ils se composent d'une étable, aussi profonde que large, et d'une resserre, accolée à la partie habitable, le tout surmonté de la grange dont l'accès se situe à l'arrière. La forme carrée des bâtisses ôte à l'ensemble cet effet de longueur qu'on a coutume de rencontrer dans ces mas de campagne et lui confère un aspect bourgeois. L'habitation se distingue par ses nombreuses fenêtres symétriques, encadrées de pierres taillées, qui permettent au soleil d'entrer. Rose appréciait cette clarté, elle donnait toujours de la gaieté à son intérieur, même pendant l'hiver les jours de grand beau temps. Quand le soleil se coulait partout dans la maison, que l'âtre ronronnait, elle n'entendait plus l'appel du parc ; cet appel auquel elle ne savait résister pendant son enfance sauvageonne, par n'importe quel temps.

Le parc ! Cet endroit l'avait ensorcelée, à jamais. Elle en connaît chaque recoin, chaque arbre, chaque fleur. Elle garde encore la délicatesse de ses parfums. Elle a marché à l'ombre des allées et le long des murailles, là où le soleil projette ses rayons les plus chauds et où la nature reprend ses allures luxuriantes. Elle s'est enfermée, combien de fois, dans ce nid de feuillages, son éden secret pour s'y cacher d'oncle Charles autrefois. Elle y demeurait des moments interminables, parlait haut parfois à cet espace vivant, ou bien prêtait l'oreille à ses voix profondes et au murmure de l'eau. Par grosses pluies le ruisseau enflait, mugissait, emportait des pierres et des monceaux d'arbres morts. Son flot brunâtre cognait les abords herbeux du parc et sa grande gueule noire bavait sans retenue, sur des tapis de primevères et de myosotis, une écume chargée de terre. À la fin de l'été il arrivait qu'il fût presque à sec et il ne restait de lui qu'un mince filet d'eau stagnante qui dégageait une odeur d'herbes fanées jusque dans la sombre cachette de Rose. Là, oncle Charles l'y retrouvait toujours, car il avait sans aucun doute goûté à cette quiétude bien avant elle. Il restait lui aussi un moment à écouter le langage des choses en serrant Rose sur sa poitrine. Elle entendait battre son cœur.

Un jour, elle avait perçu des larmes dans ses yeux et l'une d'elles avait brillé dans une ride de sa joue. Il avait dit gravement : « Plus tard tout ceci sera à toi, j'espère que tu y fonderas une famille. » Il avait peur que le domaine ne tombât dans l'oubli ou ne fût vendu à des étrangers. Il aurait certes préféré un neveu, car elle, un mari l'emporterait peut-être un jour en d'autres lieux. Mais le destin avait exaucé le vœu de l'oncle en plaçant Gérard sur la route de Rose. Ce lieu de vieilles pierres et de fûts centenaires resterait tel qu'il avait été, tel que le vieil homme l'avait toujours vu. Pendant un temps au moins, celui d'une vie…

Rose soupire encore une fois et se dit : une vie ! une vie d'une année ! Charles Aurel avait susurré à l'oreille de la jeune fille, la veille de son mariage : « Le domaine du Long appartiendra à la même famille, j'en suis comblé, le lien ne sera pas coupé. » Rose avait observé le vieil homme avec un petit pincement au cœur. D'un sourire elle lui avait fait la promesse de préserver le domaine et d'en faire un héritage familial. Un long temps s'écoulerait avant que des âmes étrangères ne viennent puiser en cet asile heureux tout ce que la lignée y avait puisé de bon et de solennel. Les jeunes époux avaient offert à oncle Charles de rester sous son toit, avec eux, mais il avait refusé disant : « C'est d'un marmot qu'il faudra vous occuper et non d'un vieillard ! » Et il s'était retiré dans la maison du Puy où les parents de Rose avaient aménagé pour lui, au rez-de-chaussée, un logement coquet. Le couple s'était installé à Coste-Chaude.

Il semble toujours à Rose que leur arrivée date d'hier. Elle entend encore le grincement de la grille d'où l'œil plongeait sur l'allée centrale, voit leurs courses folles dans l'enclos, leurs embrassements dans l'alcôve secrète, et le feu de la forge que Gérard avait mise en route par plaisir. Il pleuvait aussi ce jour-là mais la vie promettait tant de bonheur…

Un bonheur d'une année ! Deux, si on compte celle qui avait précédé leur mariage, célébré dans l'église d'Aubreynac le 10 mars 1929. Rose aimait Gérard d'un fol amour. Ce fut si court ! s'est répété Rose tant de fois, cela aurait bien pu durer cent ans ! Aucun bonheur n'est éternel, hélas. Mais une année ! Une seule année ! Parfois elle essayait de soulager sa souffrance en se disant que chacun a son calvaire, ses cris de colère, un blâme à sa vie, elle supposait que sans ces épreuves les hommes ne seraient pas ce qu'ils sont. Pourtant le destin se montrait si injuste.

Au printemps et en été, pendant les heures creuses, ils avaient taillé les haies, planté le potager, débroussaillé les murets, fauché le pré… Ils faisaient mille projets. Rose avait semé toutes sortes de fleurs au cœur même de son endroit favori et chaque soir ils allaient s'y reposer. Elle trouvait de quoi s'occuper dans le parc, comme lorsqu'elle était enfant, mais elle restait souvent à embellir la maison. Elle avait taillé des rideaux dans de belles cotonnades et des soieries achetées au marché d'Yssingeaux et les avait suspendus à toutes les fenêtres. Elle cousait parfois durant des heures, puis soudain l'envie lui prenait de surprendre Gérard dans l'atelier. Elle aimait le voir à l'œuvre et l'entendre siffloter. Il succédait à oncle Charles avec une volonté admirable. Le travail ne lui manqua pas, dès les premiers jours. Et l'arrivée de Pierre Menu aux Las, charron lui aussi, ne lui fit pas concurrence. Il y avait dans ce pays de la besogne de charronnage pour quatre artisans au moins. Gérard ne chômait pas. Alors Rose lui faisait passer les pièces de fer et de bois, et se mettait au soufflet de la forge comme au temps de son oncle. Aux veillées, durant le long hiver, ils s'asseyaient, se serraient l'un contre l'autre devant l'âtre et elle lisait les vers de Hugo à haute voix. Elle en connaissait par cœur, qu'elle répétait parfois :

« Nous sommes la nature et la source éternelle où toute soif s'épanche, où se lave toute aile et les bois et les champs, du sage seuls compris font l'éducation de tous les grands esprits. »

Et Gérard les répétait après elle. Sa tête brune dodelinait et ses yeux verts brillaient devant la flamme. Elle aimait se blottir contre lui dans le grand lit, les pieds sur la brique et elle entendait battre son cœur. Elle aimait…

Rose sourit, les yeux tristes toujours accrochés aux murs gris de la rue. Elle a la main sur sa poitrine. Ce mal, là ! quand les souvenirs l'emportent. Elle n'a vécu qu'avec lui, qu'avec eux, pendant toutes ces années.

C'était le 22 mai 1930. Depuis les huit jours de grand soleil que mars avait échelonnés, le temps était resté maussade et avait offert à la terre plus d'eau qu'elle ne pouvait en absorber. Le Long avait doublé de volume et menaçait de déborder de son lit, lui qui d'ordinaire n'était qu'un petit ruisseau tranquille et joyeux. L'herbe avait grandi à vive allure, ce printemps, les feuillages, tardivement éclos, arboraient un vert des plus drus. Mais les fleurs, à cause du manque de chaleur, souffraient à colorer cette verdure et on ne voyait que de maigres tapis de coquelicots et de bleuets. Ce matin-là donc, le ciel était encore plus bas, encore plus sombre, encore plus chargé d'humidité que les jours précédents. Vers la fin de la matinée de gros nuages noirs s'amoncelèrent, enveloppèrent les monts et touchèrent aux faîtes des arbres. Puis le tonnerre gronda. Ce temps-là n'était pas normal. Ce fut le déluge. Des torrents déferlèrent des pentes, ravinèrent les chemins et les prés. Le Long changea de ton. Il transportait maints éléments arrachés à la couche superficielle du sol. En rien de temps il atteignit une ampleur jamais vue et une heure après il débordait sur le terrain des Bertalier. De leur fenêtre, Rose et Gérard le voyaient bondir et l'entendaient mugir. Ils devinrent inquiets car la pente était assez marquée pour qu'une ravine se formât et les eaux impétueuses saccageraient le verger et tout le potager. Rose se lamentait sur le sort de ses légumes, à peine sortis de terre, et celui de ses massifs de fleurs. Alors Gérard décida d'aller voir de plus près, supposant qu'il y avait peut-être un moyen de détourner le Long. Ils sortirent et se dirigèrent vers le hangar où pendaient de vieux vêtements de pluie qu'ils endossèrent à la hâte. Arrivés près du ruisseau ils constatèrent que rien malheureusement ne pourrait l'empêcher de passer le soubassement. Gérard cria à Rose qu'il aurait dû songer à rehausser ce dernier en vue d'une telle calamité. Mais qui aurait pu la prévoir ? Jamais du temps d'oncle Charles et même de ses ancêtres le ruisseau n'avait atteint une telle envergure. Des trombes d'eau avaient dû s'abattre sur les hauteurs pour faire de lui un si grand torrent.

Ils le longèrent, rabattant leurs capuches sur leurs figures. Plus bas, il n'avait pas quitté son lit mais il submergeait les énormes pierres du soubassement. Si la pluie ne cessait pas, là-haut, il le franchirait bientôt. À tel endroit un vieux tronc s'était calé entre les rochers scellés à la strate et arrêtait autres bois et morceaux de talus herbeux charriés par le courant, formant barrage et deux bras au Long, l'un qui s'étendrait sur le domaine et l'autre sur le chemin. L'eau envahirait de toutes parts. Sans songer à aller chercher quelque outil, sans avoir peur de se mouiller, et sans songer au risque qu'il encourait, le jeune homme s'approcha de l'obstacle, l'attaqua à mains nues. Il ne se rendit pas compte de son erreur. La force du Long était extraordinaire. À peine avait-il envoyé sur la rive branches et touffes d'herbe qu'il bascula dans les eaux brunes. Rose se précipita et le vit se débattre. Il disparaissait et réapparaissait. La pauvre fille, horrifiée, réalisa le drame qui se préparait. Elle se pencha et tendit les bras, lui cria de s'accrocher à elle. Mais en vain, le Long le roulait et l'emportait plus loin ainsi qu'un fétu de paille. Gérard disparut, à la vue de Rose. Elle hurla.

Même après toutes ces années, Rose ressent encore la douleur qui l'avait saisie à cet instant. Que s'était-il vraiment passé ensuite ? Elle avait franchi la grille du domaine et longé le ruisseau, sondant les remous tumultueux et noirs. Elle appelait Gérard, mais ne le voyait ni ne l'entendait. Le ruisseau galopait en aval avec une rapidité incroyable… Elle courut alerter ses plus proches voisins qui ne s'affolèrent pas et assurèrent qu'on repêcherait Gérard. Mais il fallait agir vite. Le père Sigaud et son fils Mathieu allèrent chercher les hommes de la ferme Lhoste. Anastasie Sigaud et Léontine, sa fille, voulurent entraîner la jeune femme dans sa maison mais elle refusa. Elle attendit les hommes qui ne mirent pas longtemps à revenir. Rose ne s'est jamais souvenu qui était du nombre. Mathieu, frère de Léontine, lui dit : « On le retrouvera, va. » Bien sûr, il était robuste Gérard, d'une force souvent démontrée quand il soulevait l'enclume à bout de bras pour épater les siens. Cependant, Rose ne parvenait pas à chasser son angoisse, elle avait bien vu comment les eaux le soulevaient, l'aspiraient, l'emportaient sans ménagement, et elle avait bien vu toute cette peur dans ses yeux. Avait-il compris qu'il ne pourrait pas lutter contre elles ?

Les hommes l'avaient cherché longtemps ! Ils n'avaient pas peur de descendre dans les ravines chaque fois qu'ils apercevaient tout ce qui eût pu ressembler à un corps. Mais ils restaient prudents. L'un d'entre eux appela soudain les autres. C'est au Pertuis, où le ruisseau habituellement s'étranglait, à un kilomètre environ du domaine, que Gérard avait été projeté sur la berge. Rose l'aperçut. Elle s'approcha. Mathieu la retint, ne voulut pas qu'elle le regarde. Les autres s'étaient penchés sur lui et elle entendait de vagues murmures. Elle avait réussi à se dégager, elle voulait tant le prendre contre son cœur, lui dire combien elle l'aimait, lui dire toutes ces choses qu'elle n'avait pas eu le temps de lui confier. Il était allongé dans la terre boueuse, le corps désarticulé, le visage lacéré, méconnaissable, il était inerte et muet.

Ainsi, le Long, ruisseau maudit, avait d'un seul coup englouti le bonheur de Rose, et son existence tout entière. Un tel chagrin pourrait-il s'effacer un jour ? Après tout ce temps elle le sent encore, son cœur en est comprimé. Bien sûr, elle a vécu, mais si mal ! Bon Dieu ! Pourquoi ressent-elle tout aussi profondément ? Pourquoi est-elle faite ainsi ? Certes, elle reçoit l'amour de ses parents mais il ne lui suffit pas, il lui faudrait celui de cet homme que le Long lui a si cruellement enlevé. Hélas… Elle n'a plus que son souvenir qui la hante jour et nuit et reste la plus grande des tortures.

Le gris du ciel a pâli. Un peu de bleu paraît au coin d'un toit auquel s'est accroché le regard de Rose. La pluie ne tombe plus. Un rayon de soleil s'étend sur la ville, fait scintiller les tuiles. La jeune femme se détourne de la fenêtre et elle voit la nappe fleurie, la chaise au haut dossier, le buffet sur lequel sont encore posées la pipe d'oncle Charles et sa blague à tabac. Le rideau de la fenêtre tombe sur l'évier de fonte blanche dans lequel le vieil homme lavait son couvert et ses mains de travailleur, déformées, qui avaient blanchi à la fin de sa vie parce qu'elles ne touchaient plus le bois et le fer. La cruche d'eau luit dans l'ombre du placard entrouvert. L'année dernière, quelques jours avant sa mort, assis à cette même table, le teint hâve, les yeux creusés, la voix grave, oncle Charles a dit à Rose : « Tu es trop jeune et trop jolie, il faut songer à refaire une vie, tu le dois. Tu remonteras au domaine et tu fonderas une famille. Je sais, ma petite Rose, que la continuation se fera. »

Pauvre oncle Charles ! Rose se demande si, de là-haut, il a vu sombrer ses espoirs. Quelques jours après les funérailles de Gérard elle avait quitté le domaine du Long. Elle savait bien qu'elle ne pourrait y vivre sans lui, se promener dans les allées, s'approcher du ruisseau qui pourtant avait retrouvé son allure nonchalante, ni entrer dans l'alcôve. Dans l'atelier et la maison, le silence pesait. L'horloge ne sonnait plus les heures de la même façon, la cheminée n'avait plus le même ronflement. Tout était mort avec Gérard. Elle avait fui l'endroit qui lui avait tant donné et tout repris. Rose disait que c'était un domaine maudit, qu'elle n'y retournerait plus et elle avait confié le double des clefs de la maison à Mathieu Sigaud. Il avait promis de l'aérer de temps en temps et d'entretenir le pré. Avant de prendre le car à Aubreynac, Rose était allée mettre un bouquet de fleurs sauvages sur la tombe de Gérard.

Elle se souvient très bien du jour de l'enterrement. À l'église, pendant le sermon du curé Dumas, trop long, elle avait difficilement contenu sa douleur ; dans le petit cimetière elle s'était effondrée avant qu'on n'ensevelisse le cercueil. Elle réalisait le vide des lendemains. Elle ne le reverrait plus ! Plus jamais il ne la serrerait dans ses bras, ne lui parlerait tout bas à l'oreille. Plus jamais elle ne mettrait son nez dans les poils de son torse et ne sentirait l'odeur de sa peau. Plus jamais ils ne riraient aux éclats et ne s'allongeraient côte à côte dans l'herbe tendre du domaine. Plus jamais elle ne trouverait de réconfort dans ses yeux quand elle serait triste. Et elle allait l'être la vie entière ! Elle s'était accrochée à son cercueil, gémissante. C'en était fini !

Elle avait senti des bras forts qui la soulevaient et une voix qui disait : « Allons, ma pauvre Rose, reprenez-vous, ne vous donnez pas ainsi en spectacle et sachez accepter le sort que le Seigneur vous fait. » Rose s'était redressée et avait regardé descendre le cercueil dans la fosse, au bord de l'évanouissement. Elle avait contenu le débordement de sa douleur et ce bouleversement dans lequel venaient de la jeter les paroles prononcées par la propre sœur de Gérard. Mais en avait-elle conscience en ce moment de trop forte douleur ?

Avec le recul, Rose en a ressenti de la révolte. Pourquoi n'avait-elle pas répliqué par d'autres mots plus sensés ? Certes, son chagrin l'en avait empêchée. Était-ce indigne d'une fille du Seigneur de ne pouvoir le contenir ? Et était-ce se donner en spectacle que d'en ressentir un véritable ? De posséder un cœur si vulnérable ? Et puisqu'elle ne voyait personne autour d'elle, puisque le monde n'existait plus ! Accepter le sort que le Seigneur lui faisait ? Quelle était sa faute pour en avoir un si cruel ? Le soir, dans sa chambre, elle avait laissé échapper un peu de sa souffrance. Couchée à même le sol, elle avait rayé le plancher avec ses ongles, elle l'avait souillé de morve, de bave et de larmes. Son être entier était abîmé dans une peine infinie. Qu'importait que le Seigneur fût spectateur. Mais c'était aussi de rage qu'elle se contorsionnait, car elle en éprouvait contre sa belle-sœur, le Seigneur et Gérard. La première l'avait humiliée, le deuxième l'avait durement frappée et le dernier l'avait abandonnée. Comment pourrait-elle endurer tant d'injustice ?

Aujourd'hui, Rose retrouve toujours des souvenirs qu'elle souhaiterait défunts. Les treize mois écoulés au domaine n'ont pas disparu de sa mémoire, et cependant ils ont perdu de leurs détails. Elle sait bien que le temps force à l'oubli. Mais s'ils finissent par s'effacer un jour, ce qu'il en restera d'inoubliable sera le souvenir d'une atroce injustice, même si elle n'a plus cette rage des premières années de son deuil. Si au moins ils avaient eu le temps de faire un enfant ! Gérard ne serait pas mort tout à fait ! Et elle serait peut-être retournée au domaine pour lui. Ils voulaient un fils. Il aurait travaillé le bois, comme son père. Rose disait à Gérard qu'il serait docteur, mais au fond d'elle que lui importait qu'il devînt ébéniste ! N'était-ce pas un métier noble et méritoire qui rapporterait assez d'argent ? Et le domaine survivrait. Ainsi elle imaginait leur enfant quand il serait grand, vêtu du pantalon de velours et de la chemise blanche, fort et beau comme un dieu. Rose aurait moins souffert si elle avait eu un enfant de Gérard. Il aurait été sa raison de vivre…

L'horloge sonne un coup. La demie de treize heures. Bientôt Rose reprendra le chemin de l'usine pour la dernière fois. Elle le connaît par cœur. Elle mettra un quart d'heure pour aller de la maison parentale à la manufacture de chaussures, en marchant d'un pas raisonnable. Elle longera la rue Ronzet, tournera à gauche sur le boulevard Carnot en regardant les vitrines, croisera des passants pressés ou des flâneurs. Puis elle retrouvera son bureau, trop petit pour deux secrétaires mais agréable. Elle apprécie la bonne odeur de papier et le cliquetis des machines à écrire. C'est dans cet espace un peu sombre qu'elle parvenait à oublier son passé. Son travail l'a empêché de sombrer dans la morbidité la plus totale, et peut-être même la folie. Les doigts sur les touches, l'esprit sur le courrier ou autres papiers administratifs, elle ne voyait pas le visage de Gérard ni le beau paysage de Coste-Chaude.

Dans le milieu de l'après-midi elle quittera un instant le bureau pour aller remettre les notifications aux chefs d'ateliers ou au contremaître. Elle traversera le grand bâtiment, humant une odeur de cuir et de colle, échangera quelques mots avec certaines des ouvrières. Et comme leur tâche n'est pas aisée, elles profiteront de sa venue pour se reposer un peu. Si la jeune femme aimait faire un brin de causette elle n'a pas songé à se lier d'amitié avec l'une de ces femmes, même pas avec sa compagne de bureau, d'un âge un peu moins avancé que le sien. Elle n'avait besoin que de son travail et n'a eu de véritable relation qu'avec ses parents. Ils ont été si bons, si prévenants et c'était tellement plus pratique de les avoir à ses côtés. Sans leur aide, serait-elle sortie du néant ? C'était son père qui lui avait déniché son emploi de secrétaire à l'usine où il avait été contremaître. Et sa mère lui avait trouvé un logement à quelques pas de sa maison avant son départ du domaine. Puis elle a prié Rose de venir occuper le petit appartement après le décès d'oncle Charles. Ainsi, elle cohabite presque avec ses parents. Ils ne sont pas ennuyants, seulement inquiets de ne pas la voir reprendre un peu de goût à la vie. Elle devine toutes leurs pensées, elle sait bien qu'eux aussi rêvent qu'un autre bonheur vienne se pencher sur leur unique enfant.

Elle perçoit du bruit à l'étage. Sa mère doit passer la serpillière. Elle ne descendra pas mais quand Rose fermera la porte elle lui fera signe derrière la fenêtre. Elle lui adressera un petit sourire et le soir elle viendra faire son tour comme d'habitude. Rose verra-t-elle la grande ride centrale de son front, plus creusée que les autres, et cette inquiétude au fond de son regard ? Lui dira-t-elle : « Je vais bien, maman » ? Andrée a mal supporté le chagrin de Rose et elle a cherché des arguments pour le lui faire oublier. En vain. La mort de Gérard, qu'elle avait accueilli comme son propre fils, l'avait également beaucoup affectée. Mais à présent sa plus grande satisfaction serait celle de voir Rose s'extirper de ses souvenirs et refaire sa vie. Elle est restée si longtemps isolée des autres, elle n'avait aucune envie de se distraire. Son existence se limitait à son travail, le petit logement qu'elle entretenait avec beaucoup de joliesse, ses parents et les sorties du dimanche en vieille ville ou sur le coteau de Mons. Elle refusait de suivre son père chaque fois qu'il montait au domaine.

Cinq années de sa vie ont passé ainsi, solitaires et bien trop sobres. Mais était-ce sa faute si elle ne pouvait ressusciter ? Souvent sa mère lui disait :

« Gérard ne voudrait pas te voir comme ça. »

Elle n'oubliait pas combien il aimait rire. Il était très expansif avec Andrée… alors qu'il était beaucoup plus hermétique avec sa mère, madame Bertalier, une femme tellement plus stricte qu'Andrée, et d'un esprit moins large. Elle lui avait enseigné la droiture mais son despotisme avait assombri l'enfance de Gérard. Ce ne fut qu'après avoir épousé Rose qu'il avait su le contrer et agir enfin à sa guise. L'orgueil bafoué, madame Bertalier était devenue un temps maussade, puis l'âge venant peut-être, ou la sagesse, elle s'était adoucie. Rose avait rencontré peu de fois ses beaux-parents. Elle aurait voulu leur plaire mais elle s'était sentie repoussée, surtout par sa belle-mère. Elle avait feint tant de fois d'ignorer les pointes ou reproches que celle-ci lui lançait. Elle les taisait à Gérard qui aurait sans doute été plus blessé qu'elle ne l'était elle-même. Son beau-père, quant à lui, demeuré tant d'années sous l'emprise de sa femme, se montrait sous un faux jour, taciturne, mais dès qu'elle avait le dos tourné il devenait plus gracieux et plus bavard, il était beaucoup plus ouvert aux conversations. Gérard disait que ce n'était pas par faiblesse qu'il prenait cette allure renfermée mais pour vivre plus tranquille. Car s'il s'était montré sous sa vraie nature, « Madame » lui aurait mené une vie insupportable.

Rose avait blâmé la mentalité de ces gens. Leurs paroles l'avaient parfois révoltée ! Ils portaient foi à de folles croyances et réfutaient des vérités qui n'étaient pour eux que tabous. Combien de fois la mère de Gérard avait égrené des prières à tout propos et hors de propos, et avait aussitôt déblatéré sur sa voisine infidèle ! Rose ne comprenait pas un tel comportement. Elle songeait que sa mentalité découlait de ce que lui avait infligé l'existence, et ces rudes campagnes qu'elle arpentait depuis des années, et encore de l'enseignement qu'elle avait reçu. Mais qu'importait à la jeune femme puisque Gérard était bon et loyal, fort et beau. Tout de même ses parents avaient des qualités morales et sans doute en avait-il hérité. Il suivait droit son sillon comme celui que la charrue des Bertalier avait toujours creusé dans la terre ocre de Pranlary. Mais eux le creusaient encore, tandis que Gérard avait cessé.

Rose est allée les voir fréquemment la première année de son veuvage. Les frères et sœurs de Gérard et leurs enfants envahissaient chaque dimanche toute la ferme. Si on la reçut bien au début, on finit par ne plus faire cas d'elle. Madame Bertalier était entrée de nouveau dans sa froideur innée. Rose se sentit vite exclue du cercle familial. Elle n'éprouva alors plus l'envie de les voir et espaça ses visites. À cause des convenances elle monta encore deux ou trois fois à la ferme de Pranlary où Gérard avait grandi mais n'y trouvant rien de lui et seulement froideur de la part de sa famille, elle n'y retourna plus.

Rose a maintenant trente ans. Elle songe parfois avec amertume qu'elle n'a fait aucun effort pour embellir sa vie. Elle s'est complue dans son chagrin et dans sa solitude, s'est confinée dans ses souvenirs. Elle a cru peut-être que le destin lui tracerait la voie à suivre mais rien ne s'est passé de singulier pendant ces cinq années. Et cependant, il y a six mois, un événement est venu bouleverser son existence maussade. En effet, ce jour, 17 juin 1935…

Elle venait de prendre son travail quand monsieur Demars ouvrit la porte du bureau et s'écria :

« Rose, veuillez venir, s'il vous plaît. »

Il disparut, laissant la porte ouverte. Elle avait eu à peine le temps de voir son crâne chauve. Son regard croisa celui de sa collègue, qui semblait bien étonnée. Mais elle demeura silencieuse. Rose tapa deux ou trois lettres sur le clavier de sa machine avant de repousser sa chaise. Elle défit les plis de sa jupe et se dirigea sans inquiétude vers le bureau de son patron. Il ne lui avait jamais adressé de graves reproches et elle n'avait aucune crainte. Elle admettait cependant que cet appel dans son bureau était un peu curieux car d'ordinaire Demars ne se montrait jamais avant le milieu de l'après-midi. Elle frappa à sa porte et entra. Il était accoudé à son bureau Empire, un monument en chêne couvert de papiers. Il lui fit signe d'avancer, avec un large sourire. Alors elle se dit que rien de fâcheux n'était arrivé. Elle s'aperçut de la présence d'un autre homme au moment même où ce dernier s'extirpait du fauteuil destiné aux visiteurs de marque, un siège relativement inconfortable à cause de sa trop importante profondeur. L'homme se tourna vers elle. Leurs regards se croisèrent. La voix de Demars retentit entre les murs de la pièce revêtus de tissus.

« Voici Rose, ma bonne secrétaire dont je t'ai parlé. Un joli prénom, n'est-ce pas ? »

Il s'adressait à l'homme, mais regardait la jeune femme en se lissant le crâne. L'homme acquiesça d'un mouvement de la tête. Il posa sur elle son regard clair comme de l'eau de roche. Un silence se fit. Elle détourna les yeux, sentant peser sur elle toute l'attention des deux hommes. Elle serra même les genoux et eut envie de tirer sa jupe. Quand Demars se remit à parler, elle détailla l'inconnu à son tour. Chevelure argentée et crantée, nez droit, lèvres pleines et barbe drue. Il était bel homme mais d'un âge avancé. Des rides parcouraient son visage en long et en large, sa peau tannée et épaisse paraissait insensible à toutes les blessures. Sa charpente haute et robuste portait le poids des ans sans montrer signe de faiblesse. Il était vêtu d'un costume de velours noir côtelé, façon campagnarde, mais il y avait quelque chose en lui qui dénotait une certaine distinction qu'on n'avait pas coutume de voir chez un habitant de la campagne. Dans la façon de se tenir peut-être, la tête haute et le dos droit. Rose estima son âge entre cinquante-cinq et soixante ans.

« Rose, dit Demars, vous avez devant vous un ami, un écrivain connu dont vous avez sans doute lu les ouvrages. Voici Luse Téchomon. »

Rose ouvrit grands les yeux et la bouche, demeura ainsi pendant quelques secondes avant de s'écrier :

« Luse Téchomon ! Heu… attendez… (Elle tendit la main vers lui, comme pour ne pas le laisser prendre la parole.) L'auteur de *Mimosas dans l'eau*, *Rêve d'un myope* et de *Laisse-moi le temps* ? C'est bien vous ? » demanda-t-elle avec une admiration non dissimulée.

Mais Rose est bien trop vraie pour dissimuler quoi que ce soit. L'auteur lui sourit et lui tendit enfin la main. Les présentations étaient faites. La jeune femme n'en revenait toujours pas d'être face à cet écrivain. Bien entendu, elle avait lu certains de ses ouvrages, elle était une lectrice assidue depuis son veuvage. Mais de là à songer qu'elle rencontrerait un jour un auteur ! Et de surcroît il était l'ami de son patron. Ils n'avaient jamais abordé ensemble le thème de la littérature mais celui de la chaussure, cela allait de soi. Elle croyait que cette région du Massif central était éloignée de toute culture, que son monde ne lisait pas, que des écrivains ne venaient jamais en ces lieux un peu sauvages. Ici on ne parlait jamais de livres ou d'écrivains, hormis les grands classiques dont les poésies étaient citées par toutes les bouches enfantines. Mais d'auteurs contemporains, personne ne croyait qu'il pourrait en venir ! Et cependant ! Il y en avait, et de grande renommée ! Rose pensait que les habitants de la campagne où elle avait vécu considèreraient ces intellectuels comme des gens à part, en les dénigrant plutôt que d'admirer leur goût de la littérature, et ils diraient qu'il n'y a pas grand mérite à faire travailler leur tête plutôt que leurs bras. Ils ne croiraient pas qu'écrire est une chose respectable et un travail comme les autres, et qui prend sans doute plus de temps aux romanciers que ne leur en demande leur terre, entre construire et écrire leurs œuvres. Demars les invita à s'asseoir et annonça qu'il les quittait pour leur permettre de faire plus ample connaissance. Il ajouta :

« D'ailleurs ma petite Rose, Jules tenait à vous rencontrer pour vous demander quelque chose. J'espère qu'il obtiendra votre accord. »

Et il sortit du bureau. Rose n'interpréta pas immédiatement le sens de ses paroles, ayant surtout fait attention au prénom que Demars venait d'énoncer. Elle questionna :

« Jules ? Ce n'est pas… »

L'écrivain émit un petit rire, lui coupant la parole et il dit :

« Oui, je devine ce que vous pensez. Je m'appelle Jules Chometon, Luse Téchomon est une anagramme, un pseudonyme. Ai-je eu tort, Rose ? Mais je ne renie pas pour autant le nom que m'ont donné mes parents. »

Elle admit que le pseudonyme était peut-être plus heureux mais qu'il était dommage qu'il ne signât pas ses œuvres de son véritable nom. Toutefois, cette nouvelle n'enlevait rien à l'admiration qu'elle avait pour lui. Il ôta sa veste de velours. Son pull de laine fine, de couleur claire, le faisait paraître plus jeune. Elle le trouva séduisant malgré son âge. Cependant ce n'était pas son aspect physique qui mettait tant d'éblouissement dans le regard de la jeune femme mais son grand esprit. Il était un auteur de talent, avait l'imagination grande et l'écriture aisée. Pour écrire des romans de la facture de Luse, ou Jules, il fallait être doté d'intelligence, avoir une grande culture et la connaissance de la langue française.

Mais à ce moment, comment devait-il interpréter le regard de Rose ? Elle réalisa qu'il la regardait aussi, plus intensément. Elle toussota pour s'éclaircir la voix avant de dire :

« J'ai trouvé vos romans merveilleux, mais je sais que vous en avez écrit d'autres. Beaucoup n'est-ce pas ?

– Dix seulement, plus deux essais et de nombreuses nouvelles. Entre chaque nouveauté je prends le temps de vivre. L'écriture est une activité qui vous mange de l'intérieur et il faut savoir la délaisser un peu. De toute façon elle finit par vous reprendre et les instants forts entre elle et l'auteur durent pendant des mois. »

Il parlait d'une voix profonde et sincère, avec assez de lenteur. Ses traits s'étaient légèrement durcis mais un sourire étirait toujours sa bouche. Il ajouta :

« Je vous en prêterai, si vous voulez bien.

– Mais certainement, répliqua-t-elle, et je les lirai avec la plus grande attention. »

Elle vit une nouvelle lueur s'allumer dans ses yeux. Les mots qu'elle venait de prononcer avec tant de sincérité lui avaient sans doute fait plaisir. La curiosité s'empara d'elle avec l'envie d'en savoir davantage sur son travail d'écrivain mais elle n'osait le questionner. Soudain, elle réalisa que Jules avait désiré la rencontrer pour une raison précise, ainsi que l'avait annoncé Demars. Ce n'était donc pas le hasard qui les avait placés l'un en face de l'autre. Elle lui demanda son intention et apprit qu'il cherchait à louer une maison de campagne pour écrire dans la plus grande paix son nouveau roman. Il avait besoin de s'éloigner de Paris, de se retrancher dans un lieu sauvage ainsi qu'il le faisait depuis des années au cours de ses rédactions. Certes, il possédait une maison secondaire à Chilhac mais elle était en réparation et les travaux allaient s'échelonner sur plusieurs mois. Demars, qu'il était passé voir, lui avait alors parlé du domaine du Long et de Rose. Et l'endroit correspondait exactement à son désir. Il demanda si elle voulait le lui louer, le temps de rédiger son ouvrage.

La jeune femme garda le silence un instant. Toute joie s'était effacée de son visage, le seul mot du Long avait éveillé le douloureux souvenir. Jules Chometon, puisque tel est son nom, reprit, un peu embarrassé :

« Louis (il s'agit de Demars) m'a raconté... la mort brutale de votre mari... et je ne voulais pas vous blesser en vous faisant cette demande, j'en suis confus.

– Non, ne vous excusez pas, votre démarche n'a rien de désobligeant. Mais, comprenez… j'ai aimé cet endroit comme vous ne pouvez l'imaginer… je croyais y vivre toujours… Je suis, hélas, accrochée à mon passé et chaque fois que j'entends le nom du Long je revis le drame. Je n'ai pu retourner là-haut. »

Elle se tut, porta la main à son front et s'efforça de sourire. Jules semblait vraiment désolé et elle se demanda si c'était de croire qu'elle ne lui céderait pas le domaine ou parce qu'elle s'était rembrunie. Elle dit :

« Si cet endroit vous convient je veux bien vous le louer. La demeure vous plaira, elle est confortable, bien éclairée, avec un évier et une grande cheminée. L'eau se prend à la source, à quelques pas dans la cour. Je suis certaine que vous trouverez en ces lieux votre muse et de quoi nourrir votre inspiration. Mais les connaissez-vous seulement, êtes-vous passé devant ? »

Avant qu'il ne répondît, elle avait quitté son siège et s'était dirigée vers la fenêtre. Elle tira le rideau, comme ça, sans avoir l'intention de regarder dehors. Elle aperçut une voiture, garée devant le trottoir d'en face. Des gamins s'étaient rassemblés autour et l'admiraient. Même en ville peu de gens en possédaient sauf quelques notables, et Demars qui avait acheté depuis peu une traction 11 CV. Elle comprit que le beau véhicule appartenait à Jules.

« Non, répondait alors ce dernier, Louis m'a simplement dit que l'endroit était magnifique. Mais seriez-vous aussi prête à me le présenter ? »

Elle fut surprise. Ne venait-elle pas de lui dire qu'elle ne pouvait plus monter au domaine ? Elle tourna le dos à la baie, et ses yeux heurtèrent les siens. Pourquoi ne pouvait-elle lui répondre ? Quelque chose au fond d'elle l'en empêchait. La peur de se montrer ridicule peut-être. Elle dévia la conversation, disant :

« Elle est à vous, cette voiture, n'est-ce pas ? Quelle marque ?

– C'est une 5 CV Citroën Trèfle. Êtes-vous déjà montée en auto ?

– Non, jamais, je me suis seulement assise dans celle de monsieur Demars, pour juger de l'effet, mais mon père est souvent allé au domaine avec lui.

– Je ne voudrais pas vous paraître trop osé, Rose, car nous nous connaissons à peine, mais je ressens déjà beaucoup de sympathie pour vous. Vous avez tort de rester ainsi prisonnière de votre passé. En ne montant pas au domaine, vous ne couperez jamais le fil qui vous retient si fort à lui. Montrez-moi les lieux. Ce sera pour vous l'occasion de vous séparer du passé et de faire votre premier voyage en auto. Et nous pourrions être des amis. »

Avait-il raison ? En revoyant la maison, le jardin et son endroit favori, Rose ne faillirait-elle pas ? La vue du domaine, ses senteurs, sa grandeur ne la plongeraient-elles pas, au contraire, en plein cœur du passé ? N'était-ce pas plutôt avoir voulu le fuir que de n'y être pas retournée ? Et cependant, c'était vrai, elle était toujours accrochée à lui. Elle hésitait à répondre, faisait maintes suppositions en son for intérieur. Elle songea à sa mère qui la priait toujours, elle aussi, de remonter là-haut, mais elle ne pouvait s'y résoudre. Que pourrait-elle y faire, toute seule ? Sa mère disait comme Jules, que cela briserait le lien avec son passé. Et puis elle lui répétait de voir du monde, de sortir, elle était encore si jeune ! Elle souhaitait de tout cœur que sa fille rencontre un homme et refasse sa vie. Et cet homme à présent qui lui proposait de la conduire au domaine en auto, voulait être son ami… Sa mère serait heureuse de la voir accepter… Mais il était d'un âge ! Allons, bon, quelles idées lui traversaient la tête maintenant ! Elle venait à peine de le rencontrer ! Ce n'était pas ce genre d'attirance qu'il exerçait sur elle mais elle éprouvait comme une confiance et l'assurance de pouvoir se fier à lui. N'avait-il pas dit qu'il voulait être son ami ? Pourtant elle était presque certaine de ne pas le revoir de sitôt, puisqu'il serait plongé dans ses écritures. Il l'oublierait, ainsi que ses promesses d'amitié. Elle se dit qu'ils erreraient ensemble au domaine du Long, peut-être sa pensée le rejoindrait-elle à la même heure sous les hauts marronniers et sous l'alcôve secrète qu'il découvrira sans tarder, mais ils ne se verraient pas, ne se parleraient pas. Elle sentait son regard posé sur elle, était ennuyée. Une chaleur se diffusait sur son visage. Ce fut la voix de Jules qui brisa le silence.

« Acceptez, Rose. »

Elle le dévisagea. Il y avait au fond de son regard clair une grande obstination qui la fit sourire. Et il se dégageait de lui une force à laquelle elle sentait bien qu'elle ne pourrait résister. Alors elle a dit oui. La visite du domaine fut prévue pour le dimanche suivant.

C'était une belle journée, à l'air tempéré, au ciel à peine voilé d'une écume blanche. Luse Téchomon, ou plutôt Jules Chometon (car Rose avait décidé de l'appeler par son véritable nom), arriva en tout début d'après-midi. Elle ne le fit pas entrer dans son petit trois-pièces mais l'invita à monter chez ses parents qui avaient exprimé le désir de le rencontrer. Elle les avait mis au courant de leur rencontre et ils avaient approuvé sa décision de lui louer le domaine. Mais Rose savait bien que leur plus grand plaisir découlait de sa sortie avec l'homme. Peut-être imaginaient-ils le commencement d'une idylle. Elle ne leur avait pas signalé son âge, qu'elle ne connaissait d'ailleurs pas encore. Ils le reçurent avec beaucoup de civilité et n'eurent pas l'air surpris. Mais ils venaient sans doute de voir s'écrouler leurs espoirs. Une heure plus tard, l'écrivain emmenait Rose. Il conduisait doucement car elle n'avait pas l'habitude de la vitesse. Elle était curieuse de tout ce qui concernait l'automobile et il lui proposa de lui apprendre à la conduire.

Pendant la route ils échangèrent peu de mots. Elle songeait au domaine, dont ils se rapprochaient de minute en minute. Comment allait-elle réagir devant la grille ? Les bâtiments et le parc auraient-ils la même allure qu'autrefois ? Son père, qui y montait fréquemment, disait que Mathieu Sigaud y était souvent à s'occuper. Au printemps il fauchait le pré, ramassait le foin pour ses bêtes, mais en laissait toujours un peu dans la grange. En cinq ans le tas avait grandi. L'année dernière il avait taillé les vieux pruniers qui ne donnaient plus ces beaux fruits rouges que le père de Rose ramenait en septembre. Mais aussi les pommiers et les poiriers auxquels les Sigaud se servaient. Mathieu avait également débroussaillé les murs de clôture. Elle lui faisait remettre de l'argent pour son travail. Quant à la demeure, c'était son père qui l'aérait sauf quand il ne montait pas de longtemps pendant l'hiver. Rose songeait que le jeune paysan aurait peut-être détruit la niche secrète en mettant le feu aux buissons. Elle avait eu la vision de l'endroit, mis à nu par les flammes et la cisaille, où le vent pénétrait en rafales et chassait ses souvenirs.

Par la vitre baissée elle regardait la campagne verte et fleurie, et respirait l'air encore frais. Rien n'avait changé dans le paysage qu'elle connaissait. Elle désigna au conducteur le chemin à emprunter. Son cœur se mit à battre de plus en plus fort. En passant Aubreynac elle aperçut les croix du cimetière. Elle devinait l'emplacement exact des tombes d'oncle Charles et de Gérard. Elle y était venue souvent, seule. Et chaque veille de la Toussaint avec ses parents. Le car assurait le voyage du Puy à Aubreynac deux jours par semaine. Ils ne rencontraient presque jamais personne, ceux du pays venant se recueillir le jour même de la fête.

La voiture de Jules Chometon traversa Coste-Chaude. Le village semblait désert. Ils passèrent devant la ferme des Lhoste, des Sigaud, ceux qu'elle côtoyait autrefois. Elle ne les avait pas revus et ne s'était pas souciée de leur devenir. Parfois son père évoquait tel nom et apportait des nouvelles mais elle n'y prêtait pas grande attention. À ce moment-là, elle craignait de croiser un visage connu, quelqu'un qui dirait : « Tiens, la Rose de chez Aurel est revenue au pays, même qu'on l'a vue dans une belle auto. » Ils approchaient du domaine, Rose le désigna du doigt sans pouvoir émettre un son. Elle regardait déjà par-dessus les murailles où s'élevaient d'épais feuillages. Jules stoppa la voiture près du lavoir, débordant de l'eau du Long. Ses yeux se posèrent sur la jeune femme, interrogatifs. Elle dit :

« Oui, c'est ici. Rien n'a changé vous savez. »

Avant qu'il ne lui ait demandé quoi que ce soit, elle descendit de voiture.

La grille en s'ouvrant émit le même grincement qu'autrefois et donna accès au parc, plus resplendissant que dans le souvenir de la jeune femme. Des arbustes avaient grandi de chaque côté de l'allée principale et se penchaient bien bas, semant des bouquets de fleurs sur le gravier et dans le gazon où d'autres fleurs couraient à la débandade. Devant la maison s'étalait un tapis multicolore que les saisons avaient tissé sans retenue, mais auquel le père de Rose avait sans doute apporté ses soins car on ne voyait point de mauvaises herbes.

Des chèvrefeuilles et les bois-jolis que Gérard avait déracinés dans la forêt avaient progressé contre les murs de la ferme. Une main avisée les avait arrêtés aux portes de l'écurie. Mais de l'autre côté c'était tout un bouquet de lilas sauvages qui défleurissaient doucement et répandaient dans l'air leur dernière senteur. De grands rosiers bourgeonnants atteignaient des proportions exceptionnelles et couvraient presque toute la fontaine. Et des plantes grimpaient autour du bac de pierre où l'eau rejaillissait. C'était là que Rose prenait son bain autrefois pendant l'été, dans cette eau de source limpide et jamais interrompue. La fontaine était cachée à l'est de l'allée par toute une ronde de buis et d'arbres de haute futaie. Les yeux indiscrets ne pouvaient voir Rose. Elle prenait plaisir à barboter longuement dans cette eau qui donnait de la vigueur au corps. Souvent Gérard l'y rejoignait et ils jouaient à s'éclabousser, en sortaient revigorés et se couchaient nus dans l'herbe chaude pour s'adonner à des jeux plus coquins. De part et d'autre de l'allée, d'autres sentes fuyaient sous l'ombre d'arbres géants, jusqu'au fond du parc où de grands espaces avaient été aménagés avec des plantes sauvages pour tout ornement et quelque vieux genévrier solitaire au port élancé.

Après avoir longuement regardé autour d'elle, Rose proposa à Jules de visiter d'abord la maison dont le porche ruisselait de soleil. Curieusement, elle n'avait pas failli ainsi qu'elle l'avait si longuement redouté. Certes, le lieu éveillait à flots d'autres images qu'elle avait oubliées mais elle n'en ressentait pas de mal. Ce qu'elle éprouvait, elle n'aurait pu l'expliquer, mais il y avait quelque chose au fond de ses sentiments qui donnait des battements plus heureux à son cœur et jetait en elle une sorte d'ivresse.

Elle inséra la clef dans la serrure avec l'appréhension que l'effet soit tout autre dans la maison. Il faisait froid à l'intérieur et on sentait peser l'humidité. La cheminée n'avait pas été allumée depuis janvier dernier. Rose s'empressa d'ouvrir fenêtres et volets afin de faire entrer un peu de chaleur. Elle dit : « Vous trouverez tout le bois nécessaire pour allumer un bon feu, ça sera vite chaud. » Jules Chometon la précéda dans chaque pièce, silencieux lui aussi, examinant les lieux. Mais il regardait la jeune femme à son insu. Elle s'en aperçut, crut qu'il cherchait à lire dans ses pensées. Cependant, elle n'éprouvait pas non plus ici de forte douleur, et même si les souvenirs remontaient à la vue d'un objet, son regard s'attachait à un autre.

À l'étage, dans la chambre, elle flâna peut-être un peu plus longuement mais comme elle sentait toujours sur elle l'attention de l'homme, elle sut contenir son émoi. Elle ouvrit la fenêtre et ne put retenir une exclamation à la vue du parc. Jules s'était approché. Il dit doucement : « C'est ainsi que vous me l'aviez décrit, Rose, magnifique. Je sais maintenant que je trouverai ma muse ici. »

Ils firent ensuite un brin de promenade dans le jardin, empruntant toutes les allées. La jeune femme allait d'un bon pas, à la recherche de tout ce qu'elle savait de merveilleux au milieu de cette nature obstinée. Obstinée comme elle l'était elle-même en cet instant, refusant de répondre au magnétisme que son passé exerçait encore. Ce jour-là, Rose comprit que Jules avait raison. Il fallait couper le lien, et revenir au domaine se révélait la seule façon d'y parvenir. Cependant, si elle ressentait cette réalité elle n'en avait pas vraiment conscience, et lorsqu'ils furent parvenus près de l'endroit mystérieux, alors qu'elle était curieuse de constater s'il existait encore, elle rebroussa chemin. Parce qu'elle ne voulait pas en dévoiler les secrets et qu'elle sentait déjà cette envie de se confier à Jules. Ce qui s'était passé là était intime. Elle avait constaté le bon état de conservation de la hutte, fraîchement reformée par le printemps. Elle alla se recueillir un instant au bord du ruisseau, au point précis où les eaux avaient emporté son mari. Combien de fois, au cours de ces années, avait-elle revu en songe son visage et son regard épouvanté ? Elle n'avait pu le retenir… ni faire quoi que ce soit. Il lui avait tellement manqué. Le Long, ce ruisseau maudit, dont le débit était moyen, descendait à grande vitesse dans la combe de Saint-Quentin. Mais il avait les allures d'un cours d'eau joyeux et on n'aurait pu croire qu'il pouvait se transformer en un torrent monstrueux.

Jules Chometon, conquis par les lieux, s'installa dès le lendemain. Mais il retourna voir Rose au Puy très souvent pendant ces cinq derniers mois. La jeune femme ne tarda pas à éprouver pour lui un sentiment qu'elle ne parvenait pas à discerner. Elle se disait que ça ressemblait à de la tendresse. Elle était charmée par ses manières et ses beaux mots, séduite par ses compétences en littérature et en bien d'autres domaines. Quand il lui racontait la vie à Paris, par exemple, elle qui n'avait jamais franchi les frontières de la Haute-Loire. Consciente de son charme physique, elle ne songeait pourtant pas qu'il pût s'établir entre eux une relation autre qu'amicale car il avait un quart de siècle de plus qu'elle. Et cependant elle se sentait bien en compagnie de cet homme qui savait converser de tout et lui faisait oublier les sombres années.

Jules dévoilait sa propre existence, sans embarras. Il avait ses origines au pays, près de Bilhac où il avait passé sa petite enfance. Puis ses parents avaient fait l'acquisition d'une confiserie à Clermont-Ferrand où il avait demeuré jusqu'à leur mort accidentelle alors qu'il était âgé de vingt-et-un ans seulement. Devenu l'héritier d'un capital important, qui englobait la confiserie et quelques propriétés clermontoises, il avait arrêté ses études. Il voyagea et écrivit. Dès la sortie de son premier ouvrage, publié par une petite maison d'édition du Puy-de-Dôme, il vendit son commerce, et bien qu'à cette époque celui-ci rapportât gros, il s'en moquait éperdument. Il avait trouvé sa voie, était devenu un auteur à succès. Il avait connu la gloire à la parution de son cinquième ouvrage *Laissez-moi le temps* que Rose avait lu et beaucoup aimé, l'histoire d'un homme lassé par la vie mondaine qui retourne à sa terre d'origine.

Rose imaginait quel devait être le goût de la gloire et l'effet de se trouver au sommet. Jules, lié à un éditeur parisien, avait lui aussi connu la grande vie mais il était paysan dans l'âme, accroché à sa terre d'origine où il revenait souvent. Il aurait donc pu être un homme comblé si une lacune n'avait creusé un trou dans son existence, car il ne cachait pas de ne pas avoir connu de véritable amour. Cependant le célèbre Téchomon avait fréquenté beaucoup de femmes mais aucune ne l'avait réellement séduit pour qu'il songeât au mariage. Et le temps avait passé entre ses fredaines mondaines et ses retraites solitaires dans la maison familiale où il écrivait sans rencontrer enfin l'âme sœur. Seulement sa muse, fille de la nature.

Il y a une semaine, Jules a proposé à Rose de s'installer au domaine du Long pour un temps indéterminé. Il a besoin d'une personne pour dactylographier son manuscrit, et la jeune femme, en tant que secrétaire, semble parfaite pour tenir le rôle. Elle aura des gages plus conséquents qu'à l'usine et sera libre d'agir à sa guise dans sa propre maison. Certes, il lui faudra concocter les repas car le pauvre homme en matière de cuisine n'a pas de grandes compétences. L'offre de Jules est inattendue, mais nette et précise. Rose, prise de court, a demandé quelque temps pour réfléchir. Elle était partagée entre les craintes et les désirs. Sa décision devait dépendre de leurs portées réciproques, elle était repoussée par les unes, emportée par les autres. Et puis elle a songé aux réactions de ses parents et de son patron. Ce dernier ne verrait peut-être pas son départ d'un bon œil. Elle ignorait que Jules lui avait dévoilé ses intentions. Demars l'a convoquée l'autre jour et lui a assuré qu'elle pourrait reprendre sa place dès qu'elle le voudrait.

Quant à ses parents, elle se doutait bien qu'ils ne feraient aucun commentaire, il était inutile de demander leur avis, d'ailleurs sa décision était prise avant même de leur annoncer la nouvelle. À son âge, elle est entièrement libre de sa vie… et l'opportunité lui donne enfin l'envie de la vivre convenablement. Elle s'est confinée dans son passé trop longtemps, il lui faut gommer ses souvenirs pour extirper de son cœur la douleur qui bouge encore. Il est temps que cela cesse. La cohabitation avec Jules sera des plus agréables et constituera pour elle une expérience capitale. Elle aime la littérature, elle aime la nature… et il y a aussi ce besoin viscéral de renouer avec un lieu qui lui a été si cher.

Des coups sont frappés à la porte, la voix d'Andrée s'élève derrière. « Ma chérie tu vas être en retard. » Rose pousse un petit cri et regarde la pendule qui marque treize heures quarante-cinq. Il lui suffira d'accélérer le pas. Elle va décrocher son manteau de la penderie, l'enfile en toute hâte. La porte tourne sur ses gonds et elle se retrouve nez à nez avec sa mère. Mais pas le temps de parler. Elles se font un petit signe et se sourient. Rose se jette dans la rue. Elle prend le chemin de l'usine, pour la dernière fois. Pour la dernière fois elle passe devant les vitrines, croise les passants pressés et les flâneurs, sans rien voir. Tout en marchant d'un pas vif, elle songe aux jours futurs, en proie à des sentiments contradictoires. Va-t-elle vivre, enfin ? Le soleil fait son apparition et tombe jusqu'au fond des flaques d'eau.

II

Aux Sources

SIX MOIS PLUS TARD. Juillet 1936. Un nouveau jour se lève sur l'Emblavez...

Paul se met à la fenêtre comme chaque matin pour voir le temps. Le ciel est presque entièrement dégagé. Seulement quelques lambeaux d'ouate sale vont disparaître à l'ouest. Les sommets se teintent des lueurs safranées du levant. Une brume à peine perceptible monte des prés. Paul aspire une grande bouffée d'air. Puis il prête ses sens au paysage, attentif à ses manifestations les plus insolites. Il a le don d'y reconnaître les signes précurseurs du temps : un bruit, une odeur, un langage prémonitoire... Bref, quelque chose. Il sait que la chaleur sera encore au rendez-vous. Avant midi la température aura atteint des degrés qu'hommes et bêtes auront du mal à supporter. L'air deviendra brûlant avec ce léger tremblement au ras des feuillages et des crêtes, fréquent lors des grandes canicules. Puis les sèves bouillonneront, la roche transpirera, l'ombre étouffera. Dans la campagne fébrile il n'y aura pas un souffle, pas un mouvement, à l'exception du déplacement incessant des mouches que les pestilences alourdies par la chaleur exciteront plus que de coutume : celles de bouses et de charognes dans des halliers touffus. Tout bruit aura disparu, hormis le bourdonnement discordant de ces mouches exaspérantes. Les arbustes et les plantes, frits par le soleil, exhaleront des odeurs suffocantes ou capiteuses, âcres ou quelquefois sucrées comme du miel. Dans les ravines ombreuses, seuls les serpents auront un peu d'ardeur pour se glisser près des eaux dormantes du ruisseau Long. Un peu partout les gens accablés par ce trop de chaleur garderont la demeure. Enfin le soir viendra s'étendre sur l'étuve, il fera craquer les arbres et les toits comme de vieux squelettes.

Mais la venue d'un orage n'est pas à écarter. Si tel était, avant la tombée du jour de gros nuages investiront le ciel. Ils ébaucheront des mirages. Il y aura des montagnes, des monuments, des bateaux et des visages. Parmi eux, des yeux, du plus pur des bleus, verseront sur les ténèbres leurs dernières larmes de soleil. Puis les nuages s'uniront en grondant, les yeux se fermeront, et l'éclair illuminera à son tour les faces du ciel et de la terre, l'une toute plate et l'autre échevelée. Ce sera à la fois spectaculaire et terrifiant.

Paul sourit. Il ne craint plus la foudre. Il a vu des orages terribles. L'année précédente une boule de feu est venue s'engouffrer sous le toit de la ferme de Pierre Gibert, des Las. Elle était entrée par une lucarne et ressortie de l'autre côté par un second fenestrou. La toiture avait brûlé en quelques minutes.

Un ramage dans les tilleuls attire l'attention de Paul. Il écoute. Le silence surprend et présente une sorte de menace. Un moindre bruit accentue son épaisseur et le rend plus sensible. En cette contrée, le poids du silence n'a d'intensité que par les mouvements de la nature, brutaux ou feutrés, ceux de l'air et des saisons. C'est par lui que Paul entend la respiration de la terre. Au cœur même de ce silence, où toute forme de vie évolue, sa propre existence a depuis longtemps trouvé la meilleure raison d'être. Ici les sons humains restent rares. Leur absence s'allie au paysage pour faire de ces hauts lieux un royaume de solitude. Mais Paul ne la sent pas, cette solitude. Il fait même bon ménage avec elle. D'ailleurs l'espace est bien trop grandiose. Si la vue s'écrase parfois sur un fond de feuillages ou sur des contreforts montagneux, elle trouve toujours une brèche pour se porter vers l'infini. Ce qui permet à Paul de rêver et de voyager vers ces horizons sans jamais faire de rencontres fortuites, sans jamais se heurter à ces obstacles que les hommes ont dressés. Mais Paul revient vite vers ces attachantes solitudes, où persiste ce même silence, ces solitudes habitées par les arbres et la lande, la roche et l'eau, les bêtes sauvages et son cœur farouche. Il ne peut imaginer d'autre univers que celui-ci.

Un bruit se fait derrière la cloison. C'est le père qui descend l'escalier. Le père ! Vieillissant et affermi à toutes les souffrances. Il est toujours affairé, toujours épris de sa terre d'origine, mais âpre depuis que la mère s'en est allée. La mère ! C'est arrivé deux années plus tôt, un soir d'hiver. Elle remuait la soupe et parlait haut comme de coutume aux hommes. Une odeur de rave et de lard se répandait dans la cuisine. Soudain le silence était tombé sur cette voix pleine, comme un couperet. Il y avait eu un léger bruit de tissu froissé. La mère s'était affaissée doucement, elle s'était éteinte sans bruit. Elle avait laissé là sa vie laborieuse sans avoir eu le temps de prendre le moindre repos ni même celui d'attendre sa mort.

Depuis, ce même silence pèse, dans la maison Eyraud et alentour. La mère manque au-dedans et au-dehors comme la flamme au foyer et l'eau à la fontaine. L'absence de sa voix met dans l'amalgame des sons habituels une fausse note. Le temps passant, le père et le fils ont bien dû cependant accepter l'inhabituel et reprendre, chemins battus, d'autres accoutumances. Mais elle manque toujours. L'oubli vient difficilement dans ces foyers campagnards. Le fauteuil du défunt est rarement remplacé. On prend seulement sa charge par la force du destin mais rien n'est accompli comme avant. Outre le sentiment qu'on éprouvait pour la mère, tout la rappelle et entretient son souvenir. Tout semble marquer douloureusement sa disparition, telle la ternissure des meubles qui brillaient autrefois et fleuraient la cire, telle la grisaille des draps brodés par elle, et ces fleurs autour de la maison, bleues comme l'étaient ses yeux.

Des odeurs aussi ont disparu avec la mère, celles de lavande et de serpolet, qu'elle mettait dans des petits sacs de lin au fond des armoires, des bouquets multicolores qui fleurissaient les rebords des fenêtres et rendaient la maison si gaie, des plantes aromatiques qui pendaient aux poutres et séchaient pour la tisane. La mère connaissait les vertus de toutes les plantes. La marmite et les casseroles ne rendent plus sur le feu d'aussi agréables fumets et les mets n'ont plus les mêmes saveurs. La mère, elle détenait des secrets.

Paul soupire. Il pense que Rose a aussi les siens. Elle viendra aux Sources. Elle mettra du bonheur dans la maison, comme au temps de la mère. Elle coupera les fleurs et composera de beaux bouquets, elle l'accompagnera parfois aux champs, elle s'occupera bien du père et de lui. Pour lui faire plaisir, Paul ira à la ville avec elle. Le soir, elle se glissera dans le lit. Les draps seront blancs. Et il n'aura plus besoin de bouillotte, l'hiver, pour le réchauffer. Paul prendra toute la chaleur de Rose, la pressant contre lui. Mais trouvera-t-elle la maison à son goût ? Elle est si petite, réduite à quatre pièces avec un mobilier pauvre et disparate peu reluisant. Rien de comparable à la bâtisse du Long. Mais Paul l'agrémentera pour Rose et il fera bon y vivre. Seulement voilà, il y a Jules Chometon. Ce ne sera pas facile à Rose de lui dire : je vous quitte, je vais vivre avec Paul Eyraud, aux Sources. Et puis, tous au pays croient que Chometon et Rose...

« Paul ! » La voix du père traverse le plancher. Elle est suivie par un bruit de casseroles. Le calme revient. Paul quitte la fenêtre. Il a l'air de quelqu'un qui n'a pas suffisamment dormi. Maudit coq, s'oublie pas celui-là ! Les habits de Paul ont été abandonnés sur le tabouret paillé, au milieu de la nuit. Il les enfile avec des gestes douloureux. L'amour ça vous épuise, quand c'est trop fort, ça vous donne des courbatures dans tout le corps. La chemise sent encore le foin. Rose, bon Dieu, qu'elle était chaude ! Soudain la porte d'entrée grince horriblement dans ses gonds, Pataud, le chien de berger, se rue dans la cour. Il jappe, non pas après quelqu'un ou quelque chose, mais de la joie de vivre. La voix du père retentit de nouveau. Tout ce remue-ménage arrache Paul à la pensée de Rose. Il descend l'escalier en bougonnant intérieurement. Une odeur de café-chicorée réchauffé lui excite les narines. Le père est assis à la table. Sur elle, la tourte de pain, la motte de beurre, les bols pleins et le couteau du père, un Opinel dont la lame brille.

Paul prend place et jette au vieil homme un regard de biais, pour surprendre sur son visage ce qu'il pense. Avec son air de rien, le père doit bien se demander pourquoi il traîne tant ce matin. Peut-être même l'a-t-il entendu dans la nuit ? Avec cet escalier qui craque tout entier ! Et puis il a le sommeil léger, le père. Il dit toujours : t'as pas entendu cette nuit ? C'est du sanglier, de la chouette, de la pluie, des rats, du soupir d'une vache, et même de la neige et du silence dont il parle. Il n'est pas encore dur de la feuille, le patriarche, rien ne lui échappe, alors les pas de Paul ! Sûr qu'il les a entendus ! Mais il ne dit rien. Il boit son café sans bruit, sans sortir sa moustache du bol, la tête déjà enfoncée sous la casquette, son regard pâle accroché à la fenêtre. Toute la lumière fond sur son visage osseux, marque ses pommettes couperosées et les rides profondes de ses joues impassibles.

Paul étale un peu de beurre ramolli sur son pain, il fait mine de rien lui aussi. Il est assez vieux pour ne pas avoir de comptes à rendre au paternel. Il avale un peu de café, porte la tranche de pain à sa bouche. Il a faim. L'amour ça creuse aussi, ça vous met l'estomac dans les talons. Le regard toujours en coin, il examine les oreilles du père, rabattues sous la casquette, que des papules calleuses, venues avec les ans, rallongent et rendent plus pointues. Le père repousse soudain sa chaise, traîne ses souliers pesants vers la porte. Sur le seuil il dit : « T'as pas entendu cette nuit ? » Paul ouvre grands les yeux, surpris mais pas crédule. Il cherche une réponse mais derechef le père reprend : « Y avait une grosse bestiole dans l'escalier. » Et il sort.

Paul reste ébaubi. Pourtant dans sa gêne il éprouve une irrésistible envie de rire. Que peut-il bien penser ? se dit-il. Il pourrait s'interroger ou s'avouer que le père a compris si le souci de son futur ne lui était pas soudain revenu. Il faut que Rose parle à Chometon sans tarder. Cette situation ne peut pas durer et ils se doivent d'agir enfin comme des adultes. Finaud rentre et vient baver contre la cuisse de Paul. Il quémande la caresse habituelle. La paume large lui écrase le poil, lui flatte l'échine. La bête gémit de bonheur. Paul lui murmure une tendre parole. Puis il ne parvient plus à rattraper sa pensée. Il hausse les épaules et sort à son tour. Le chien le chaperonne jusqu'au bout de la cour et l'abandonne. Il va vers l'étable où le père doit se soulager de ses besoins naturels.

Paul se penche sur la fontaine, récupère dans ses mains un peu d'eau, s'en éclabousse le visage. Elle a le don de le réveiller complètement, de le mettre dans une meilleure disposition d'esprit. Il avance lentement vers la haie de peupliers, considère le proche environnement tout enclos par des feuillages et des rochers. Sous les alcôves de verdure encore humides, des sons naissent et se condensent en un bruit confus. Depuis la rangée de peupliers, le paysage se déchire et s'étire dans la trouée des monts lointains, jusqu'à se fondre dans le ciel et n'être plus visible.

Le regard du jeune homme se promène sur le plateau de la Margeride et la chaîne du Devès. Il suit l'horizon sur un bon demi-cercle. Sous les cimes chaotiques et les planèzes lointaines, la terre du Velay semble s'agiter comme une mer en furie. Sur des vagues verdâtres ou bien dans des tourbillons de cendre, des villages se montrent à peine, écrasés par la masse orangée de leurs toits. En surgissent des clochers presque noirs, ceux de Cheyrac, Chambeyrac et le donjon carré de Polignac. À cette distance, la forteresse a l'apparence d'un vaisseau fantôme émergé des ombres. Autour de sa carcasse géométrique, des vapeurs argentées traînent et clapotent sans bruit. Plus bas, le sol décline lentement et fuit sous un long éperon rocheux dont Paul peut apercevoir la ligne. Quel étranger pourrait deviner que derrière cette ligne indistincte se creuse l'abîme et que les murs de Saint-Quentin le regardent depuis des siècles ? Paul connaît par cœur le chemin qui mène aux ruines.

C'est une sente sablonneuse et large, capricieuse et irrégulière que le Long accompagne sur une bonne distance avant de dévaler dans la combe. Sur un sol erratique, folâtre, elle incite aux promenades, toute bordée de fleurs et d'arbrisseaux. Parfois, deux grands sapins, comme des gardes farouches, la saluent en penchant sur elle leurs lourds rameaux, un bouquet de platanes l'ombrage de son feuillage dense. Puis de nouveau sauvagesse, elle gambade entre des lopins de terre et des bosquets de pins.

Au long de cette sente, on voit un bout de mur, un clos dissimulé dans la broussaille, un arceau de portail qui témoignent d'une lointaine occupation humaine. Il y a l'ancien village des Gounettes, dérivé du nom de famille Gonnet, le mas d'Andrieu, la ferme de Foury... le grand pré de la Fieuse où croissent des fougères géantes, La Sagne, partie de terrain marécageux, les Pinèdes, prairie traversée par quelques bataillons de pins contorsionnés et maigres. Mais plus personne n'habite ces lieux. Sur cette partie de l'îlot la désolation paraît régner et la solitude aussi. Et pourtant, à mi-course, au lieu-dit les Sources, une demeure est encore habitée. C'est celle des Eyraud.

Voici une bien modeste bicoque, pathétique dans sa solitude. À première vue elle offre un profil borgne et austère, tout enfoncé dans ses replis de callune et de serpolet. Sitôt qu'on la contourne on lui découvre un charme singulier. Ses murs de pierres claires et roses fort bien alignées s'harmonisent avec sa toiture de tuiles rouges qui lui donnent bonne figure. À mieux la regarder elle a même un petit air clownesque, à cause de ses ouvertures asymétriques. On pourrait croire qu'elle cligne de l'œil. À hauteur inégale, sous les corbeaux en sapin, deux fenêtres à meneaux s'ouvrent sur le devant et les lointains espaces. Une autre rase le gazon où s'épanouissent des pervenches. Dans leur flot bleu des volubilis jaillissent comme de l'écume et rampent sur le mur jusqu'à l'huis de chêne rouvre qu'on manœuvre au moyen d'un lourd loquet rouillé. De l'autre côté, une porte à deux vantaux d'un bois pouilleux donne accès à l'étable. À gauche, la montée de grange dont les claveaux sont couverts de mousses et de plantes ligneuses se voûte sur la loge du cochon, barricadée par un panneau de planches noueuses.

Un bâtiment perpendiculaire à la maison, moins long et plus aplati, allonge aux soirs d'été son ombre sur la cour et fait obstacle au vent mordant de l'hiver. On y range le matériel, on y entasse certaines récoltes. À sa suite, un mur de clôture en pierre sèche ferme la cour côté ouest. Adossée contre lui, une fontaine se lamente doucement. L'eau tombe par un simple tuyau dans le bac. Le grand-père de Paul l'avait captée à une source bouillonnante toute proche. Il racontait qu'un sourcier des Las avait autrefois senti sa baguette de coudrier s'agiter plus de cent fois dans un périmètre restreint. Les points d'eau sont soi-disant nombreux par ici. Aussi les anciens ont-ils donné à ce lieu le nom des Sources. Antoine Eyraud y avait bâti son logis dans le temps, et depuis, trois générations s'y sont succédé. C'est le logis de cœurs solitaires, de corps endurcis à la rigueur de cette terre et à son climat. Paul et ses deux sœurs y sont nés. Il en est le maître à son tour. Ses sœurs ont fondé un foyer en ville. Souvent Paul songe à Thérèse et Denise. Leur place n'était pas ici. Il est heureux quand elles viennent les voir, le père et lui, entourées de leurs enfants bien pomponnés. Mais ce n'est pas souvent. Pendant la fenaison et la moisson, ils montent deux ou trois fois pour prêter la main. Les enfants aiment bien grimper sur le char, décharger le foin et courir derrière le troupeau. Pourtant Paul n'a besoin d'aucune aide mais il profite de leur venue pour les initier à la terre et surtout pour leur transmettre le respect qu'il lui voue.

L'amour de Paul pour sa terre est inné et cohérent. Aujourd'hui, son bonheur le grandit. Il se couche à même le sol. La rosée légère rafraîchit sa chemise, mais il n'a pas un mouvement de recul. Bien au contraire il appuie plus fortement son corps contre l'herbe. C'est un manteau palpable plein d'odeurs. Paul reste immobile. Seuls ses doigts et ses narines remuent. Il caresse l'herbe rase et hume la terre. Pour Paul Eyraud, c'est bien un parfum qu'elle exhale. Il a besoin de le respirer. Ce parfum est indispensable à son bonheur comme l'air l'est à l'existence de tout homme. Depuis qu'il cultive cette terre arable, pas une saison de semailles n'est passée sans qu'il n'en saisisse une poignée et ne la porte à son nez. Puis il l'égruge lentement entre ses doigts caressants. Rien ne fleure comme sa terre, répandrait-elle des odeurs putrides. C'est là le bouquet de la vie. Comparable à nul autre. Et pourtant ce parfum de Rose ! Pas de celui en bouteille, ce patchouli qu'elle avait versé dans tous les replis de son corps et qui lui avait mis la tête saoule cette nuit. Trop capiteux, trop pénétrant, pas naturel du tout. Mais celui de sa peau, venu plus tard, après leurs folles embrassades, le vrai, moins lourd mais tout aussi enivrant, moins suave mais tout aussi délicieux que cette essence de fabrique.

Paul se retourne, montre au ciel un visage radieux. Rose viendra aux Sources. Ils n'auront plus à tenir leur liaison secrète. Chometon n'aura rien à dire, il ne l'a pas faite sienne, Rose. Il est tout frais, cet amour. Et pourtant il y a bien longtemps que Paul a remarqué Rose, mais c'était son secret ! Elle est belle ! Une fille bien charpentée, avec de beaux bras charnus, des seins durs et accueillants, des fesses rondes au goût de Paul. Son visage est rose et pas poudré, le nez fin et la lèvre sensuelle. Et ses yeux ! Obliques et ovales comme ceux d'un chat, verts et bleus. Du même bleu que les pervenches de la mère en bordure de la ferme, rieurs et tout à la fois pleins de malice et de pudeur. Mais c'est après l'avoir bien regardée qu'on découvre la vraie beauté de Rose. Et puis elle a des manières de douceur, une certaine nonchalance dans ses formes voyantes. De sa personne solide émane une grâce qui surprend, de la féminité. Elle a su se faire belle et se parfumer pour Paul hier au soir. Un peu trop cependant. Il a découvert sa chevelure noire, le satiné de sa peau, la tendre expression de sa voix. Et après... après, il a connu le délire.

Eugène Eyraud jette une fourchée de paille sur ses excréments comme il l'a toujours fait. Il pousse le tout dans la rigole. Avant de commencer la traite, il nettoie le pis des bêtes, et tout en travaillant il se met à songer. Il songe à son garçon, se parle à lui-même.

Rentrer à pareille heure ! Mettre des habits propres et de l'eau de toilettc ! C'est pour une femme, sûr ! Si Paul n'avait pas mis tant de soin à sa mise avant son départ il pourrait avoir d'autres présomptions. C'est tout de même la troisième nuit en quinze jours que le garçon découche. Mais le père ne voit pas quelle femme peut bien convenir à Paul, ni aux Las, ni dans les autres villages. Presque toutes mariées. Ou veuves. La fille d'Auguste Gilbert ? Une pas finaude, l'œil exalté et la patte folle. C'est pas de sa faute, la pauvrette, mais tout de même, le Paul, il aurait pas les yeux en face des trous. Peut-être la veuve Archer d'Aubreynac ? Une brunette encore bien mignonnette, mais avec sa ribambelle de gosses ! Quelle femme a bien pu prendre Paul dans ses filets ? Il pense aussi à Rose, la veuve du Long qui y est revenue avec cet écrivain dont il se ne souvient plus du nom, une belle petite qu'on n'avait pas revue au pays depuis longtemps, et gentille avec ça. Mais l'écrivain doit se la mettre dans le lit ! Du moins c'est ce qu'on dit ! Pour sûr, sous le même toit ! Le père soupire. Il serait bien content si son Paul se rangeait. Mais sait-il seulement ce qu'est une femme ? Eh oui ! qu'il le sait ! Il n'est guère sorti de son trou le Paul. Sauf pendant le régiment, appelé dans les Chasseurs alpins à Grenoble. Peut-être qu'il est allé voir des courtisanes. C'était là l'occasion pour les jeunes rustauds des campagnes de faire connaissance avec les maisons de plaisir et de devenir des hommes. Le père se souvient du jour du conseil de révision. Il attendait Paul et entendait tout ce qui se disait derrière la porte de la mairie d'Aubreynac. Le médecin de l'armée mettait les conscrits en garde des risques de maladies vénériennes que présentait la fréquentation de ces maisons particulières. Mais il était vrai que...

Le garçon était rentré du service plus audacieux. Il avait fréquenté la petite Pierrette Mialon, d'Aubreynac, pendant presque une année. Et puis elle était partie avec un de la ville. Il s'était alors refermé sur lui-même. Depuis, il a toujours vécu aux Sources, sans même jamais aller au bistrot ni au feu de la Saint-Jean, chanter le mai ou tirer l'oie. Avant, le père pensait que ce garçon n'était pas tout à fait normal bien qu'il montrât une grande intelligence. Toujours à travailler la terre, à courir la lande ou derrière le cul des vaches. Pas après une femelle. Et pourtant, au début il était bien aise, le père, de la sagesse de Paul, il avait bien trop peur qu'une femme le pousse à quitter la ferme. Puis les années passant, il s'était désolé de son célibat. La mère aussi s'inquiétait. Et s'il ne l'avait pas eue à ses côtés, lui, la mère ? S'il était resté seul pendant toutes ces années ? Et puis quand ils étaient encore jeunes comme le Paul, c'était bon de temps en temps de la prendre au fond du lit. Pas trop, à cause des marmots qui seraient venus en trop grand nombre, mais, bon Dieu, c'était bon ! Et c'était normal ! Il était temps pour le garçon d'en faire, des marmots. Maintenant il ne partirait pas d'ici, pas à son âge, pas à trente-sept ans ! Voici ce que pensait encore le père il y a quelque temps.

Maintenant ses idées basculent. Il se souvient du départ de Thérèse, sa première fille, de trois ans la cadette de Paul. Il avait reçu un bon coup car, en secret, il avait pour elle quelque préférence. Il n'a jamais trop su pour quelle raison. Peut-être parce qu'elle était si jolie, parce qu'elle lui témoignait plus de tendresse que les autres. Elle avait des attentions particulières. Toute petite elle grimpait sur ses genoux, enroulait les bras autour de son cou, glissait les doigts sous sa casquette. Plus tard, elle lui bourrait sa pipe, cousait les boutons de ses chemises, allait l'attendre au bout du chemin quand il rentrait le troupeau. Ils parlaient beaucoup ou pas du tout, mais même dans leurs silences, les mots s'accordaient comme des notes de musique. Si l'un élevait soudain la voix c'était souvent pour aborder la pensée de l'autre.

Comme il l'avait tourmentée sa Thérèse quand elle avait connu Marcel Vallet ! Il était jaloux de voir que toutes ses douceurs allaient désormais vers le jeune homme. Il ne cachait pas sa rancœur. Thérèse posait sur lui son beau regard triste. Si elle lui témoignait toujours de la gentillesse, il l'ignorait délibérément. Un jour pourtant il avait compris combien son comportement était absurde et il avait fini par accepter la situation. Sur le moment du départ, toute jolie dans sa robe de mariée, elle l'avait serré contre sa poitrine et il avait entendu battre son cœur. Éperdu de chagrin, il n'avait pu l'accompagner jusqu'au pas de la porte. Il avait le sentiment de l'avoir perdue. Puis le temps a passé, elle est revenue régulièrement aux Sources avec les mêmes prévenances qu'autrefois. Il s'est habitué à son absence. La vie est ainsi faite. Thérèse est heureuse et en bonne santé, elle a trois loupiots.

Quant à Denise, sa cadette, elle est restée aussi distante de lui que lorsqu'elle était enfant. Peut-être avait-elle remarqué le penchant du père pour sa sœur dès son plus jeune âge ? Il ne s'était pas posé la question et l'idée qu'elle en avait souffert ne l'avait même jamais effleuré. Et c'est seulement aujourd'hui qu'il y pense ! Sans doute qu'elle lui en veut encore. Elle a toujours cette même froideur et ses regards sont fuyants. Elle était plus tournée vers la mère. Depuis sa mort, elle monte moins souvent aux Sources. Elle aussi a fait un bon mariage et a eu des petits. Ceux-là ont même la beauté des anges, que la Denise n'a pu leur donner puisqu'elle a un visage aussi ingrat que le sien, ni le gendre puisqu'il est plus vilain qu'un pou. D'où leur vient-elle cette beauté ?

Le père se traite de mauvais diable et remue ses souffrances. Il a soudain envie de voir Denise devant lui, de l'enlacer, de lisser ses cheveux, de lui demander pardon. Il murmure : « Pour ton manque de beauté, nous ne l'avons pas fait exprès, la mère et moi, ça ne t'a pas empêchée de vivre, les laids sont plus nombreux que les beaux, et puis ils ont des beautés intérieures. Bien sûr ces beautés il faut les pénétrer.

Ton mari a su, lui. » C'est aussi pour ne pas lui avoir donné assez d'affection qu'il demande son indulgence, parce qu'il a marché toujours droit sans intercepter l'expression de ses yeux, sans jamais voir la richesse de son âme.

Si Paul s'était lié à son tour, la bru serait-elle restée aux Sources ? Mais qu'ont-elles donc toutes ces filles à quitter le pays ? Trop dure, la vie de paysans, affirment-elles ! Ah bien sûr, elles songent toutes aux plaisirs de la ville et au travail de la ville ! À croire que les douleurs n'y sont pas, ni physiques ni morales, que c'est seulement dans les campagnes que l'existence a ses aléas. Et pourtant avec tout ce qui s'y passe, en ville ! Bien sûr que le mal vient jusqu'ici, mais on est moins tenté par lui.

Paul devait reprendre la ferme, comme lui-même l'avait fait, c'était la coutume, c'était un devoir de son temps. C'est pour ça qu'il avait souhaité la réclusion du garçon, se moquant bien de son bonheur, se moquant bien de sa vie. Dans son désir odieux, il avait lui-même oublié combien était douce la présence d'une compagne, trop habitué à celle de la mère. C'est seulement après sa mort qu'il a réalisé l'importance de cette présence. Quand elle est là on a parfois envie de la quitter, de se soustraire à son emprise, de faire et décider de son propre gré, de s'évader et reprendre une certaine autonomie. Mais sans elle les malheurs auraient été plus grands et les bonheurs beaucoup moins. Elle a contribué à la bonne tenue de sa vie sans qu'il s'en rendît compte. Il n'est plus le même depuis qu'elle l'a quitté. Il a l'impression de tituber, de ne plus marcher droit, de ne plus savoir mettre un pied devant l'autre parfois. Elle était la détentrice de son bonheur. Et le Paul allait passer à côté de tout ça ! Alors les années filant, le père a doucement changé d'avis, il s'est mis à souhaiter que son fils se la trouve, cette concubine. Ce jour, il espère qu'il est enfin arrivé. D'ailleurs c'est certainement arrivé, les indices sont là, mais il s'inquiète de savoir qui est cette femme.

Le père porte la main sur sa poitrine. Il a mal. Il pense qu'il n'a pas été un bon père ni un bon mari. Il a provoqué des blessures à sa femme et à ses enfants. Et il n'a pas su panser leurs plaies. J'étais dur, murmure-t-il. Il repense aux trois naissances. Il la revoit, elle, dans le lit. Elle pinçait les lèvres pour ne pas crier, fermait les yeux pour ne pas montrer sa souffrance, ce qui lui faisait une figure de rat. Ce n'était pas la marque du mal qui était insupportable au père mais bien de ne plus voir le bleu de ses prunelles et le rose de sa bouche. Il l'avait abandonnée à Joséphine, la sage-femme du village, qui aidait la parturiente en cas d'absence du docteur ou en attendant sa venue. Il éprouvait de l'inquiétude, certes pour la mère, mais bien davantage pour l'enfant. Il pensait : Et s'il était mal fait, s'il avait une tête grosse comme une citrouille ou bien trois bras ! Et puis il redoutait tellement, la première fois, de ne pas avoir conçu un enfant mâle ! À la naissance de Paul, il avait exhibé son orgueil, à celle de

Thérèse sa joie, et à celle de Denise sa déception. Il souhaitait un second fils.

Pendant les couches de sa femme, il n'a jamais su mettre de l'ordre dans la maison ou laver le plus petit linge. Les repas consistaient en un morceau de saucisson, un peu de fromage et du pain rassis. Il ressentait seulement la hâte de la voir se lever sans songer qu'elle pouvait se remettre difficilement d'avoir mis au monde des bébés pesant plus de neuf livres chacun. Elle a dû à chaque fois quitter le lit bien avant que les forces ne lui fussent revenues.

Le père se laisse choir sur le vieux tabouret à trois pieds. Ses poumons sifflent. Dans le temps on le croyait dur, certes, mais bon et loyal. Il paraissait, comme ça. Il fonçait droit et travaillait sa terre, il ne s'arrêtait jamais, il ne savait pas interpréter les désirs et les ennuis des autres, et même des siens. Il se rend compte qu'il n'a pas été juste et qu'il n'est plus aussi dur qu'on le pense encore. Ses regrets sont bien lourds. Désormais, vieux et souvent seul, il a le loisir de réfléchir. Il se remémore des événements de sa vie d'homme. Il était oublieux de son enfance et du temps de guerre aussi. Pourquoi ? Trop de silence, trop de misère, trop de morts... En 1914, baïonnette au canon, il ne songeait qu'à sa terre et à sa famille. Il se voyait rentrant aux Sources par un soir de neige quand la bise entonne des airs connus de lui seul. Le jour où il en était parti il faisait beau. Sur le chemin de Saint-Quentin à Peyredeyre, il avait fait une brève halte et s'était retourné en regardant tout en haut vers chez lui. Il avait aperçu la rangée de peupliers illuminés de soleil. Comme des flambeaux les arbres semblaient mettre feu au domaine. Il s'était promis d'y revenir. Pendant cette dure période, le temps ne lui avait jamais semblé être aussi long et il avait eu pour ses proches des pensées attendries.

Des larmes embuent la vue du père. Il distingue vaguement le pis de la Noiraude mais tire alternativement sur les trayons. L'habitude. Finaud se redresse brusquement et remue la queue. Les poules caquettent et tricotent sur leurs ergots en fuyant l'étable. Paul arrive. Il saisit un deuxième seau pendu au mur, va se placer sous la Marquise. Il prend le pis énorme dans ses larges mains et fait aussitôt couler le lait. Dos à dos, le père et le fils travaillent en silence, un silence coupé seulement par les giclées de lait et de temps à autre, par le martèlement d'un sabot sur le sol et un bruissement de paille venu du box où un jeune veau attend sa ration.

Quand ils ont terminé la traite, le vieux s'en va préparer les fromages, Paul fait téter le veau. Il enlève ensuite le fumier à grands coups de pelle et met de la paille nouvelle aux litières des bêtes. Du meulon éventré et fouillé par les dents de la fourche monte une odeur fraîche. Un rai de soleil, qui vient soudain couper la pénombre de l'étable, rend la poussière visible. De minuscules fétus dansent dans l'air. Plus tard, Paul gagne l'écurie où l'attend Duchesse, sa jument. À son approche, l'animal tape du sabot, secoue la crinière, frémit du naseau, bat des cils en tendant vers lui ses beaux yeux cerclés de noir. C'est une bête de trait magnifique, bien campée, à la robe d'un bel acajou toujours lustrée, les crins noirs et le toupet lissé, les membres solides et la croupe harmonieuse. Paul lui flatte le flanc d'une main et de l'autre le chanfrein. Il murmure : « Là, ho... » Elle semble répondre par des hochements du chef. Ils ont cette manière particulière de communiquer et d'extérioriser leurs élans singuliers de tendresse.

Depuis l'hiver 1927 où Paul a acheté Duchesse à Christian Merle de Peyredeyre, il a passé avec elle le plus clair de son temps. Dès les premiers instants, il lui a parlé et a su interpréter ses mouvements de tête. Le jour où il est allé la chercher, la bise soufflait fort et posait au visage toute la glace de l'air. Le froid piquait la peau comme des aiguilles et mettait les joues et les doigts dans un engourdissement sensible et douloureux. Paul n'avait pas monté la jument. Il avait pris depuis Peyredeyre le sentier qui grimpait jusqu'à Saint-Quentin et il marchait au ralenti, tête dans les épaules, en menant Duchesse par le licou. Elle suivait. Parvenus sous les ruines blanchies par le gel, elle s'était arrêtée brusquement et avait émis un fort hennissement qui avait fait sursauter Paul. Il avait essayé de la faire avancer mais en vain, elle restait sur place, comme pétrifiée.

Paul n'avait pas tardé à comprendre que la pauvre bête était paralysée de frayeur, il sut à quel curieux phénomène cette peur était due. En effet, au même moment, la bise avait donné un deuxième assaut, et, glissant, vent coulis, sur les pierres branlantes d'une ouverture à l'autre, elle avait produit un sifflement étrange, comme une voix venue de l'au-delà, si bien qu'on croyait entendre quelque musique lugubre échappée des ventres dépouillés des demeures ancestrales où la nuit se faufilait déjà. Paul avait souvent perçu le chant des ruines par jour de grand vent et son imagination avait vagabondé. Mais un cheval pouvait-il y être sensible ? Quoi qu'il en fût, ils devaient poursuivre leur route, et Paul avait élevé la voix. Parce qu'il n'avait pas l'art de l'élocution, et qui plus est face à un cheval, il s'était exprimé d'abord rudement et avec des mots triviaux. La jument ne bougeait pas et le fixait de ses grandes prunelles apeurées. Il avait alors entamé un vrai monologue tout près de son oreille : « Allez ma belle, disait-il d'une voix au timbre doux, il faut hâter le pas, ce n'est que le vent, il n'y a rien ici que les âmes de pauvres paysans comme moi. Là-haut tu entendras toujours le vent, il est de bonne compagnie, là-haut tu trouveras une litière chaude et de la bonne avoine, viens ma belle, quand le soleil reviendra je te mettrai au vert et nous labourerons la terre... Je t'achèterai un beau harnais chez mon copain le bourrelier. » Chose étrange, elle l'avait écouté. Et ils avaient repris leur marche lente, dans la nuit, sous la bise.

Comme tous les matins, Paul vient procéder au pansage de Duchesse. Il se sert d'une étrille qu'il a lui-même confectionnée et d'une brosse. Pour lisser la robe de l'animal il utilise des chiffons d'étoffe rêche. Il la bichonne sa Duchesse ! Il aime voir son poil luisant et son harnais bien astiqué. Ce qu'il ne peut supporter, ce sont toutes ces mouches qui la tourmentent pendant la saison chaude. Il lui enduit alors la tête d'une lotion à base de genévrier de la fabrication de Joséphine Petit.

Elle a toujours beaucoup travaillé, Duchesse, elle a tiré la charrue toujours au même rythme. Ils ont passé de si beaux moments tous les deux aux pentes des labours, lui guidant le brabant, elle le tirant. Il aimait entendre le cliquetis de ses fers parmi les pierres de cette terre noire qui s'ouvrait devant lui. Ils labouraient pendant quinze jours d'affilée, sans ralentissement, quel que fût le temps. Ils jumelaient leurs efforts dans une entente muette et le soc de l'outil retournait la terre, alourdie par la pluie ou durcie par le vent et le soleil, en sillons parfaitement parallèles.

Aujourd'hui, les gestes de Paul sont plus mous, sa pensée retourne sans cesse auprès de Rose. L'animal, qui n'a pas l'air d'apprécier son silence, se montre rétif, balance la queue et agite la croupe, se rappelle à lui. Paul sourit et se met à lui parler : « Tu aimes bien que je te cause ma belle, dit-il, et c'est facile avec toi. Pas besoin de grands mots, les simples te suffisent, pourvu qu'ils sonnent bien à ton oreille, l'essentiel tu le trouves dans ma voix, mais Rose, c'est pas pareil, tu comprends. Les femmes aiment les phrases bien tournées. Moi, devant Rose, je sais pas m'exprimer, je reste sans voix, j'ai l'air d'un couillon. Je suis pas foutu de lui dire qu'elle est belle et que sa peau est douce. Elle travaille pour un écrivain, Jules. Elle a des connaissances de la langue française, du beau vocabulaire, et ne fait pas de fautes d'orthographe. »

Et il cause, il cause sans choisir ses mots.

III

La douleur de Jules

Au même moment, une fauvette grise chante dans le parc du Long. Elle est haut perchée sur l'églantier, près du portail. C'est une habituée des lieux. Rose, au lavoir, cesse de frotter le linge et écoute. C'est un privilège d'entendre la longue phrase harmonieuse de l'oiseau en cette saison et par ces chaleurs. Comme réponse un autre sifflement, moins mélodieux, surgit d'un bouquet de frênes planté en contrebas. Rose tourne la tête. Son regard erre où le soleil plonge, et elle voit ses rayons fendre la fibre vaporeuse de l'air. La claire verdure, qu'on ne pouvait voir à l'aube, apparaît, partagée par le ruban de sable rose du sentier, tachée par des feuillages plus foncés et luisants, par des rochers. Pâtures et champs s'enfoncent dans le val qui se referme comme un entonnoir. Tout au fond coule le Long et l'ombre demeure paisible et fraîche. Le silence s'abat de nouveau comme une chape sur le village. Plus de chants d'oiseaux. À peine le murmure de l'eau, tout proche. Avant de remplir le vieux lavoir, elle court à flanc de colline, entre des touffes d'orties et de myosotis, couche l'herbe, transporte des pétales et cette écume sale qui s'accroche aux murs de pierre. Elle est claire et toujours froide. Parfois, en période de sécheresse, elle disparaît. Le ruisseau est tari. Mais il peut être vite en furie, ainsi qu'en mai 1931, et meurtrier.

Rose se remet au travail avec une vivacité soudaine. Elle savonne le linge, le bat et le frotte. Sous la brosse de chiendent, quelque peu usée, chemises et gilets de corps rendent une mousse grisâtre qui flotte un instant à la surface de l'eau et que la jeune femme repousse vers l'écoulement. Déjà elle sue, déjà elle sent la chaleur et la redoute. Cependant elle continue d'agir avec des gestes prompts. Elle a l'impression que si sa vigueur tombe, sa détermination s'amoindrira aussi. Elle doit parler à Jules. Aujourd'hui même. Pauvre Jules ! Quelle sera sa réaction ? Il a beau être d'un âge, elle a bien deviné que... elle a bien vu au fond de son regard... quand elle tourne la tête, se sentant observée... cette tendresse et même ce désir. Ces derniers jours, il a changé. Il est devenu taciturne et il la fuit. Elle s'est bien inquiétée de ce revirement d'attitude. La veille, elle a cherché à lier conversation pendant qu'ils buvaient la tisane mais il lui a répondu à contrecœur sans cacher son animosité. Sa voix était brutale, son visage grave, son regard morne et détourné d'elle. Il s'était rendu au bureau sans lui adresser le sourire coutumier et sans dire : « Tu viendras me rejoindre » comme presque tous les soirs pendant ces six derniers mois. Il avait quitté la pièce, traînant les pieds et courbant le dos. On aurait cru que dix années s'étaient abattues sur lui en quelques jours.

Elle avait deviné la raison de ce vieillissement soudain. Trois jours plus tôt, il les avait surpris, Paul et elle, en train de s'embrasser dans la remise. Elle se souvient du couinement de la porte, d'un pas feutré, d'une ombre qui a glissé rapidement sur le coin du mur. Ils s'étaient séparés et avaient regagné la maison prestement, l'un après l'autre. Mais là, point de Jules. Pourtant un bruit dans le cellier avait attiré leur attention. La porte s'était ouverte dans l'instant et Jules était apparu. Un sourire avait éclairé son visage et il s'était exclamé :

« Paul ! Comment allez-vous ?

– Bien, Jules, bien, pas grand-chose à faire en ce moment, avec cette chaleur.

– Vous faites bien de venir de temps en temps, Rose et moi sommes ravis de votre visite, n'est-ce pas Rose ? »

Et il avait posé sur la jeune femme ses grands yeux brillants. Son sourire aussi était immense et radieux. Mais Rose avait compris. Il était trop large pour être sincère et il trompait, ce sourire démesuré. Un sourire forcé, voilà tout. Elle revoit la bouche de Jules, fendue jusqu'aux oreilles et ses prunelles pleines de fausse joie. Il avait dit « de temps en temps », et comme il avait appuyé le ton ! Elle avait bien saisi l'allusion. Assurément, il les avait vus, fort enlacés et en train de se manger les lèvres goulûment, il avait entendu leurs gloussements alors qu'ils étaient prêts à se laisser emporter par le désir, à rouler à même le sol où quelques vieux sacs gisaient. Rose sent un sentiment de gêne reprendre le dessus. Elle est pourtant parvenue à le chasser durant la nuit à force de se répéter que son amour pour Paul n'est pas interdit et que personne n'a à le désapprouver. Pas même Jules Chometon. Il n'a aucun droit sur elle. Elle connaît maintenant son désir, il voudrait bien que sa tendresse se mue en amour.

À présent elle regrette de ne pas avoir prévu les conséquences qu'engendrerait sa venue. Elle n'y avait pas réfléchi. Tout était arrivé si vite. Il avait fait irruption dans sa vie et l'avait changée. Et elle était désireuse de semer son passé. Elle se souvient du jour où elle lui a fait visiter le domaine. Il faisait beau, l'air était un peu frisquet. Le parc était en pleine floraison. Tout composait un spectacle généreux et pur dont la force pénétrait en elle. Elle revoyait toutes les heures qu'elle avait vécues, où le chagrin l'avait foulée. Elle n'en voulait plus et mesurait le triste usage qu'elle en avait fait. Elle marchait dans la grande allée à côté de Jules, à côté de cet homme dont les paroles avaient suffi à lui faire prendre conscience de la platitude de sa vie et vers lequel une reconnaissance infinie la soulevait.

Et maintenant elle va lui infliger une grande déception, anéantir toutes ses aspirations. Néanmoins il faut qu'elle trouve le courage de lui parler, de lui dire qu'elle va aller vivre aux Sources avec Paul. Tout en essorant le linge, elle imagine sa tristesse et réprouve sa propre ingratitude. Mais que peut-elle contre l'élan de son cœur ? Avant l'automne elle finira de mettre au propre son ouvrage, elle donnera ses idées comme elle l'a fait souvent, elle contribuera à la perfection du roman ainsi que l'affirmait Jules encore la semaine dernière. Et cependant elle n'est pas vraiment enthousiasmée par l'œuvre de Jules. Il s'agit là des aventures d'un vieux contrebandier de gnôle qui aurait réellement existé au XIXe siècle. Inspiré par ce personnage, Jules en a fait son héros. Hélas, celui-ci est devenu au fil des pages un être détestable. Au tournant actuel de l'histoire, il fait endurer mille épreuves à la jeune Adèle, devenue sa femme contre son gré. L'histoire de Jules reflète les mentalités et les mœurs d'une époque à laquelle Rose n'aurait pas aimé vivre. Elle n'est donc pas obnubilée par cette intrigue mais plutôt par sa propre histoire d'amour avec Paul. Mais Jules ! Il y a quelques mois elle aurait été bouleversée s'il avait décidé de partir. Quelque part au plus profond d'elle-même, l'idée de ne plus le voir au domaine lui apparaissait comme une chose impossible. Et c'est elle qui va le quitter ! Elle redoute sa réaction. Il lui a tant donné ! Elle aurait pu l'aimer, Jules ! S'il avait quinze années de moins, si... Elle éprouve tant de tendresse. Elle est admirative de son talent. Elle a eu besoin de son soutien, elle a même eu un jour l'envie furtive d'être serrée dans ses bras.

Si elle l'aimait d'amour, Jules, elle ne serait pas malheureuse. Mais elle ne l'aime pas ! Il lui faut pourtant s'avouer qu'il exerçait sur elle de l'attraction et que l'attention courtoise dont il usait à son égard n'était pas pour lui déplaire. Hélas, elle est femme, et comme toute femme le désir d'attirer l'attention de l'homme est l'un des plus ardents sentiments qu'elle peut éprouver. Avant qu'elle ne connaisse Paul, une force singulière la liait à lui. Mais le fait est là ! Elle s'est amourachée de ce garçon un peu lourdaud auquel elle n'avait même pas prêté le moindre regard autrefois. Elle l'avait seulement rencontré deux ou trois fois et il n'allait jamais dans les fêtes des villages. Lorsqu'elle était installée au domaine, elle l'apercevait parfois les jours où il montait à Coste-Chaude, et il avait même discuté à plusieurs reprises devant la grille avec Gérard mais elle ne lui avait accordé qu'un léger sourire amical. Certes, rien n'aurait pu l'inciter à cette époque à le remarquer car elle était jeune mariée et bien trop éprise de Gérard. Cependant, en avril dernier, lors de leur première rencontre après toutes ces années, elle a été attendrie par ses gaucheries, attirée par son visage taillé à coups de serpe, son corps puissant, ses grandes mains calleuses, son regard presque noir. Dès qu'il l'a posé sur elle, elle a été sous son emprise et maintenant elle fond de bonheur sous sa caresse langoureuse. Il peut être parfois très dur mais il la fascine toujours. Paul n'a pas comme Jules une grande culture ni son argent… Ah ! si Jules Chometon avait cette allure, ces mains, ces yeux-là et quelques années en moins, elle n'aurait pu y résister ! Et pourtant les siens sont très beaux, d'un bleu transparent. Encore faudrait-il qu'il possédât cette moustache drue, ces cheveux de jais, ces mains de géant et qu'elle sente en lui cette force du mâle, quasiment animale, qu'elle a découverte chez Paul. Elle en rougirait presque, Rose, d'aimer par-dessus tout sa virilité, traduite par une abondante pilosité et d'être éblouie par ses performances exceptionnelles. Il a fait renaître en elle le désir. Il lui fait bien l'amour, longtemps, et il sait la caresser, mais si elle s'est donnée si fougueusement à lui c'est parce qu'elle l'aime. Depuis Gérard elle n'avait jamais rêvé de se donner à un autre. Pourtant un soir, peu après sa venue au domaine, elle a eu le désir de Jules…

Il faisait grand vent ce soir-là. Elle était au lit quand un claquement s'était fait entendre contre le mur de sa chambre et elle avait crié. Jules était entré sans frapper, alarmé par son cri. « Là, disait-elle, en montrant la fenêtre. » Ce n'était que le volet qui avait heurté brutalement le mur. Jules l'avait assuré avec le crochet. Et il s'était approché du lit dans lequel elle était demeurée assise, saisie par la peur. Elle avait levé la tête et surpris le regard de Jules sur son épaule dénudée car la bride de sa chemise de nuit avait glissé. Il brillait, le regard de Jules. Elle était bien certaine que c'était de désir. Mais il s'était détourné et il lui avait dit bonsoir d'une voix faible. Elle s'était glissée dans les draps avec une émotion nouvelle qu'elle ne savait saisir. C'était du plaisir peut-être, celui d'avoir plu à Jules. Elle en était flattée et toute remuée. Il y avait si longtemps qu'elle ne s'était sentie désirée. Alors elle avait pensé à Jules en train de l'étreindre. Elle avait eu envie de sa caresse, ce soir-là, ou tout simplement envie des mains d'un homme sur son corps en éveil. Et il s'en trouvait justement un à proximité. Que se serait-il passé si Paul Eyraud n'était entré bientôt dans sa vie ? Il est des circonstances qui modèlent le destin. Elle serait peut-être allée un jour dans la chambre de Jules ou il serait revenu dans la sienne.

C'est lui qui a fait monter Paul au domaine, en avril dernier, pour effectuer quelques travaux à la place de Mathieu Sigaud qui s'était blessé à une jambe. Il restait pour le dîner et partait tard le soir, il travaillait dur et bien. Qu'il était gauche face à Rose ! Et ces yeux noirs, profonds ou fuyants, en disaient long. Un jour elle était allée quérir au hangar une cisaille pour rabattre les branches d'un rosier et Paul y était aussi, en train d'affûter quelque outil. Elle avait dû enjamber des pioches et des bêches étalées sur le sol. Elle n'avait pas cherché à voir ce que Paul faisait. Ils avaient échangé un sourire timide sans prononcer un mot. En sortant, elle avait trébuché sur l'un des outils dont le manche dépassait devant ses pieds. Elle s'était étalée de tout son long sur la terre battue. Paul était accouru et s'était penché sur elle. Elle éprouvait tellement de honte de s'être ainsi affalée devant lui qu'elle n'osait pas se redresser et il avait demandé : « Vous vous êtes fait mal, Rose ? » deux ou trois fois. Elle se sentait toute rouge, frottait ses genoux poussiéreux en répondant non, sans relever la tête. Mais pour ne pas paraître longtemps ridicule, elle s'était remise debout brusquement et ce fut là que le pauvre garçon avait reçu un coup de tête formidable sous le menton. Rose était si confuse ! Mais pourquoi donc s'était-elle mise à rire en le voyant se frotter la mâchoire ? Il avait l'air d'être aussi étonné de sa gaieté que de sa rapidité à se relever. Il la regardait. Elle riait encore. Son regard devenait plus grave. Alors elle avait cessé de rire et était devenue grave, elle aussi. Il l'avait attrapée par les épaules, presque avec brutalité, et posé ses lèvres sur ses lèvres. C'était un baiser violent, au début, mais qui s'était adouci et qui avait emporté Rose dans les nuages. Ce baiser, elle l'attendait depuis des années, c'était celui qui devait lui faire reprendre conscience qu'elle était femme et profondément sensuelle.

Depuis cet instant, Rose et Paul s'aiment, ils sont amants. Jules connaît désormais cet amour. Son attitude a changé. Elle reflète une hypocrisie presque envahissante, teintée d'une sorte d'hostilité à laquelle elle n'était pas habituée. Il s'était toujours montré sincère. Rose sait que derrière les masques les plus accueillants les hommes cachent parfois les traits de caractère les plus inquiétants. Il les a surpris dans la remise l'autre jour et depuis il cache mal son amertume. Mais si elle lui parle avec franchise, il lui en saura gré.

À cette idée, le courage de la jeune femme revient et sa résolution se renforce. Elle entasse avec rapidité le linge dans le seau, va pour se redresser, mais à trop rester sur les genoux, le buste penché en avant, une douleur lui est tombée au bas du dos qui l'empêche de faire tout mouvement. Elle doit s'aider des mains pour se remettre debout, lentement, elle a failli basculer par deux fois tête première dans le lavoir. Se frottant les reins, elle songe avec regret que sa souplesse la quitte. Elle avance en âge et il est temps, en effet, qu'elle songe à son avenir. Si avant de connaître Paul Eyraud elle se moquait de vieillir, elle se soucie davantage maintenant de paraître jeune et forte. Heureusement, ni les années ni les chagrins n'ont marqué son visage, et seulement de petites ridules sillonnent le tour de ses yeux en forme d'amande. Son corps est resté mince et elle affiche une poitrine ferme comme avant et des fesses hautes, ce qui lui vaut de garder son allure juvénile.

La douleur enfuie, c'est de cette allure qu'elle emprunte l'allée, soudain libérée de toute appréhension. À son approche, quelques battements d'ailes heurtent le silence avec une grande netteté. Comme s'il était éjecté, un oiseau surgit d'un églantier et disparaît tout aussi vite dans les hautes frondaisons. Il n'a pas poussé un cri. Rose ralentit le pas pour apprécier plus longtemps la fraîcheur de l'aube que le jardin garde encore dans son ombre. Elle quitte l'allée et marche sur une herbe à qui la nuit a redonné un peu de ressort, où des fleurs communes, minuscules mais visibles par leurs couleurs vives, dégagent un parfum insoupçonnable et plein de délicatesse. Rose regarde l'espace autour d'elle. Tout est bien comme autrefois. La végétation semble croître à la diable, comme en des lieux sauvages, et pourtant, à mieux y regarder on voit qu'une main humaine a apporté sa contribution, en mêlant aux espèces autochtones des floraisons étrangères d'un éventail de couleurs surprenant, en taillant çà et là des allées dans les entrelacs des branches et des ponts dans les feuillages. La conception du parc, à la fois sauvage et coordonnée, lui donne un air de paradis, en fait un lieu où les sens de Rose plongent toujours avec une liberté euphorisante, un lieu unique qui fait aussi parler d'envie à force de se distinguer parmi les autres jardins traditionnels que l'on ne remarque plus.

Dans ces campagnes on préfère l'utile à l'agréable et on privilégie le potager où poussent des denrées profitables au manger et non à l'œil, des choux, des poireaux, des rhubarbes... Mais tout de même, on voit poindre çà et là un bouquet d'iris radieux et des lilas mauves ou blancs s'épanouir contre de vieux pommiers courbés.

Hélas, les trop fortes chaleurs ont pénétré le cœur du jardin, qu'on ne peut arroser car le Long est trop bas. Ici, la végétation se confine doucement dans un lacis de bois secs et de plantes jaunissantes parmi lesquelles des flammèches bleues et rougeoyantes jettent un autre feu. Si ce temps-là persiste, même les abords du clos perdront leur éclat. Le soleil, plutôt que de réveiller les parfums les étouffera, et il ne répandra plus qu'une odeur de brûlé et de choses fanées. Dans quelques heures il ressemblera à une étuve et même sous l'épais feuillage du noyer solitaire, planté à tous vents près du muret, on ne pourra quérir quelque apaisement. La pluie se fait attendre.

Soudain la jeune femme aperçoit Jules qui revient de sa promenade matinale. Il marche avec une sorte d'indolence. Cet homme se plaît ici, se dit-elle. Il connaît désormais lui aussi chaque recoin du domaine. Il a découvert l'ancienne retraite de Rose mais il ne lui en a pas parlé, délibérément, parce qu'il a compris que c'est un lieu privilégié. Elle l'y a aperçu, fin avril, alors qu'elle s'y rendait après ces longues années. Il y était entré et demeuré longtemps. Elle avait attendu qu'il en sorte, cachée derrière un tronc de marronnier. Elle se demandait ce qu'il y faisait et le temps lui paraissait long. Quand enfin il avait quitté l'endroit et qu'elle était assurée qu'il ne reviendrait pas, elle y avait pénétré à son tour, par une trouée encore plus petite qu'autrefois. Mais elle s'était vite rendu compte qu'on l'avait taillée et tenue ouverte. En effet, durant ces années elle avait sans doute dû se refermer complètement, les branches s'étant courbées jusqu'au sol et emmêlées. Était-ce Mathieu, le père de Rose ou Jules qui avait aménagé l'accès ? Jules l'avait-il découvert par hasard et reconstitué ?

Rien n'était changé et les plantes que la jeune femme y avait semées avaient pris des proportions exceptionnelles, ce qui étonnait dans un lieu où la lumière était si diffuse. L'herbe, par contre, n'y poussait plus, une main avisée ayant couvert le sol d'écorces. Rose remarqua que ces dernières avaient été enlevées tout au fond du nid, de quoi permettre à un corps de s'allonger. Jules venait-il quérir ici son inspiration, ou méditer tout simplement ? Et Rose ne croyait jamais y revenir ! Les souvenirs s'étaient faits un instant le présent et elle avait entendu la voix de Gérard... Mais elle était lointaine, si lointaine ! La jeune femme avait compris que son chagrin la quittait enfin. Sa rencontre avec Paul, toute fraîche à cette époque, l'avait plongée dans une sorte de renaissance et elle en oubliait sa vie antérieure. Bien qu'encore vivant, le passé était devenu flou et avait repris sa place normale. Rose, apaisée, avait donc renoué avec son lieu secret, lui donnant à nouveau ses pensées et ses souhaits les plus ardents. Et elle avait ce désir de vivre… Un chemin s'ouvrait à elle, elle qui croyait ne plus jamais avancer.

Jules reçoit du courrier de Paris, le facteur dit à chaque fois : « Des nouvelles de la capitale, monsieur Luse ! » Ce sont des lettres et les mandats de son ami Frédéric Mansard auquel il a cédé son logement. Il y a eu aussi des lettres de Clermont. Jules ne s'est pas rendu à Paris depuis qu'il séjourne au domaine, mais il a envisagé d'emmener Rose quand il ira remettre son manuscrit à son éditeur. Il a dit qu'il ferait le guide et lui ferait voir tout Paris. Il n'a quitté la contrée que pour aller au Puy et une seule fois à la ferme de Bilhac. Ce n'était pas par nostalgie mais pour contrôler l'avancement des travaux. Rose l'y avait accompagné. Elle avait trouvé la maison belle mais en rien comparable avec celle du Long. Elle n'a pas son élégance. C'est une bâtisse d'aspect austère, basse et cossue. Malgré son apparente robustesse elle s'est affaissée sous l'énorme poids des tablards et Jules a demandé au lauzeur de la région de les remplacer par des lauzes moins épaisses. C'est un long travail. La charpente a plié aussi et il faut changer des tenais.

Rose a pensé que cette bâtisse a des charmes grossiers qu'on retrouve dans le paysage. Ici c'est la pierre noire qui domine, le basalte et la phonolite. Les fenêtres de la maison sont encadrées par des prismes massifs taillés à même la colline, sauf celle de l'étable qui a pour linteau un énorme tronc de sapin vieux de cent ans. L'intérieur, quant à lui, est magnifique. On y voit les meubles rustiques des parents de Jules, les vieilles cloisons en bois de merisier, travaillées au bédane et cirées, la cheminée gigantesque, les lits clos qui, toutefois, ne sont plus garnis de paillasses mais de matelas en laine. Rose, habituée à ce mobilier, ressemblant à celui de la maison du Long, a été médusée par les meubles que l'écrivain a placés dans la pièce principale, tels un fauteuil en cuir, style Louis XIII de forte structure et un divan couvert d'un plaid de fourrure, encastrés dans les embrasures de fenêtres, et par une commode à casiers et tiroirs secrets à la fine marqueterie. Des assiettes de faïence de Nevers, de Moustier étaient posées sur un buffet bas finement ciselé, des bougeoirs d'argent sur la cheminée… Rose est restée ébahie devant une bibliothèque moderne chargée de livres aux reliures végétales superbes dont beaucoup furent inspirées par l'Anglais Morris, selon Jules. Elle les a caressés du bout des doigts. L'écrivain lui a dit d'en choisir deux ou trois. Elle a tiré un ouvrage à la reliure florale, de Stendhal.

Ce qui manque à la maison de Jules c'est un jardin spacieux et aussi varié que celui du Long. En ferait-il la moitié que l'écrivain s'en contenterait ! Mais il y a seulement une cour minuscule plantée d'un tilleul gigantesque qui ombrage toute la partie habitable de la demeure. La vue est réduite même si le village est situé face au château de Polignac dont on voit le donjon des fenêtres de l'étage. Quant aux terres rattachées à la ferme, elles sont éparpillées dans la campagne et Jules ne connaît même pas leurs limites. Certains paysans les utilisent sans l'avoir concerté. Mais il n'en a que faire ! Pour l'heure, il a trouvé sa muse au domaine du Long où la pierre est rosée et le toit rouge, le jardin dense et parfumé.

Il erre souvent dans la campagne et dans les villages. À Aubreynac, les Las, et Coste-Chaude en particulier, tout le monde le connaît désormais. La méfiance du début s'est évaporée. Il n'a pas révélé tout de suite ce qu'il faisait au domaine de Rose, il a seulement laissé entendre les choses que l'on voulait bien assimiler. Certes, un écrivain ici, ce n'est pas commun ! Paysans, artisans du pays ont cru qu'il était instituteur en retraite, reporter, voyageur… et parce qu'il avait l'air riche, il était digne de respect.

Ils se mirent à l'estimer quand il apporta son assistance matérielle à l'occasion de la perte d'une bête à la ferme Sigaud, peu de temps après sa venue au domaine, et chez Charrère des Las. Il avait acheté beaucoup de viande bien qu'il fût seul à cette époque. Son geste fut apprécié. Il n'hésitait pas non plus à leur proposer un coup de main. Leur estime doubla quand ils apprirent ses origines paysannes et l'entendirent parler le patois. Certes pas du mieux. Jules hésitait à leur apprendre sa réelle activité, de peur qu'on portât sur lui un regard différent. Dieu nous a mis des bras pour les faire travailler, disaient-ils à l'écrivain. Et lui de leur répondre : « Et la tête, la cervelle, c'est pour quoi ? » Alors cette différence l'éleva au-dessus d'eux car ils le voyaient instruit, ayant fréquenté les écoles, alors qu'eux avaient tout juste appris à lire et à écrire. Aujourd'hui ils disent : n'est pas écrivain qui veut ! Leur seule petite revanche est de corriger ses fautes de patois.

Monsieur Favre, l'instituteur d'Aubreynac, fait lire aux gosses des textes pris dans les livres de Jules, il se réfère à sa littérature comme à celle des grands classiques. Noémie Charrère est venue demander à Jules de prendre son petit Louis une heure par semaine pour lui faire une dictée et l'aider à sa rédaction. Jules a eu quelques réticences, mais il a accepté sans avouer sa médiocrité en orthographe. Il lui suffira de faire lire ou de dicter à l'enfant un texte choisi dans ses ouvrages savamment corrigés par une personne compétente. Cependant, il pourra lui apprendre l'emploi du bon français et quelques règles littéraires qu'il a acquises à force de les pratiquer. Quant à tout le reste, c'est inné chez Jules et il ne peut le communiquer aux autres. C'est le soir qu'il écrit le plus souvent jusqu'à des heures impossibles et au début de l'après-midi. Des jours entiers, il s'enfermera dans sa chambre quand l'inspiration est vive. D'autres jours, il n'écrira pas un seul mot, préférant musarder dans la campagne ou s'adonner à quelque exercice physique comme le jardinage ou l'entretien des allées.

Rose, quant à elle, dactylographie le manuscrit à des heures irrégulières mais plus souvent le soir. Il est plus facile de le mettre au propre que de le concevoir, et ses doigts sont agiles sur le clavier de la machine. Elle tient à retranscrire le travail de Jules très rapidement pour lui permettre de se relire plus aisément. Il lui arrive de le remanier et Rose doit recommencer. Mais que lui importe ! Sa lecture en est d'autant plus enrichie. Elle aime bien l'histoire que l'écrivain est en train de concevoir mais elle a envie parfois d'y apporter un peu plus de sensibilité. Cependant elle n'ose le suggérer à l'auteur. Elle se dit qu'il est dur parfois avec ses personnages et elle parvient à mieux le cerner à travers ses écrits. Cependant il a apporté ces derniers temps une fibre plus sentimentale à son récit.

Rose le regarde approcher. Il l'a vue. Il sourit. Elle pense qu'il a du charme malgré ses soixante ans, peut-être l'aurait-elle aimé avec le temps si Paul n'était entré dans sa vie. Après sa venue au domaine, elle ne doutait pas du qu'en-dira-t-on. Si autrefois elle croyait n'y attacher aucun intérêt, elle a pu se rendre compte combien il était blessant d'en être le sujet. Et de plus il était erroné ! Penser que les gens pouvaient bavarder dans son dos à propos d'une relation amoureuse entre elle et Jules la révoltait. Mais ce qu'elle redoutait davantage était leurs regards. Heureusement, les rencontres avec eux étaient devenues moins fréquentes du fait de l'évolution du mode de vie campagnard. En effet, depuis l'arrivée du boulanger à Aubreynac, les attroupements autour du four communal n'avaient plus lieu. Il ne restait plus que deux ou trois paysans qui faisaient cuire leur pain à façon, c'est-à-dire qui fournissaient leur farine, et par conséquent continuaient à se côtoyer par le biais de la boulangerie. Rose quant à elle profitait de la tournée du boulanger qui s'arrêtait aux portes des clients.

Le lieu de rendez-vous principal était désormais l'église mais la jeune femme ne s'y rendait plus autant depuis la mort brutale de Gérard. Pourtant, en janvier dernier, elle avait voulu assister à une messe dite pour tous les défunts du pays. À la sortie elle avait perçu les chuchotements et remarqué les regards indiscrets tournés vers elle. Ce qui n'empêchait pas que ces ouailles de Dieu lui témoignaient leur sympathie à coups de grands sourires et de hochements de tête. Jules n'assistait pas au culte non plus, étant agnostique, mais cela laissait les gens indifférents. Sûr, il restait un étranger, tandis que Rose ! On la considérait comme une enfant du pays et elle ne leur vouait pas grande rancune. Ils s'étaient penchés sur son sort malheureux autrefois, ils avaient estimé ses proches, et n'avaient pas encore oublié l'oncle Charles. Rose savait que ces petites rumeurs cesseraient bientôt.

Elle en a eu vent par Joséphine Petit, sa plus proche voisine. C'est l'accoucheuse, celle qui a vu naître Paul et ses sœurs, et tous les enfants du pays. C'est aussi la rebouteuse, la guérisseuse, et même un peu la sorcière de Coste-Chaude déclarent quelques-uns qui voient en sa médecine originale un signe de la magie. On vient la consulter de très loin, et bien avant le vétérinaire, pour soigner les maux du bétail et l'on n'hésite pas à avoir recours à ses dons pour soi-même. De plus, ça ne coûte rien ou presque rien. Ainsi beaucoup de gens passent dans sa maison et c'est de cette façon qu'elle recueille toutes les nouvelles, bonnes ou mauvaises. Comme à Dieu on lui confie ses misères, ses joies, et avec plus ou moins de mauvaises intentions celles de son voisin. Joséphine en a appris des choses, elle a tout entendu, des histoires à faire dresser les cheveux sur la tête parfois. Si elle en avait le pouvoir elle pourrait rendre muettes toutes ces langues de vipère mais hélas, elle n'est que la détentrice, comme elle dit, d'un savoir médical populaire. Aussi se contente-t-elle de les écouter à peine et de trouver le biais de les faire plutôt parler de la pluie ou du beau temps. D'ailleurs, Rose se doute que cette dernière n'est pas étrangère à la fin des commérages qui les avaient concernés, Jules et elle. Au fond, ces gens-là ne sont pas si mauvais et la plupart d'entre eux bavardent sans être conscients de nuire ni conscients du mal qu'ils pourraient causer.

Rose aime bien Joséphine. Comme autrefois, elle va lui rendre visite souvent, en profite pour rapporter des tisanes. Quelquefois Jules l'accompagne dans l'espoir d'assister à la préparation de décoctions ou de pommades dont la vieille femme a le secret. Elle fascine et fait un peu peur à la fois, car pour impressionner son entourage elle prend des allures de sorcière. Rose se souvient encore du jour où, enfant, elle avait vu Joséphine décapiter des couleuvres vivantes puis les dépouiller et mettre leurs rachis dans du sel. C'était, avait-elle annoncé avec une certaine fierté, pour que les vaches ou les brebis mettent leurs petits au monde sans difficultés. Elle faisait cuire les colonnes dans de l'eau avec du beurre et les paysans donnaient le liquide à boire à leurs bêtes. Celles-ci se délivraient alors dans l'heure. Rose frissonnait. Joséphine mettait dans un tonneau le fruit de sa chasse singulière. Couleuvres et vipères grouillaient au fond et s'y entretuaient en émettant un sifflement que Rose croyait encore entendre. Même l'odeur aigre qui montait du tonneau lui revenait. Joséphine racontait qu'une vipère aspic l'avait un jour mordue par surprise, mais que grâce au chardon marie et au genévrier, elle n'avait ressenti aucun désagrément.

Bien qu'elle sût à quelle fin ces plantes étaient destinées, Rose ignorait à quelle curieuse composition elles appartenaient. Mais depuis que Joséphine existe, elle qui n'a point d'âge, on fait appel à ses bons soins pour soulager une piqûre de guêpe ou de quelque autre bête venimeuse. Sa connaissance ne se borne pas à étaler sur la blessure l'amalgame souverain mais à soigner les maladies multiples de la peau, les affections respiratoires, viscérales, génitales... toutes inflammations et douleurs à l'aide de breuvages, d'onguents, pommades, cataplasmes et même de manipulations diverses et autres traitements. D'autres procédés plus ou moins étranges, rattachés à la magie, sont faits dans le but d'éloigner la maladie des étables et des basses-cours en particulier. Bref, les paysans gardent aujourd'hui encore une confiance absolue en la médecine que Joséphine pratique. Ils font appel au médecin en dernier recours, quand seulement leurs moyens le leur permettent. Le mois précédent, un homme est mort d'un mal que ni les simples de Joséphine ni les litanies de son épouse n'ont eu le pouvoir d'enrayer. Rose n'a pu s'empêcher de penser qu'il serait encore vivant s'il avait été soigné par une médecine plus rigoureuse. Hélas, les gens d'ici n'ont pas évolué comme en ville et ils redoutent tant d'aller à l'hôpital qu'ils préfèrent s'en remettre aux vieux remèdes de Joséphine. Ils semblent le plus souvent efficaces et de plus ne coûtent pas grand-chose.

Des huit enfants de la rebouteuse, Étienne est le seul resté à la maison. Ce vieux garçon de cinquante ans environ exerce le métier de ferblantier. Tout le monde ici vient le solliciter. À chaque maison sa bouilloire et ses chaufferettes, à chaque ferme son semoir et ses seaux, à chaque toit ses chéneaux et ses abergements de cheminée. La maison Petit a sans cesse des visites et il n'est pas rare d'y voir homme ou femme demander réparation d'une cheville luxée ou d'une bouillotte percée. On y fait d'une pierre deux coups.

On raconte d'Étienne qu'il travaille le fer comme un champion, avec une compétence peu commune. L'homme, quoique sympathique, est un peu rustre, il manque de raffinement dans le savoir-vivre et le langage. Ce n'est pourtant pas chez Joséphine qu'il a acquis ses mauvaises façons. La brave femme a eu bien du mérite d'élever ses huit galapiats sans l'aide de leur père, un homme qui aimait mieux empoigner le litron que le râteau, et courir le jupon. Mais les gènes ! Allez-y contre ! L'Étienne, il tient du père, affirme-t-elle ! Rustre mais pas mauvais bougre ! Et puis, c'est pendant son apprentissage qu'il a changé, chez un ferblantier du haut Velay. Mais mon Étienne, ajoute-t-elle, il a le cœur à l'ouvrage, lui ! Et sa grossièreté, elle ne veut pas la voir.

Quand Rose va au lavoir, elle croise souvent Étienne. Ils se donnent rapidement le bonjour, se disent deux mots. Comme autrefois, elle ressent une antipathie instinctive à son égard, lui trouve l'œil sournois et la lèvre amère. Elle est bien heureuse de ne pas avoir à l'aborder souvent. L'autre jour cependant, elle a dû lui demander un seau pour le charbon. Étienne l'a emmenée dans son atelier où de nombreux ustensiles sont mis en réserve. Elle y a déniché le seau et même une louche de forme carrée pour puiser l'eau du fourneau. Il a engagé la conversation et en l'espace de quelques minutes elle a remarqué l'étonnant changement de son attitude. Il s'est mis à user d'une cordialité et d'une politesse dont il ne sait pas faire usage. L'urbanité qu'il se donnait lui seyait mal, ne s'alliait pas à son physique. Sans doute Rose l'aurait-elle trouvé moins disgracieux si son comportement avait été plus naturel. Plutôt que de le flatter, toute cette affectation tendait à souligner ses imperfections et à masquer ce qu'il a de plus attrayant. Ainsi, quand il ouvrait trop grands ses yeux, arrondissait sa bouche en « cul-de-poule », remuait les ailes de son gros nez... et de plus il prenait l'allure impériale et le parler de Sacha Guitry. Aussi dans son ridicule, Rose l'a-t-elle vu plus mal bâti et râblé qu'il ne l'est. Elle lui trouvait les jambes plus arquées, le tronc plus épais et le visage de pleine lune que l'absence de pilosité finit d'arrondir, avec lequel ses yeux, sa bouche s'harmonisent parfaitement. Son regard marron est trop pénétrant, presque insolent à force d'immobilité, trop plein de cette fausse sensibilité qui le fait briller. Pas plus que sa physionomie Rose n'aime sa voix grasseyante. Et quand il parle ! Elle avait dû reculer plusieurs fois d'un pas ou deux tant son haleine empestait le mélange odieux de l'ail et du tabac, qu'il doit chiquer, à voir aux commissures de ses lèvres une écume jaune rance et du noir à ses dents. Comble de malchance, il s'est montré plus bavard qu'elle ne le soupçonnait et elle a dû alléguer un prétexte pour s'en aller.

Depuis ce jour elle évite de le rencontrer, et si elle se trouve devant lui, elle évite d'entamer une conversation. Hélas, il a pris l'initiative de venir boire le canon avec Jules, au moins une fois dans la semaine, et à une heure où elle est présente. Elle fait mine de ne pas voir son regard appesanti sur elle et feint d'ignorer ses intentions. À la longue, il a fini par laisser de côté toutes ses minauderies et ses airs de gandin, mais sa véritable nature ne plaît pas davantage à la jeune femme.

Quant à Jules il a bien saisi la raison des visites du ferblantier. Il rit en douce et susurre à l'oreille de Rose :

« Savoir s'il finira par comprendre qu'il se déplace pour rien et que t'aimes pas les raseurs ! »

Certes, il sait bien que Rose n'apprécie pas l'homme, il a appris à la connaître. Elle aime les bonnes manières, à condition qu'elles soient pures. Mais peut-être quand Jules disait cela, il n'avait pas encore compris que le cœur de Rose était épris de Paul. Paul, ce grand garçon à l'air timide, mais qui avait su être si entreprenant.

Jules est maintenant à sa hauteur. Leurs regards se croisent. Rose pense que celui de Jules est différent. Et Jules pense la même chose. Elle dit :

« Ce matin, madame Sigaud a apporté un coq, tout plumé, prêt à mettre à la cocotte. C'était le méchant, celui qui "becquait" les mollets. »

Jules arbore un grand sourire et s'exclame :

« Tiens, voilà un nouveau verbe à placer dans mon répertoire. Je l'aime bien, Rose, même si…

– Oh ! Jules, crie la jeune femme, vous allez cesser de vous moquer de mon vocabulaire ! »

Elle esquisse le geste de le bousculer avec son bras libre. Il se précipite vers la maison, riant de plus belle. Elle le poursuit en reconnaissant qu'il est encore alerte. Mais son seau de linge est lourd. Quand elle entre, il est en train de contempler le pauvre coq, abandonné sur la table. Une entaille bée sur son long cou maigre où le sang a déjà noirci.

« Tu devrais le mettre au vin car c'est une vieille carne.

– Non, dit-elle, madame Sigaud a récupéré le sang pour faire la “sanguette”. Vous connaissez pas ça, hein ?

– Oh que si ! répond Jules. N'oublie pas que je suis un campagnard. Il faut mettre dans le sang de l'oignon bien émincé et des petits morceaux de pain et tu fais cuire dans la poêle beurrée. »

Rose l'écoute et acquiesce. Elle devine son air ironique tandis qu'elle pousse le coq en bout de table. Puis elle nettoie à l'eau froide le sang qui a coulé sur la nappe. C'est l'heure de boire le deuxième café de la journée. Elle pose les bols sur la toile encore humide, met ce qui reste de café du matin à chauffer dans une casserole. Elle se sent plus rassurée devant la bonne humeur de l'écrivain. Il paraît avoir retrouvé sa joie de vivre et nul ressentiment ne transparaît sur son visage ni dans sa voix. S'était-elle trompée ? Avaient-ils cru voir son ombre dans la remise et la porte avait-elle seulement bougé sous un courant d'air ? Ou bien Jules avait-il admis leur relation ? Elle va pouvoir lui parler, avec franchise et loyauté sans craindre son chagrin ou sa colère. Faut-il agir maintenant ? Il ne semble pas pressé. Elle s'assied, regarde autour d'elle, cherche les mots. Ses yeux se posent sur les deux bœufs et le char en bois qu'il a commandés à l'ébéniste le mois dernier, un cadeau qui ne répond à aucune date spéciale. Elle en avait vu les mêmes chez Joséphine et ils lui avaient plu. Jules avait simplement voulu lui faire plaisir.

Rose ressent un peu de honte parfois quand elle voit la pauvreté de certains paysans de ces lieux. Avec l'argent que Jules lui remet chaque mois elle pourrait acheter tant de choses ! Mais elle ne manque de rien, juge qu'elle possède tout ce que l'argent ne pourrait acheter : l'amour, le bonheur, la paix du cœur. Elle en place donc une bonne partie à la banque. Plus tard, peut-être, elle acquerra les terres autour du domaine et fera une proposition à Paul. Elle arrangera aussi la maison des Sources, mais petit à petit, car Paul ne voudra pas que ce soit avec son propre pécule. Ses yeux sont à présent fixés sur un petit cheval de bronze que le jeune paysan a rapporté de la foire du Puy, lors de la grande braderie. Il l'a offert à Rose, disant qu'il ressemblait à Duchesse. Elle a été touchée. Son geste lui fait avoir une opinion de Paul plus bienveillante encore. Elle pense que sa générosité lui donne une certaine classe et le porte, sans qu'il n'y ait jamais été initié, à une pratique des bonnes convenances. Et cette aptitude, il l'a acquise seul ! Parce que son cœur est bon, son esprit subtil ! Comme elle l'en aime davantage ! Depuis quelque temps il s'informe et suit de plus près les événements politiques, lui qui ne s'intéressait qu'à sa terre. Il parle de Léon Blum qui vient de remporter les élections législatives et est président du Conseil. En ville, la masse populaire reprend espoir après la crise industrielle avec les congés payés, la semaine de quarante heures. Il suit de plus près la régularisation du marché des céréales et s'est rendu à la Coopérative des producteurs de lentilles, nouvellement fondée à Brives-Charensac. Certes, Paul, avec sa petite exploitation n'est guère concerné et cependant il veut savoir de quoi peut se réjouir l'agriculture aujourd'hui et montrer qu'il a l'esprit ouvert. Rose sourit en coin. Mais elle se sent observée par Jules et s'empresse de vider le café, presque bouilli, dans les bols.

Il pose les mains sur la table, croise les doigts. Rose peut les voir blanchir à leurs jointures. Elle remarque un peu de terre sur son poignet droit. Qu'a-t-il fait ? Il n'est pourtant pas allé au jardin. C'est en fin d'après-midi qu'il s'y rend et il arrose les salades avec l'eau de la source. Rose toussote, dit : « Jules ». Il redresse la tête. Son regard la pénètre. Elle sait qu'il attend ses paroles.

« Jules, il faut que je vous parle. »

Il ne répond pas. Un sourire forcé tend ses lèvres, son regard est rieur mais trop profond, il ment. Il a compris. Rose est crispée. Il se décide enfin à dire :

« Je sais ce que tu veux me dire ma petite Rose et combien il t'en coûte. J'attendais cet instant, tu vois, j'étais prêt à t'écouter, je désirais que tu me dises tout. Tout ! Un peu par rancune, parce que je savais que ça te ferait de la peine de me parler. Je suis un misérable, va. Oui, je sais tout ! Pas besoin de te forcer à chercher de beaux mots. C'est rien que la vérité qui fait mal, et les mots, eux, qu'ils soient doux ou durs... Eh oui, je pensais : " Elle va te le dire que le Paul et elle... qu'elle va partir, que toi, mon pauvre vieux tu seras seul, ou c'est toi qui devras partir bientôt. " Mais à quoi cela servirait-il de te laisser parler ? »

Elle veut l'interrompre car même s'il connaît la vérité elle doit agir comme elle l'avait envisagé, être honnête. Mais il ne la laisse pas prendre la parole.

« Chut, Rose, chut. Tu es tombée amoureuse de ce grand nigaud de Paul, et lui de toi. Je dis nigaud car ça faisait bien un moment qu'il cherchait après toi et qu'il n'osait pas faire le premier pas, mais il est brave, va. Je ne savais pas si toi... Mais c'est bien normal, il est de ton âge, bien de sa personne, fort comme un bœuf... et pas bête. Je vous ai vus l'autre jour dans la remise, j'ai compris que c'était arrivé. Aujourd'hui je te demande de me pardonner de t'avoir fait vilaine figure. C'était une jalousie stupide, je m'étais un peu monté la tête... On était bien là, tous les deux… »

Il se tait, ravale sa salive deux ou trois fois et continue :

« Un peu monté la tête à croire que je te garderais avec moi. Ah ! Faut comprendre, tu es là toujours gracieuse, à aller et venir dans la maison, j'aime ta présence, je t'entends chaque fois que je rentre et même l'autre jour tu fredonnais. J'aime le cliquetis de ta machine à écrire. Tu vois, ce roman, c'est le nôtre, nous travaillons ensemble dessus et quand je te relis, je vois bien que tu as apporté des modifications. Tu as bien du talent. Depuis que je suis ici je n'ai pas songé à me rendre à Paris, je n'en ai pas eu envie. L'autre jour, quand j'ai réalisé que tout serait fini, j'ai eu trop de peine et ma rancune est née. Je vous détestais pour le bonheur que vous éprouviez et pour toute cette déception que vous me causiez. »

Rose se rend compte de sa douleur, elle en est si touchée qu'une boule se forme dans sa gorge et grossit. Ses yeux se mouillent. Il lui est bien difficile de retenir ses larmes. Elle voudrait prendre cet homme contre son cœur et le bercer, comme un père qui pleure. Mais Jules est loin d'éprouver le sentiment d'un père pour sa fille. Il ne l'a pas avoué et laisse planer le doute qu'il pourrait bien s'agir d'un sentiment de cette nature. Ainsi elle ne s'est pas trompée. Mais pourquoi elle-même ressent-elle de la douleur ? Est-ce de constater la sienne ou bien parce qu'elle a bien failli l'aimer vraiment d'amour ? N'a-t-elle pas eu envie, un soir, de se laisser bercer dans ses bras et songé à de véritables caresses ? Elle serait sans doute sa maîtresse, si Paul n'était venu, elle n'aurait pu rester éternellement insensible à l'amour que Jules lui portait et malgré son âge elle aurait succombé. Elle avait eu besoin de sa tendresse, de son attention, mais elle était femme…

« C'est moi qui t'ai fait la proposition, reprend-il. Juste le temps d'écrire le roman. Tu ne t'es pas engagée à rester avec moi jusqu'à la fin de tes jours. Mais je me suis dit qu'on en ferait un autre, et un autre… Que tu ne retournerais plus chez Demars… J'étais fou, Rose, de faire de tels projets. Je me rends bien compte qu'ils ne pouvaient être réalisables. Je voulais t'empêcher de vivre… À ton âge la vie n'est pas terminée, et puis tu es attrayante. Le Paul a bien de la chance, il pourrait me remercier de t'avoir ramenée au pays. »

Et il émet un petit rire.

« Il n'aurait pas été fichu d'aller te chercher en ville. Tu seras bien avec lui. Vous aurez des enfants. Mais tu vois, Rose, je ne voudrais pas que tu oublies le vieux Jules parce que... »

Il fait glisser ses coudes sur la table, allonge les bras et la saisit aux épaules tout en plantant ses yeux dans les siens.

« Je suppose que tu iras chez Paul, aux Sources. Me laisseras-tu revenir au domaine, le temps d'un séjour ? Il faut me promettre de venir me voir. »

Son regard se promène sur le visage de Rose, en caresse toutes les lignes, les lèvres où il se pose un instant avant d'aller se noyer dans l'eau bleue de ses prunelles.

« Tu as mis du soleil dans cette maison dès que tu y es venue. Elle est agréable mais bien plus quand tu es présente. J'étais heureux. Je n'avais plus peur de vieillir, je n'y songeais même pas. Tu m'as rajeuni, je me sentais comme à quarante ans, en pleine forme. Tu m'as rendu la vie... »

Mais il s'étrangle, foudroyé par la pensée brutale de sa décadence et de sa solitude prochaines. Ses épaules s'affaissent comme sous un poids monumental, il lui semble qu'il commence déjà à mourir. Il entend le souffle de Rose et s'aperçoit de sa peine. Elle marque sa jolie figure, y fait ses sillons, lui vole de son éclat. Elle éprouve quelque chose pour lui, malgré tout. Elle aurait bien fini par l'aimer si Paul… Il se ressaisit, ou du moins se force à le faire, brusquement honteux de sa faiblesse, honteux de la blesser, elle. Il quitte la chaise et va se planter derrière la jeune femme. Elle n'a pas bougé, assise de guingois, les avant-bras posés sur la table de chaque côté de sa tasse. Le café est froid maintenant. Jules lui prend la tête dans ses mains et l'appuie doucement contre sa poitrine. C'est la première fois qu'il fait ce geste et c'est la première fois qu'il sent aussi amplement la douceur de ses cheveux. Il ferme les yeux pour en savourer le bonheur. Rose parle enfin.

« Comment pourrais-je jamais vous oublier ? Jules, j'ai tant de reconnaissance envers vous. Ma vie serait bien morne de ne plus vous voir. Oui, j'irai bientôt aux Sources mais vous demeurerez ici autant que vous le désirerez. Je continuerai à taper vos manuscrits, je viendrai, comme si je me rendais à mon travail, ainsi je ne serai pas totalement séparée de vous et du domaine. Je continuerai aussi à entretenir la maison…

– Ne t'en fais donc pas pour ça, la coupe-t-il, tu auras bien assez à besogner là-bas aux Sources, il te restera peu de temps pour moi, et puis y a le père du Paul... Il n'est pas pénible et se suffit encore. Oh ! et puis je ne suis pas encore impotent, moi non plus, et mes jambes me traîneront bien jusqu'à ces solitudes quand j'aurai envie de te voir et de t'entendre. Si tu veux bien me recevoir. »

Les doigts de Jules lui palpent les tempes et les oreilles. Elle penche la tête de droite et de gauche, doucement, pour mieux en apprécier la caresse. Elle ferme les yeux, elle aussi. Elle voudrait lui dire tant de choses, le convaincre de sa tendresse et la lui prodiguer toujours. Elle voudrait lui dire qu'elle a retrouvé un équilibre, grâce à lui, et de la confiance dans son sort. Il lui a tendu la perche quand elle était livrée à son triste passé, incapable d'en sortir et de voir devant elle. Elle voudrait lui demander pardon de ne pas l'aimer d'un amour véritable et de lui avoir permis de l'aimer elle.

Elle a soudain l'image de Paul devant les yeux. Il sourit. Ce sourire-là découvre ses canines de loup, creuse des fossettes dans ses joues, jette de la brillance dans les ténèbres de son regard, accuse ses traits et masculinise son visage. La douleur quitte doucement le cœur de Rose où trouve place un bonheur inouï. Désormais elle va être heureuse, comblée, complètement femme.

Elle se retourne brusquement, faisant basculer la chaise, enlace Jules avec force et lui dit d'une voix chaude et tremblante :

« Vous ne serez pas seul, Jules ; plus tard, si vous le voulez, nous vous prendrons avec nous. Oh, je suis si heureuse, Jules, et tellement triste à la fois ! »

Il vient de fermer les yeux. Les paroles de la jeune femme lui ont frappé durement le cœur. Mais il se reprend.

« Allez, allez, la console-t-il en lui tapotant l'épaule, nous nous débrouillerons bien, tu verras, je suis un idiot de te faire cette peine. Dis, si nous buvions un peu de café maintenant qu'il est tout froid, et si nous épluchions quelques patates pour le repas, on cassera des œufs dessus et tu me mettras la sanguette à cuire... »

Il joue bien la comédie, Jules. Une question cependant lui brûle la langue qu'il n'ose poser à la jeune femme. Autant il désire connaître la réponse, autant il l'appréhende. Mais il se lance :

« Quand pars-tu ?

– Quand les gros travaux seront finis, à la fin de l'été. Paul aura parlé au père et à sa famille. Quand le roman aussi sera terminé. Et il le sera, Jules ?

– Oui, il le sera. Hum... Alors je vais pouvoir encore profiter un peu de toi... Et notre petit voyage à Paris, tu n'y songes plus ? »

Elle ne répond pas. Il soupire. Elle est toujours blottie contre lui et le serre plus fort dans ses bras. Il sait qu'elle éprouve pour lui une réelle tendresse. Seulement de la tendresse, hélas. Mais qu'allait-il s'imaginer ? La vie n'est pas un roman, mon pauvre homme, se dit-il. Il a envie de laisser ses mains courir sur les cheveux de Rose, de sa nuque jusqu'à ses reins, de déposer un baiser sur sa frange folle, de l'enlacer aussi. Mais elle s'écarterait de lui, alors il garde les mains le long de son corps et la tête droite. Il referme les yeux pour mieux goûter l'instant et pour mieux la goûter, elle. Il a l'impression de sentir sur son ventre les battements de son cœur et de ses veines. Elle lui communique sa chaleur et c'est un bonheur sublime. Combien de fois a-t-il rêvé de lui voler cette chaleur en la prenant de force dans ses bras ! Il ne bouge pas, de peur qu'elle s'éloigne, et bien que son vieux corps commence à s'engourdir, il jouit de ces quelques minutes de félicité. Plus jamais ! plus jamais une telle circonstance ne se présentera ! Hélas, toutes les bonnes choses ont une fin... Et c'est lui qui la repousse, doucement, ô combien à regret. Il dit :

« C'est vrai que la maison des Sources a besoin d'être rafraîchie mais c'est une jolie bâtisse. Seulement l'endroit est bien isolé, tu sais, il ne faut pas craindre, l'hiver là-bas...

– Oui, Jules, mais je ne crains pas la solitude. J'ai toujours aimé le calme plat de ces campagnes. Ici ou là-bas, c'est bien la même chose. J'ai décidé de passer le permis et je pourrai me rendre facilement en ville. Mais il paraît que monsieur Perrel, le transporteur d'Aubreynac, envisage de faire un service de car tous les jours et il se chargera aussi des voyageurs de Peyredeyre. Quand vous séjournerez à Paris, mes parents viendront quelques jours au domaine. Je serai bien, Jules. »

Bien sûr, pense Jules. Qu'importera à Rose d'être isolée pendant la grosse neige où il est difficile de se frayer un chemin des Sources à Coste-Chaude. Elle roucoulera en compagnie de son Paul et ne trouvera pas les heures longues, même sous la bise. Elle pourrait bien hurler pendant des mois si Rose restait auprès de lui ! Ils ne craindraient rien, comme tous ces paysans qui savent prévoir l'isolement. Aux Sources il y aura de quoi résister à un long hiver. Il y a le four dans la cour pour faire le pain, des pommes de terre à volonté, du lard et du saucisson sur le séchoir, de la viande dans les saloirs et de l'eau de source en permanence. Les provisions de bois et de nourriture font toujours face à de rudes hivers.

« Les difficultés on les surmonte toujours, dit la jeune femme. Je crois que je me ferai vite à la maison des Sources. Mais je songe au domaine que je ne cesserai pas de faire entretenir, et il reviendra plus tard à l'enfant que nous aurons, Paul et moi. C'était le vœu de mon cher oncle. »

Il acquiesce d'un mouvement de tête, pourtant son cœur vient de recevoir un nouveau coup. Certes, ils sont jeunes et ont le temps d'en faire deux ou trois. Il la regarde. Placée devant la fenêtre, Rose reçoit la pleine lumière et Jules voit le duvet clair de ses bras. Elle porte une robe de cotonnade légère, sans manches, à l'encolure échancrée qui laisse voir sa peau fine, couleur de pain. À trois mètres de lui, elle est plus désirable encore. Il détourne le regard. Il éprouve une sorte de malaise songeant à son proche départ et au futur. Il avait goûté au bonheur, ou du moins à un semblant de bonheur. Et tout venait de s'effondrer. Ce temps, ce rêve avait été bien court et l'évidence est bien dure à admettre. Son bonheur à elle, il l'avait désiré, il voulait qu'elle échappe à son passé. L'image de Paul passe devant ses yeux. Il ne veut pas imaginer Rose et l'homme dans leur nid des Sources où ils batifoleront, coulant des jours heureux.

Il éprouve soudain le désir de ne plus parler de tout ça, et même de ne plus y penser, comme si rien ne s'était passé et n'était changé dans le cours de sa vie. Il a seulement envie d'oublier que son malheur existe et qu'il n'a plus rien à espérer. Comme c'est horrible de perdre si vite tout espoir. Il n'a plus qu'à attendre la vieillesse, seul. Ah ! il en tressaille ! Pour l'instant il faut chasser toute vision du futur et sa peine. Il la reprendra plus tard, à la fin des beaux jours, quand celle qui lui est devenue si chère et a parfumé sa vie sera partie. Il faut vivre pleinement ces derniers beaux jours avec elle.

Il ébauche un sourire résigné et pousse sa chaise contre la table pour faire comprendre à Rose que la discussion est close. Il lui propose son aide pour éplucher les pommes de terre mais elle la refuse. Elle a deviné qu'il a besoin d'être seul un instant. Il se dirige vers la porte, le dos bas. Rose a envie de lui dire qu'elle ira rejoindre Paul dans le milieu de l'après-midi mais elle se ravise. Après son départ elle s'active à ranger la maison et à préparer le repas tout en réfléchissant à la scène qu'elle vient de vivre. Bien que soulagée, elle ne peut s'empêcher de plaindre Jules. La tristesse qui l'avait assaillie depuis le matin refait surface. Elle regrette de ne pas lui avoir fait comprendre plus tôt que rien ne pouvait se passer entre eux. Elle n'avait rien fait pour l'empêcher de rêver. Mais était-elle vraiment en cause ? Elle avait eu besoin de sa tendresse et il avait cru bon de l'aimer, sans songer qu'elle ne lui offrirait pas le même amour en retour. Que s'était-il vraiment passé ? En son for intérieur, Rose se sent coupable car elle se souvient des pensées qui lui avaient traversé l'esprit à une époque où elle ne faisait pas la distinction entre le besoin d'amour et celui de tendresse. Jules avait-il aperçu du désir dans ses yeux, ce soir-là ? Mais que sert de se questionner ? songe-t-elle. Désormais il sait la vérité. Ce fait la réconforte et chasse ses remords.

Sa pensée se tourne vers Paul. Quelques heures à peine se sont écoulées depuis leur séparation et elle est de nouveau impatiente de le revoir. Ils se retrouveront comme prévu au petit bois à seize heures. Elle se remémore son escapade nocturne. Elle a été grisée d'agir en cachette et de ne pas avoir eu peur d'être surprise. La nuit était douce, claire et parfumée, l'herbe tendre sous les pieds. Il l'attendait derrière la remise comme la première fois. Ils étaient comme deux adolescents à qui on avait interdit de se voir et que la désobéissance exaltait. Le secret de leur idylle ajoutait à son intensité. Cœurs battants, ils ont grimpé l'échelle à l'étage et ils se sont étendus sur du vieux foin. La lune regardait par la lucarne et éclairait le corps musclé de Paul. Elle se souvint de sa hâte, et de son effervescence. La lune jouait-elle sur ses sens ? Même après leur fol embrassement, un désir l'habitait encore. C'était celui de sentir sa peau sous ses doigts, les poils de son torse et ses mains. Des mains d'homme ! Larges et rugueuses mais qu'il savait rendre douces. Comme elle avait de la chance d'aimer et d'être aimée en retour ! Alors qu'elle croyait ne plus jamais connaître le bonheur ! Ce n'est pas le cas de ce pauvre Jules.

Lui est maintenant là-bas, tapi sous les frondaisons, dans la cachette propice à tous les secrets. Hélas, il ne parvient pas à chasser sa douleur. Comment le pourrait-il, elle est si aiguë ! Rongé par la déception et le remords, il ne cesse de se dire : « Bougre d'andouille, bougre de vieux con, que croyais-tu ! »

Il l'avait vu nue, la nuit, pendant qu'il rêvait tout éveillé. Il ressentait le désir d'elle au fond de son être et parfois il se caressait. Mais rien ne se passait. Il était trop vieux ou trop fou ou trop conscient de sa folie. Il aimait Rose. Il n'avait pas fait l'amour depuis si longtemps. Ah ! tenir Rose dans ses bras, l'embrasser, la caresser ! Il aurait hurlé parfois tant son désir était fort, et il ne parvenait ni à l'assouvir ni à le chasser ! Alors il essayait de la voir différemment et il avait honte de ses pensées impudiques.

À présent il la cache dans les feuillages, sa honte, et avec elle son incommensurable chagrin. Il l'a observée si souvent à son insu, notant le plus petit changement de sa physionomie expressive, ils ont vécu des instants forts, de vrais tête à tête d'amoureux sans qu'elle en eût conscience. Lui seul s'est laissé prendre au piège de la passion. Il se tapit dans l'ombre, enfouit son visage dans ses mains. Il demeure sans mouvement. Et il pleure. Longtemps après, il sort de la cache et va marcher dans le parc, le temps de se composer un nouveau visage.

IV

Les aveux

CETTE ANNÉE le printemps a été tardif, le froid et les pluies se sont prolongés jusqu'en juin pour faire subitement place à la chaleur. Pendant tout le mois de juin, on n'a pas vu un seul nuage ni senti le moindre souffle de vent. L'herbe, qui a souffert des caprices d'avril et de mai, promet maintenant une belle récolte de foin. Elle est haute et la fleur du sureau éclose. « Quand le sureau fleurit, prends ta faux et vas-y », dit le dicton. Un peu partout dans la campagne, les arbustes arborent leur floraison blanche et parfumée. Il est l'heure de la fauchaison.

En début d'après-midi, la chaleur, à son paroxysme, convie à la sieste mais les hommes du pays semblent s'être donné le mot pour préparer les faucheuses et les faux. On entend les chuintements des lames sur les meules et les battements des marteaux sur le fer qui ébranlent l'air avec une incroyable régularité. Les trois villages s'éveillent et vibrent des mêmes sons flûtés.

Aux Sources, les Eyraud s'apprêtent eux aussi aux travaux. Le fils révise les courroies des coffins, prépare marteaux et enclumettes, et le père, assis à l'ombre de la remise, tape la faux. Eugène abandonne soudain sa tâche pour s'essuyer le front avec son poignet. Il étouffe. L'air devient de plus en plus lourd bien qu'un vent léger se soit levé. Mais il est trop chaud et n'apporte aucun soulagement. Vent d'orage, se dit Eugène, il forcira avant le soir. Il regarde le ciel. Au zénith une écharpe de mousseline très fine et déchirée se traîne vers le soleil, va bientôt le voiler ; au sud quelques moutons posent perruques blanches aux monts. Il pourrait bien tomber des cordes, pense encore le vieux paysan, quoiqu'on a vu pareil changement et pas la plus petite goutte, il est bizarre le temps. Paul sort peu après du hangar. Apercevant le père arrêté et souffrant, il annonce :

« Fait pénible, hein, ce sera l'orage avant la nuit.

– Ouais, mais c'est bien le moment ! »

Et il souffle de mécontentement, levant la casquette et séchant de nouveau ses tempes reluisantes.

« Laisse ça et va donc te reposer, dit Paul.

– Suis pas encore cuit, répond le père d'un ton revêche, et sûrement moins fourbu que toi », faisant allusion à l'échappée nocturne du garçon.

Il se redresse et jette la faux sur son épaule. Perplexe, Paul le voit contourner la fontaine, le pas gaillard, et s'enfoncer dans le pré pentu derrière la clôture, de l'herbe jusqu'à la ceinture. Il crie :

« Où vas-tu ? T'es pas un peu fou de faucher maintenant ?

– Et qui te dit que je vais faucher, abruti ? Je vérifie seulement si elle coupe bien. Et d'ailleurs faudra bien s'y mettre demain, suis pas foutu je t'ai dit, je peux en abattre encore !

– Je t'ai dit que t'étais foutu, je te l'ai dit ? » hurle Paul, en proie maintenant à la colère.

Il court presque pour le rejoindre. Déjà le père se courbe et sa faux fend l'herbe. Il la pousse, la ramène avec un mouvement régulier des bras. Il avance à petits pas et fait glisser ses pieds qui laissent sur l'herbe fraîchement coupée deux traces parallèles parfaitement visibles. Sur la gauche l'andin se forme. Paul prend une poignée de graminées et la hume. Il approche du père.

« Alors elle coupe bien ?

– Ouais, mais l'herbe est dure, faudra affûter souvent.

– De toute façon, je ferai dans les pentes. Demain matin on attaquera comme les autres années par le pré de la Chapelle et ceux des Sources. »

Paul fauche toujours les prés humides en premier et il n'est pas rare d'y voir le regain en août sauf si la sécheresse est trop forte. Il lève la tête. Les nuages se gonflent comme des voiles et appareillent sur le ciel tout en se teintant légèrement de gris. Paul est maintenant sûr que l'orage s'abattra sur l'Emblavez. Le père s'arrête de faucher. Il vole la poignée d'herbe à la main de Paul et la hume à son tour. Puis il pose un regard anxieux sur son fils. Il brûle de lui demander avec qui il a passé une partie de la nuit. Depuis le matin la curiosité le taraude et l'inquiétude aussi. Il est partagé entre le désir et la crainte de savoir. Il veut tant de bonheur à son garçon maintenant, ce bonheur qu'il lui a refusé pendant des années par peur de se voir seul aux Sources. Et voilà qu'il se montre austère ! Qu'il éprouve de la rancune envers Paul parce que celui-ci le laisse dans l'ignorance et envers lui-même parce qu'il est trop fier pour questionner le garçon.

Où était-il et avec qui, cette nuit et les autres ? Dans quelle situation s'est-il fourré pour agir ainsi dans le noir ? Et si c'était une histoire d'adultère, que le Paul il soit allé voir la femme d'un autre ? Il a changé. On le sent plus assuré, plus libéré, plus heureux. Mais il reste trop silencieux.

Eugène soupire encore une fois et jette son herbe. Il remet la faux sur son épaule et tourne le dos à son fils pour marcher en direction de la maison. Paul, inquiet de son comportement, lui emboîte le pas :

« Mais qu'est-ce que t'as, le père ?

– Rien, rétorqua Eugène d'une voix bourrue.

– Rien ? Eh bé, on dirait pas ! T'as pas dormi sacrebleu ! »

Eugène s'arrête brusquement. Il fait face à Paul. Un air à la fois narquois et hargneux s'affiche sur son visage. De qui se moque-t-il ce... ce diable-là ? Le moment est opportun pour entrer dans le vif du sujet. Il faut pousser le fils à parler et peut-être qu'en usant d'allusions...

« Et toi, t'as dormi ? T'as pas l'air, à voir ta mine, à force tu vas faiblir mon garçon ! »

Paul reste muet un temps court, juste le temps de comprendre. Ainsi il ne s'est pas trompé, le père l'a entendu au beau milieu de la nuit et il cherche à présent à connaître la raison de son retour tardif. Il a des soupçons mais d'autres idées doivent lui trotter dans la tête. Il est vrai que la conduite de Paul doit éveiller bien des suppositions. Eh bien, puisque le père le désire il va lui donner toutes les explications ! Il fallait y arriver de toute façon ! Jamais il n'accueillera Rose aux Sources sans avoir été mis au courant de la situation et sans avoir donné son consentement.

« Tu veux le savoir où j'étais hier soir ?

– Tu veux dire cette nuit ! Si tu veux parler, je veux bien t'écouter mais c'est pas moi qui vais t'arracher les mots. Si tu cherches à cacher quelque chose, c'est que ta conduite n'est pas des plus honnêtes.

– Ah ! c'est donc ça ! s'exclame Paul. Qu'est-ce que tu t'es fourré dans le crâne, qu'est-ce que tu crois, hein ? »

Le père Eyraud reprend sa marche sans lui répondre. Seulement quelques marmonnements incompréhensifs s'échappent d'entre ses lèvres sèches, à chacun de ses pas. Parvenu devant la maison il plante son outil contre le mur et entre, Paul sur les talons. La température intérieure les enveloppe d'une agréable fraîcheur qui les laisse dans un instant de grande satisfaction. Ils ont l'impression que leur sang a soudain cessé de bouillonner dans leurs veines dilatées, que leur chair se raffermit et reprend sa consistance normale. Ils s'abreuvent d'un peu de vin additionné d'eau à peine froide, laissée dans la carafe sur le bord du buffet. C'est pas le moment d'attraper un bon mal de gorge en avalant celle directement sortie du puits.

Après un silence que rien ne vient troubler, encagé par les énormes murs de la maison, Paul remue sur sa chaise. Le père attend qu'il reprenne leur conversation. Mais ce n'est pas si simple. Il éprouve une gêne monumentale de devoir lui apprendre sa relation amoureuse et même de la honte pour la bonne raison que son intimité est restée un sujet jamais abordé entre eux. De plus, Rose a déjà été mariée et… Mais que va-t-il chercher ! Le père ne croyait tout de même pas qu'à son âge il se dégoterait une jouvencelle ! Il a bien de la chance d'être aimé par cette femme encore jeune et belle et il se moque qu'elle ait eu un passé. Malheureux de surcroît ! il est tellement épris d'elle ! Seuls importent le présent, la construction de leur avenir, leur attachement. Malgré tout, il cherche ses mots et un bon ton de voix en se mangeant la corne des doigts. Enfin il se décide et c'est presque avec étonnement qu'il s'entend dire :

« C'est une femme.

– Quoi, c'est une femme ? réplique Eugène en posant sur lui un regard presque dédaigneux mais au fond duquel brille une lueur d'avidité.

– Je connais une femme, voilà tout, que j'ai vue hier au soir et deux ou trois autres fois.

– Et tu pensais que je croyais que c'était un homme, bougre de couillon ? Et pourquoi tu la vois au milieu de la nuit cette femme, elle se cache ? D'un père, d'un mari peut-être ?

– Nous y voilà, je savais bien que tu te mettais des idées dans la caboche ! réplique Paul agacé. Elle se cache pas mais c'est vrai que nous sommes dans une situation un peu difficile pour l'heure car elle habite avec quelqu'un, mais c'est pas son homme.

– Bon ! dit le vieil homme, inquiet. (Il veut savoir la vérité tout de suite, ne pas se poser d'autres questions.) Qui est-ce ?

– Rose, la veuve du domaine du Long. »

Le père se redresse et il fait tourner sa casquette deux ou trois fois sur sa tête. Il fixe son regard sur les dalles que de la terre ramenée du dehors par leurs souliers a ternies. Rose ! Il y avait pensé mais l'avait écartée, à cause de Chometon. Quel idiot ! Il savait que Paul était monté plusieurs fois au domaine pour remplacer le Mathieu Sigaud qui s'était fait mal à une jambe. Il aurait dû s'en douter ! Ainsi c'est la nièce de ce brave Charles Aurel qui fait tourner la tête à son garçon ! Des gens de bonne réputation ces Aurel ! Il a connu les vieux, Amélie et Pierre… tous charrons et fermiers dans la lignée, de père en fils. Les mâles reprenaient le domaine et les filles s'en allaient à la ville. Charles n'a pas eu de progéniture et la lignée s'est éteinte. Mais il gageait que Rose en mettrait une autre en route.

Le jour des obsèques du charron, où tous ceux d'ici furent présents, le père de Paul a revu Andrée, la mère de Rose, une belle plante qui avait suivi le Marcel Charrel, un fils de l'Assistance publique loué chez les Gibert, d'Aubreynac. Quant à Rose, il se rappelle qu'elle pleurait beaucoup, elle était proche de son oncle, mais il a d'elle un souvenir plus net du jour où son mari fut enterré. Le chagrin de cette fille faisait peine à voir et avait appelé la pitié. Tous les yeux étaient mouillés ce jour-là. Le drame avait affligé la population des villages. Le jeune Gérard, fils des Bertalier, de Pranlary, charron de son métier lui aussi, un fort gaillard, avait été entraîné par le Long lors des grandes pluies de 1930. C'était juste un an après leur union. Un événement terrible, comme il en est, qui touche les habitants des campagnes. À Coste-Chaude, on avait regretté Charles Aurel, mais également son successeur car il était vaillant et plein de bonne volonté.

Eugène avait vu Rose petite fille lorsqu'il montait au domaine pour faire cercler ses roues de char ou réparer son tombereau. Elle était jolie comme un cœur mais bien sauvage pour une enfant de la ville. On la voyait peu hors du parc qu'elle visitait de fond en comble à longueur de jour. Après la mort de son mari elle était partie très vite au Puy ; des années ont passé sans qu'on ne la revît au domaine qu'elle avait mis sous la garde de Mathieu Sigaud, son plus proche voisin. Certains l'ont aperçue au cimetière mais n'ont pas osé troubler son recueillement. Et elle disparaissait comme une ombre. Eugène ne monte plus dans les villages maintenant à cause de son arthrose mais il a su par les commérages que Rose est revenue au domaine en décembre et qu'elle y vit avec un homme, un écrivain soi-disant du nom de « Tétchinou », un nom comme ça, mais que tout le monde appelle Jules. Paraît qu'elle lui louait l'endroit depuis l'année dernière. Paraît aussi que la petite met à jour ses écritures et qu'elle gagne plus d'argent qu'en faisant la secrétaire. Pour sûr c'est un écrivain qu'on connaît plus à Paris qu'ici ! Mais Eugène sait bien encore ce qu'ont dit les langues : qu'il doit bien se la mettre dans le lit car à vivre sous le même toit ! Il s'embêterait pas, le bougre ! Elle est belle femme, la veuve du Long, et encore jeunette !

Ainsi c'est Rose que Paul aime d'amour et qu'il voit en cachette ! Il a bon goût, pense Eugène. Il ressent une fierté de savoir que c'est son garçon qui fricote avec elle mais, tout de même, ça le turlupine de savoir si Paul a été au courant des cancans. Pourquoi se cachent-ils ? Il se tourne vers Paul.

« Le "Tétchinou" ne sait pas encore qu'elle et toi… ?

– Non.

– Pourquoi ?

– Rose va parler au Jules tantôt et on se cachera plus, continue Paul. Tu comprends, on le faisait à cause des autres... On voulait pas de ragots. Ils croient qu'elle et lui... Mais y a jamais rien eu. Rose, elle est seulement venue faire de l'ordre dans le manuscrit de Jules, il est gentil avec elle, un ami quoi. Pour sûr il devait espérer qu'elle resterait toujours avec lui, il a le béguin pour Rose et elle craint de lui faire beaucoup de peine, elle est embarrassée. Mais il est brave et il acceptera bien la chose. Elle ne lui a rien promis, Rose, de ce côté-là. On veut attendre la fin de la moisson avant de nous mettre ensemble. Il me faut arranger un peu la maison. Là-bas, au domaine, tu comprends, c'est beau et c'est propre. Elle est prête, le travail de la ferme ça l'intéresse, c'est pas une fainéante, et elle sait faire tout un tas de choses entre le crochet et le tricot... pas que de la machine à écrire. »

Eugène soupire, soulagé. Il ne croit pas aux médisances mais il comprend bien que le Jules se soit embéguiné de Rose. Puis il songe au vieux charron qui voulait tant que le domaine soit préservé dans sa famille.

« Et le domaine du Long alors ?

– Ben, oui. C'est ma ferme ici, tu me l'as donnée, ce sera aussi celle de Rose. Je l'épouserai.

– Et le domaine ?

– Je sais pas, nous n'avons pas abordé la question. Rose verra plus tard. Nous aurons bien un enfant et le domaine sera à lui.

– Hum… oui, bon… Et vous allez vous cacher comme ça jusqu'à la fin de l'été ? l'interrompt Eugène.

– Eh non bien sûr, dès qu'elle aura parlé au Jules on sera libre de se montrer.

– Et elle habitera encore avec lui ! Mais que va penser le monde ? Jules, toi...

– Ouais, t'as peut-être raison, mais le monde on s'en fout, du moment que Jules sera au courant ! Enfin s'il le faut on se cachera encore un peu pour empêcher les ragots.

– Tu n'as qu'à la faire venir ici, en plein jour, au moins tu dormiras la nuit. »

Paul acquiesce avec un sourire tout en songeant que ses rencontres avec Rose seront moins fréquentes avec l'arrivée des gros travaux. Tant pis ! Ils rattraperont le temps perdu, ils auront toute la vie. Il se sent soudain si heureux, et de plus soulagé d'avoir parlé au père... Ça n'a pas été si difficile ! Le père, quand il le veut, comprend bien les choses, il n'est pas si buté que ça, il ne regrettera pas d'avoir Rose aux Sources. L'horloge sonne trois coups. Une joie profonde ajoute à son bonheur, à la pensée qu'il va bientôt la retrouver dans le petit bois des Combes. Il dit :

« C'est temps pour moi, hein ?

– Ouais, c'est temps, répond Eugène, mais vaut mieux tard que jamais, vous avez encore des années devant vous. »

Il quitte sa chaise, approche du garçon et pose la main sur son épaule, qu'il tapote doucement. Paul est agréablement surpris par l'attitude du père. Il se dit que si cet événement s'était produit quelques années plus tôt, ce dernier aurait réagi différemment. Il avait le ton haut autrefois et il ne fallait pas le berner longtemps. Dès sa première échappée nocturne il l'aurait guetté du haut de l'escalier. Après les explications, il aurait posé quantité de questions concernant Rose afin de cerner sa nature. Alors, en maître des Sources, il aurait décidé de tout. Mais la situation aujourd'hui ne peut être telle, Paul ayant pris de l'âge et le père aussi. Là, il semble aux nues et Paul ne parvient pas à discerner quelle sorte d'émotion l'y a transporté. La paume chaleureuse sur son épaule lui apporte un doux réconfort. Bien plus que l'issue, presque déconcertante au fond, de leur discussion ! L'abîme qui les a séparés pendant toutes ces années est désormais plein d'entente muette ! Les mots qui lui ont tant fait défaut il n'en a plus besoin. Il comprend que son vieux père est heureux. Inutile d'ajouter autre chose, ils ont pour l'heure les mêmes pensées et du temps devant eux pour résoudre la moindre complication. Quand il sent la main se lever de son épaule, Paul regarde de nouveau son père. Il est transformé. Sa dureté a quitté son visage tout en quittant son cœur. On dirait qu'il a ôté le masque sous lequel il se cache depuis si longtemps.

En effet la curiosité d'Eugène Eyraud est enfin assouvie et son inquiétude enfuie. Le vieil homme se sent couler dans une immense satisfaction et dans une quiétude extraordinaire. Il voue au sort une gratitude infinie pour avoir permis à son Paul de connaître enfin le vrai sens de la vie. Les petites difficultés primaires résolues, le bonheur reviendra aux Sources comme au temps de Rosalie. Il a l'image future d'une maison vivante et il a l'image de sa femme. Un regain de tristesse lui saisit le cœur à la pensée de ce qu'elle éprouverait à voir le garçon se mettre en ménage. Elle serait heureuse. Puis il songe de nouveau à Rose qui aime la nature et les bêtes et il l'imagine en train de leur préparer de la bonne soupe. Mais il escompte bien que Paul lui fera un enfant ou deux, il est en pleine force de l'âge. Il a attendu longtemps son Paul mais il n'a pas choisi un laideron. Sûr, les gosses ne tarderont pas à venir ! Alors les Sources survivront. Cependant, et aussi curieux que cela puisse paraître, il n'est plus aussi attaché à la survivance de sa ferme. Sa pensée va au domaine du Long, un lieu plus amène que celui-ci, placé trop à l'écart des villages, trop isolé. Il se dit que si Paul songeait un jour à s'installer là-haut ce ne serait pas une si mauvaise chose car les terres sont proches et la vieille bâtisse des Sources servirait toujours à remiser du matériel. Et que la progéniture en ferait peut-être un lieu de vacances, comme il s'en fait déjà dans de vieilles fermes abandonnées. Bref, il ne verra rien de cela mais il fait confiance à Paul.

Il promène un regard autour de lui. Les murs sont sales et les poutres noires de fumée. Il se rappelle que la mère aimait bien la maison mais qu'elle aurait préféré habiter aux Las ou à Coste-Chaude. Dans les derniers temps, elle peinait pour monter à l'église et elle priait alors dans la chambre, agenouillée devant le Christ accroché au mur. Comme il avait été cruel, lui qui ne croyait guère en Dieu, de ne pas la conduire là-haut d'un coup de carriole mais il trouvait toujours un mauvais prétexte. Elle se serait rendue à l'assemblée des Las où ses compagnes d'enfance se réunissaient encore pour ravauder et s'activer sur le carreau. Elle faisait sa dentelle toute seule, près de la fenêtre, sans rien dire, sans se plaindre de l'indélicatesse d'Eugène, songeant sans doute que ce qu'elle demandait n'était pas si compliqué.

Il revoit son visage, tout ratatiné, et ses yeux clairs qu'il avait toujours trouvés si beaux, et ses mains dont il avait aimé la douceur, toutes déformées. Il avait eu de l'amour pour elle jusqu'au dernier instant mais il n'avait pas su le lui montrer à son automne, à son hiver, alors qu'elle en aurait eu tellement besoin. Si elle avait protesté, il aurait peut-être fait plus attention, mais elle ne disait rien, avait bon caractère. Elle se contentait de prendre cet homme tel qu'il était. Oh, pas un méchant garçon malgré sa dureté, sa bêtise… Il ne rechignait pas à la besogne, buvait peu de vin et ne courait pas au café les jours de foire pour dépenser le bénéfice et courtiser les servantes comme certains qu'il connaît et à qui on donnerait la communion sans confesser. Rosalie non plus n'a pas rechigné à la tâche. Elle y a usé ses mains, et son cœur.

D'autres visages aimés défilent devant les yeux du père et en particulier la face disgracieuse de sa fille Denise tandis que sa conscience lui dicte la manière de raccorder le passé au présent. Il rebouchera la faille, avec un tant soit peu de bon sens. Tout se révèle si facile maintenant. Tout coule comme l'eau des Sources au printemps. Il réalise qu'il est délivré de ses angoisses matinales et que le poids qui l'a empêché de respirer librement s'est levé de sa poitrine. Malgré la lourdeur de l'air, ses poumons se gonflent beaucoup mieux maintenant.

Il reverse un peu d'eau dans son verre, l'avale d'un trait. Et comme si cette conversation n'avait jamais existé entre Paul et lui, il demande :

« Tu mènes les vaches ou c'est moi ?

– J'ai promis de la rejoindre tout à l'heure pour une petite promenade.

– Ouais, j'ai compris. Je les mettrai là, au pré de Ballon, fait trop lourd pour aller loin. Profites-en, va, car dès demain y'a du boulot qui nous attend. »

À la seconde où ils sortent de la maison, le soleil se retranche derrière un banc de gros nuages gris. Il y en a toute une flottille, poussée par un vent de plus en plus fort et on ne voit que d'instables parcelles de ciel bleu. L'air est maintenant chargé d'humidité, sans doute a-t-il plu quelque part là-bas, dans le sud. Il est aussi chargé de senteurs. De ces senteurs multiples qu'on ne peut ignorer ni discerner tant elles sont confondues. Il en résulte une odeur un peu musquée, presque rance qu'on retrouve à l'arrière-saison quand les végétaux entament leur humification. La sécheresse a laissé croire que la nature ne peut plus exhaler autre chose que des soupirs de mort, qu'elle est toute racornie dans sa robe en feu. Mais il n'en est rien. Comme tous les êtres vivants elle est exubérante de beauté avant le dernier souffle. À cet instant on dirait qu'elle déploie ses grâces vers les nuages et qu'elle en implore les déferlements. Il faut que la pluie vienne.

Dans cette atmosphère confuse, tout bouge, tout suit son chemin, comme ces troupeaux qui vont vers la pâture à pas nonchalants. Quelques bêtes agacées par les piqûres de mouches font des écarts et frappent des sabots la terre d'où s'élève alors une poudre ocre, légère comme la fumée. Sur le sentier de Saint-Quentin, la jeune Marie Clément envoie son chien remettre de l'ordre dans le groupe qui reprend sa marche apathique. Étienne Petit pousse ses trois vaches vers Évarsone, Jules Chometon à ses côtés. Ce dernier fait souvent un bout de chemin avec le ferblantier depuis le printemps, parfois avec Sigaud, et il poursuit jusqu'aux Las ou Saint-Quentin. Il marche pendant deux heures au moins, par plaisir et dans le but d'améliorer sa circulation sanguine.

Aujourd'hui, il n'est pas bien, mais il ressentait comme un besoin essentiel de s'éloigner de Rose. L'a-t-il rêvé ou a-t-il bien perçu son impatience à le voir partir ? Peut-être devait-elle rencontrer Paul dans l'après-midi ? Il l'imagina en train de changer de robe, de se mettre de l'eau de Cologne et d'arranger ses beaux cheveux. Mais il chassa ces images qui lui faisaient mal en se disant que si c'était le cas, Rose le lui aurait dit. Avec Étienne, Jules a discuté de choses et d'autres, du temps, du travail… Et Rose est maintenant au cœur de leur conversation.

« Mais vous l'aimez bien Rose, ne le niez pas, dit Étienne.

– Bien sûr que je l'aime bien, sinon je ne resterais pas au domaine, nous ne travaillerions pas ensemble.

– Hum... Elle vous plaît tout de même ! Vous n'allez pas me faire croire que vous avez pas eu des idées en tête ! Enfin, vous voyez ce que je veux dire, Jules !

– Oui, je vois ce que tu veux dire et tu commences à m'agacer avec toutes tes allusions, rétorque l'écrivain qui tutoie le ferblantier depuis qu'ils font le chemin ensemble. Et je vois que tu n'as pas froid aux yeux ! Mais tu as dit que tu voulais m'entretenir de Rose... C'était pour ça ?

– Non, mais il faut que je sache avant de... Vous comprenez, si la Rose et vous fricotez, c'est plus la peine que je vous parle. C'est bien possible, vous êtes pas encore bien vieux et avec une belle femme comme elle...

– Je t'ai dit qu'il n'y a rien entre nous. J'ai de l'affection pour elle, un peu comme un père pour une fille, ou un oncle pour sa nièce. »

Depuis un moment Jules voit où Étienne veut en venir. Il voudrait bien lui laisser croire qu'un sentiment amoureux le lie à la jeune femme. Il ne le peut pas à cause de Paul, il aurait bonne mine à la fin de l'été ! Ainsi, même le ferblantier a des visées sur elle ! Et c'est bien pour cette seule raison qu'il est venu s'entretenir avec lui. Jules n'en est pas autrement surpris car il a bien compris à quoi riment ses fréquentes visites chez lui. Il a bien intercepté ses regards langoureux et ses manières ridicules. Pauvre Étienne, il va bien être déçu en apprenant qui est l'élu de Rose ! Rien qu'à cette idée Jules sent un malin plaisir l'émoustiller. Le ferblantier, pour lequel il n'a pas grande sympathie, ressentira tantôt une miette de ce qu'il ressent, lui. Oui, une miette seulement car il est impossible qu'il soit aussi épris de la jeune femme que lui, qui la côtoie depuis deux ans. Comme il souffre, Jules ! Mais il faut bien lui dire, à Étienne, qu'il n'a pas besoin de se leurrer. Il se tourne vers lui et dit :

« D'ailleurs elle a un amoureux et elle va partir chez lui bientôt. »

L'autre stoppe net. Il semble à Jules que son visage a blanchi et que tous ses muscles ont tressailli. Ses prunelles obscures posées sur le paysage ne doivent voir que l'effondrement de ses espoirs. Il se tourne vers Jules, ouvre ses lèvres étonnées bien avant que n'en sortent ces mots.

« Un... un amoureux ? Elle a un amoureux ?

– Eh oui.

– Qui est-ce ? veut savoir Étienne qui ne cesse de tordre nerveusement le revers de sa chemise.

– Tu le sauras tantôt.

– Et pourquoi vous me le diriez pas, hein ? Et comme son voisin se tait toujours il renchérit d'une voix acrimonieuse, oubliant ses minauderies anciennes. À moins que vous vouliez me faire marcher ? Ah ! c'est ça, hein ! Eh bien, moi je crois que vous inventez cette histoire pour cacher que vous êtes un cochon, que vous la mettez dans votre lit, la Rose...

– Bougre de c... ! s'écrie Jules, prêt à lui mettre le poing sur la figure, c'est Paul Eyraud son prétendant, le Paul Eyraud des Sources. »

Le ferblantier demeure un instant sans voix dans une sorte de torpeur. Mais il bout de l'intérieur. Cela se voit dans la crispation de ses mâchoires, de son être tout entier. À cet instant, un coup de vent plus élevé lui souffle au visage et semble refréner son agitation interne. Et comme si ce coup de vent l'avait aussi débarrassé de sa déconvenue, il dit d'une voix plutôt gaillarde :

« J'aurais dû m'en douter. Il est monté souvent ces temps derniers. Il a bien de la chance. (Il se gratte la tête, renifle deux ou trois fois.) Bon, y a plus rien à dire je crois, on peut rien contre ces choses-là. Mais dites donc, elle va s'installer aux Sources avec le Paul ?

– Oui, après la moisson. Mais ce n'est pas la peine que t'ailles le chanter sur tous les toits, les gens auront bien assez de jaser à ce moment-là. Et puis, qui sait, d'ici là de l'eau coulera sous les ponts, tout peut encore changer, dit-il en appuyant sur les mots, avec l'intention de laisser un dernier espoir au ferblantier pour l'empêcher d'aller tout de suite divulguer la nouvelle.

– Vous me verrez pas bien papoter devant les portes. C'est dommage, rajoute-t-il, elle me plaît bien cette fille, j'avais plutôt des doutes sur vous ; forcément, sous le même toit ! Au fond je suis pas si déçu que ça car je l'aime bien Paul Eyraud, c'est un bon gars. Vous savez, Jules, je crois pas qu'elle s'en détournera. »

Son chemin finit là. Il tend la main à son compagnon. Il a l'air de n'éprouver aucun ressentiment envers son sort et a déjà repris contenance. Le regardant partir d'un pas naturel, Jules se dit que son sentiment pour la jeune femme ne ressemble en rien à de l'amour. Il n'aurait pas si vite repris sur lui-même, à moins d'être bon comédien. Non, rien de comparable, vraiment, avec ce qu'il éprouve, lui. Elle a certainement plu au ferblantier mais il ne peut pas être épris d'elle. Pas sans la connaître comme lui la connaît. Il a en pensée le grain de sa peau, une petite veine à hauteur de son épaule, ce grain de beauté sur son cou et même la forme exacte de ses ongles, de ses sourcils, de l'implantation de ses cheveux. Quand elle les roule en chignon ça dégage sa longue nuque blanche, ça lui plaque ses petites oreilles roses. Oh oui, le sentiment d'Étienne Petit doit être bien pâle à côté du sien. Il n'y a rien d'étonnant à ce qu'il ait aussitôt retrouvé son aplomb. Aurait-il reçu le même coup que lui s'il avait entendu Rose dire combien elle était heureuse ?

Jules voit disparaître la silhouette d'Étienne Petit à la courbe du sentier. Son regard s'égare dans un pré long et plat que le soleil a fini par jaunir. Il a l'image de Paul couchant Rose dans l'herbe haute, cette herbe qui sera bientôt fauchée et donnera à l'air une odeur exquise.

V

La mort de Marie

PENDANT QUE CES GENS-LÀ se prêtent à leurs occupations respectives, pendant qu'ils se débattent dans leurs problèmes, deux cœurs plus joyeux s'en vont en direction de Saint-Quentin. Rose court rejoindre Paul au petit bois, coupant à travers champs tandis que la jeune Marie Clément sautille en chantant derrière ses vaches. Son chien la suit de près sans se soucier du maigre troupeau. Dans la combe ils abandonnent le chemin et descendent vers le ruisseau par un raidillon à peine visible sous un fouillis d'herbes et d'orties. Marie a soif mais les eaux sont basses et sales, couvertes d'insectes. Seul le chien peut y boire et y patauger. Marie songe que son père a dit que le ruisseau sera bientôt sec si la pluie ne vient pas, heureusement que la fonte des neiges a été tardive. Elle voudrait bien mouiller sa peau, mais l'eau est vraiment trop trouble et même elle sent mauvais. L'animal s'ébroue à son côté. La robe de Marie est trempée et ses mollets sont pleins de boue. Elle regagne le chemin, riant, le chien sur ses pas.

Le troupeau a entamé la côte. Les deux amis se livrent à leurs jeux habituels. Marie devance Poussi, le hèle en se tapotant les cuisses, l'invite à venir lui témoigner son affection. Tant pis pour la robe. Le bas-rouge s'approche d'elle à grandes foulées, jette ses pattes avant sur sa silhouette fluette. Sous le coup la pauvre petite vacille mais supporte tant bien que mal, avec une joie manifeste, le poids de cet animal plus grand qu'elle. Après un coup de langue rapide il l'abandonne, comme s'il avait compris qu'il ne peut rester plus longtemps appuyé contre le petit corps. Marie songe que sa mère se serait mise en colère, elle dit qu'un jour Poussi la fera tomber.

Ils courent jusqu'en haut de la côte où les vaches paissent. Marie s'arrête tout essoufflée près des ruines. Son cœur heurte sa poitrine à grands coups. Elle a si chaud. Mais ici l'air est moins étouffant. Elle demeure un instant immobile face au paysage grandiose qui s'étend devant ses yeux. Son regard glisse sur le val vertigineux, saute l'arête brisée des falaises pour se poser sur la chaîne des monts, puis plonge au fond de la vallée où le fleuve suit un passage resserré et plus loin s'écarte, entre des murailles rocheuses. La petite aime ce panorama qu'elle contemple depuis si longtemps.

Combien de fois elle a erré dans les ruines, marchant à petits pas, par peur de réveiller les morts. Parfois le vent butte contre les pierres et il en sort d'étranges voix. On dirait des lamentations. Mais Marie sait qu'elle n'a rien à craindre, s'il y a des fantômes ils restent invisibles et accueillants. Elle regarde le ciel. C'est l'orage qu'elle redoute surtout, la route est longue d'ici à chez elle et elle ne tient pas à s'abriter dans les ruines quand le tonnerre grondera, que tout sera noir autour d'elle. Un coin de ciel bleu, un rayon de soleil étendu sur le versant opposé la rassurent un peu. Elle décide de ne plus y songer. Pourtant elle sent peser sur elle comme une menace, elle a une intuition angoissante dont elle ne parvient à comprendre la signification. Un frisson lui parcourt le dos. Elle est soudainement dépossédée de toute sa joie. Mais parce que tout vit autour d'elle, que le paysage est encore radieux, que Poussi a enfoui son museau dans sa main, elle se ressaisit et continue sa route derrière le troupeau. Là-bas, au bout de la plaine Contagny, quelque chose l'attend.

Quand elle a atteint la partie extrême du pro-montoire de Saint-Quentin elle s'arrête et s'assied dans l'herbe. Les bêtes se dispersent vers le haut de la prairie.

C'est un replat immense qui surplombe le val de Loire et le village de Peyredeyre. Le gouffre est d'une profondeur insondable, hérissé de rochers à pic qui forment une énorme muraille autour de la presqu'île. Des arbres indigènes s'agrippent là, tels des pins sylvestres, mais aussi de grands genêts griots et des bouquets de potentilles printanières. Dans les talwegs, des sapins et des feuillus mêlent leurs épines noires et leurs feuilles argentées. Ils composent un tableau des plus beaux. Ils rendent l'abîme moins effrayant et cachent sa profondeur.

Marie partage son pain avec le chien après en avoir ôté l'épaisse couche de confiture de rhubarbe d'un coup de langue. Puis elle s'allonge dans l'herbe et s'amuse à fixer les nuages à travers ses paupières presque closes. Ils se mettent alors à trembloter et prennent un aspect uniforme, noyant complètement le ciel. Elle ouvre les yeux et à ce moment-là, ils semblent se déployer et reprendre leur course vers le nord. Elle se serait presque endormie si le chien n'avait tempêté après une vache qui s'approche un peu trop près des rochers. « Il est bien dressé », songe Marie en le voyant chasser le troupeau sur le haut du versant. Elle en a assez de regarder les nuages et se dirige vers l'abîme. Elle avance sur les rochers ainsi qu'elle le fait chaque fois. Elle éprouve un plaisir indéfinissable à braver le danger. Elle n'a pas le vertige. Sa mère lui recommande toujours de ne pas approcher du bord mais elle ne l'écoute jamais. Elle aime entendre les bruits venus d'en bas. Ce sont mille chants d'oiseaux et le doux bruissement des feuillages, parfois le sifflement du train. Toujours elle se déchausse et abandonne ses sandales au ras de la prairie sur un tapis de serpolet, à quelques pas du précipice. C'est bien mieux d'aller pieds nus, de sentir la douceur de l'herbe et la dureté du rocher.

Après quelques sauts de cabri, elle longe l'escarpement large d'un mètre à peine, les bras tendus comme un funambule, jusqu'au bout. Le chien l'a suivie sans montrer aucune peur, remuant la queue car elle n'a cessé de lui parler. Cette imprudente enfant ferme les yeux un instant afin de ressentir un double saisissement devant la grandeur du gouffre lorsqu'elle les rouvrira. Machinalement elle tapote sa cuisse dans la seule intention de retenir Poussi auprès d'elle, mais il doit prendre ce geste pour une invitation au jeu et il se redresse brusquement contre le petit corps. Lorsque Marie rouvre les yeux c'est pour voir tournoyer le paysage à une vitesse vertigineuse. Elle ne pousse pas un cri quand sa tête cogne une première fois une saillie de rocher, ni à la seconde et ni à la troisième. Quand Marie s'écrase au sol avec un bruit mat, elle est toute désarticulée. Un silence impénétrable emplit alors l'immense trou pendant quelques minutes. On dirait que tous les animaux ont saisi la mort. Puis le silence est heurté par le hurlement lugubre du chien, ses aboiements furieux et ses couinements plaintifs. Il gémit longtemps, le ventre aplati sur la roche, pattes pendantes dans le vide et c'est seulement quand le grondement du tonnerre résonne dans le lointain qu'il rejoint le troupeau. Il regarde une dernière fois du côté des pics avant de lui faire prendre le chemin du retour.

Nichés contre deux troncs d'arbres accotés à l'orée du petit bois, Paul et Rose, fermement enlacés, voient passer les vaches de Marie. De peur d'être aperçus, ils s'enfoncent plus profondément dans la callune et attendent que le troupeau s'éloigne. Ni l'un ni l'autre ne s'étonnent de l'absence de l'enfant, songeant naturellement qu'elle a devancé les bêtes. Cependant, ils entendent les jappements de son chien à deux reprises et ils aperçoivent son pelage noir faire tache sur le sable rosé de la sente et sur le vert encore sombre des genêts. Ces deux-là profitent pleinement de l'instant qui les réunit car l'heure du retour approche, hélas, à grands pas. Quand le troupeau a complètement disparu ils oublient même qu'ils viennent d'être dérangés, tant le plaisir est au cœur de leurs pensées.

Aux Las, Marcelle Clément attend Marie. Elle a hâte de son retour. Elle est toujours soucieuse quand l'enfant conduit le troupeau à Saint-Quentin, elle lui a recommandé maintes fois de ne pas s'approcher du ravin. Elle se gronde intérieurement. Henri ne lui dit-il pas toujours : « Toi et tes inquiétudes ! elle n'est pas idiote notre Marie ! » C'est, en effet, une fillette raisonnable. Et elle est si jolie ! Marcelle chérit son unique enfant, ne semble vivre que pour elle, que par elle, elle l'a attendue trop longtemps. À cinquante ans, elle se voit souvent partir avant que sa fille n'ait atteint l'âge adulte ou bien elle se dit qu'elle ne verra pas ses petits-enfants. Elle redoute de ne pas connaître le destin de sa petite, le métier qu'elle exercera, de ne pouvoir partager ses peines futures et ses joies... Marcelle va au bout de la cour et s'appuie contre la pile. Elle a mal aux jambes. La chaleur, trop lourde, a fini de les faire enfler. C'est insupportable. Marcelle souhaite que l'orage s'abatte sur le pays avant le soir même, et tant pis si la fenaison est retardée. Elle promène son regard au loin, là où le sentier perd de son allure et se fond dans la nature. Elle voit les premières têtes du troupeau, sourit et ne songe plus à sa faiblesse. Elle imagine Marie. Sans doute fredonne-t-elle. Où donc puise-t-elle les airs mélodieux qui sortent de sa bouche à longueur de jour ? Elle dit à sa mère que ce sont les chants de la lande, des sources et du val de Loire.

Marcelle Clément soupire d'aise quand un souffle d'air plus frais arrive du sud et passe sur sa nuque. Tout va donc pour le mieux en cette fin d'après-midi... Et pourtant... Bien que le troupeau se fasse de plus en plus distinct, la pauvre femme ne voit pas Marie devant ou derrière lui. Son regard furète entre les cinq bêtes mais il n'y a que le chien Poussi qui avance tête basse et cette poussière orangée qui voile l'horizon. Point de Marie. Alors Marcelle se met en marche tandis qu'un tourment vient doucement se loger dans sa poitrine.

En passant devant chez les Junier elle regarde vers l'étable et constate que leur troupeau n'est pas encore rentré. Elle se dit que Marie fait peut-être le chemin avec Antoine, le plus jeune fils des Junier. Il était sans doute à Éversone et elle a laissé le chien conduire seul le troupeau pour parler au garçon. Mais ce n'est pas dans les habitudes de la petite fille. Marcelle allonge le pas, de plus en plus inquiète. Quand elle est devant les bêtes elle remarque aussitôt le comportement anormal du chien Poussi. Il ne remue pas la queue, n'aboie pas comme il a l'habitude de faire chaque fois qu'il aperçoit quelqu'un de la maison. Il émet seulement de petits grognements plaintifs. Marcelle pose la main sur son échine et lui demande où est Marie. Il gémit plus fort. C'est alors qu'elle voit poindre le troupeau d'Antoine. Elle laisse derrière elle le chien et les vaches et accélère le pas. À bonne distance, elle remarque bien que Marie n'est pas avec le garçon. C'est Jules Chometon qui lui tient compagnie. Ils marchent côte à côte et semblent être en pleine conversation. Elle reste figée, haletante. Un mauvais pressentiment vient de s'emparer d'elle et fait battre son cœur à grands coups. Elle ne peut plus avancer, ses jambes sont en coton.

Arrivé à sa hauteur, Jules se rend immédiatement compte de l'inquiétude de la femme. Il peut la lire sur son visage et dans son regard. Quand elle lui a donné des explications, une appréhension s'immisce aussi en lui car il sait que Marie ne laisse jamais son troupeau. De plus, Antoine a dit qu'il ne l'a pas vue. Sur le chemin du retour l'écrivain tente de rassurer la pauvre mère, se rassurant lui-même en alléguant maintes éventualités au retard de la fillette. En effet, un léger accident aurait pu l'empêcher de ramener le troupeau, une cheville luxée par exemple. Ils ne doivent pas songer au pire, plusieurs possibilités sont à examiner. Ce n'est tout de même pas la première fois que la gamine descend à Contagny. Jules décide de prendre toutes les directives. Il va rassembler les hommes du village et ils iront chercher Marie. Il abandonne Antoine à ses occupations et accompagne Marcelle chez elle. Tandis qu'il attache les bêtes à grande vitesse la pauvre femme appelle son mari. Il doit être là-haut dans la grange ou en haut de la cour, occupé lui aussi à préparer son matériel de fenaison. Il se montre, la mine joyeuse. Il ne paraît pas étonné de voir Jules dans l'étable et même son sourire s'élargit un peu plus. Mais il disparaît lorsqu'il voit la figure de sa femme. Elle lui apprend la nouvelle à mots hachés. Il redoute l'angoisse de Marcelle. Ses mauvaises intuitions se révèlent souvent justes.

À dix-huit heures trente, presque tous les hommes du village sont réunis sur le coudert. On en compte neuf, il ne manque que Paul Eyraud, des Sources, qu'on ira quérir en chemin. Les femmes sont auprès de Marcelle pour lui apporter un moindre réconfort. On s'est dit qu'il ne faut pas s'inquiéter outre mesure, que Marie sera bientôt rentrée et que le soir même le village des Las aura retrouvé sa quiétude. En chef, Jules conseille de se chausser de bottes et d'enfiler des gilets de pluie. En effet, les grondements de tonnerre se répercutent dans les monts, et le ciel est si sombre qu'on croirait la nuit déjà venue. Le vent, de plus en plus violent, apporte l'odeur de la pluie. Aux premières gouttes les hommes soupirent d'aise malgré leur inquiétude pour Marie, ils souhaitent tout de même en leur for intérieur que l'orage ne soit pas trop fort. Ils partent. Ce groupe silencieux qui avance sous un ciel bas et noir a quelque chose de sinistre et d'irréel. Chacun va accomplir sa recherche comme une tâche à laquelle il faut s'astreindre sans craindre les difficultés qui s'annoncent. Le chien de Marie suit sa route sans écarts, à grandes foulées.

La pluie se met à tomber, d'abord doucement, puis très vite des trombes d'eau s'abattent sur la contrée. Chacun tire sa capuche sur sa tête mais ne dit mot. Les éclairs zèbrent un ciel devenu noir d'encre. L'un d'eux vient de frapper le sol, au lieu-dit La Sagne, au bord du marécage où se plaisent des peupliers. Au coup assourdissant du tonnerre succèdent des craquements terribles qui sont simultanément relayés par les échos. L'orage gronde à tout va et ébranle la campagne. René Aulagnier crie : « Nom de Dieu ! Je crois qu'un peuplier vient de tomber ! » On sent de la peur dans sa voix. Mais les autres continuent leur chemin sans rien dire, sans ralentir le pas.

Lorsqu'ils sont parvenus à la ferme des Eyraud, Gabriel Ménard, maréchal-ferrant aux Las, annonce qu'il va chercher Paul. Il court et disparaît à l'angle de la cour. « Pressez-vous, s'écrie Jules, y a pas de temps à perdre. » C'est le père de Paul qui ouvre la porte et demande ce qui se passe. Gabriel lui apprend vivement la disparition de Marie, dit qu'un homme de plus ne sera pas de trop. Hélas, le garçon n'est pas là. Le père n'ose dire qu'il est encore avec la Rose, du Long, ainsi qu'il le pense. Ces deux-là ont dû se laisser surprendre par l'orage et ils roucoulent toujours, à l'abri dans un creux de rocher ou une chibotte. Et où il est ? demande Gabriel, un peu surpris par l'embarras du vieux. Et celui-ci de répondre qu'il n'en sait rien. Alors le maréchal-ferrant part en lui disant qu'ils vont à Saint-Quentin à la recherche de la fillette. Il apprend à ses compagnons que Paul est absent et que son père ne sait pas où il se trouve.

Ils reprennent leur route, le pas plus précipité qu'auparavant sans plus se soucier des Eyraud. Le chien de Marie gémit. Les voilà enfin près des corps de logis que la foudre éclaire et rend lugubres. Mais l'orage s'est un peu éloigné et ils doivent tenir leurs lampes allumées. Certains se mettent déjà à appeler Marie, regardent dans les buissons. Deux du groupe sont entrés dans les vieux murs et fouillent chaque recoin. Pas de Marie. Ils avaient pourtant espoir qu'elle se serait cachée là, apeurée par l'orage. Après avoir bien inspecté les alentours ils descendent à Contagny, l'immense pâturage qui s'étend en bout du horst et au-dessus des falaises. Poussi le chien a disparu dans les ténèbres. L'un d'eux l'a vu entamer la descente vers les ravins. Le père de Marie dit qu'elle aimait aller tout près et qu'elle ne craignait pas le vide. Sa voix tremble, son mauvais pressentiment s'accentue. Malgré l'atroce éventualité, ils décident de former deux groupes, l'un longera les pinèdes qui entourent la prairie et l'autre se rendra directement en haut du précipice. Maintenant des appels fusent de toutes parts entre les roulements de tonnerre. La voix de Marie ne se fait toujours pas entendre.

Pendant plus d'une heure les hommes ont fouillé toute la contrée. En vain. Ils se regroupent de nouveau à la pointe sommitale des falaises et voient le chien de Marie, assis là. Il regarde dans les noires profondeurs, et il gémit doucement. Un des hommes trouve les souliers de la fillette, bien serrés sur un bouquet de serpolet. Henri Clément les prend et dit d'une voix faible : « Mon Dieu ! » Les yeux se fixent dans le gouffre, empli par la nuit et le silence, ce silence suspendu entre le vide et la pensée de tous. Une pensée terrible.

Jules reprend les directives, commande d'aller tout en bas des talwegs. Il n'ose affronter le regard d'Henri dans la lumière des torches. Il songe au tourment de ce pauvre père, à toutes les images qui doivent lui traverser l'esprit, au peu d'espoir qui doit lui rester. Il ressent de la douleur au fond de sa poitrine. On dit qu'Henri boit. Du vin en quantité et de la gnôle en veux-tu en voilà après les repas. Pourtant c'est un bon garçon qui aime son enfant et accomplit son travail. Il supporte l'alcool mais ses réflexes s'amoindrissent de jour en jour et son allure devient plus apathique. Il serre contre son ventre les chaussures de Marie. Elles mettent en avant l'évidence d'un drame, car pourquoi ne les aurait-elle pas reprises ? La petite aimait jouer sur les rochers, elle aura glissé et… Ce pauvre chien qui ne cesse de gémir, la tête penchée sur l'abîme ! Mais peut-être est-elle simplement tombée sur une plate-forme et elle n'est qu'évanouie…

Un peu d'espérance renaît en Jules et il remue les hommes, leur dit qu'ils vont descendre jusqu'au village de Peyredeyre, sis au pied des falaises. Ils réfléchissent à la voie qu'ils devront prendre. La déclivité est importante sur toute la largeur de la paroi rocheuse mais sur les côtés, des escarpements moins raides et superposés permettent de la franchir. Ils décident de prendre sur la gauche, là où la roche n'a pas empêché quelques pins résistants de croître et auxquels ils pourront s'accrocher.

Gabriel, qui connaît les lieux, pour y être venu garder les bêtes pendant son enfance comme Marie, entame la descente. Mais il maugrée car la pluie recommence à tomber. Elle rendra la piste plus glissante encore et le bruit qu'elle fait sur les feuillages enterre les autres bruits. Les faisceaux des lampes coupent l'obscurité, s'enfoncent dans les buissons, glissent sous des saillies de rochers. Les appels sont parfois étouffés ou bien ricochent contre les murailles. L'anxiété des hommes monte tandis qu'ils atteignent le fond du ravin. Leur espoir fond et meurt définitivement quand ils découvrent l'enfant. La vue de son corps disloqué leur est insoutenable. Pas besoin de l'examiner pour se rendre compte de sa mort, et ses yeux, grands ouverts sous les torches, ont perdu toute expression. Chacun laisse Henri Clément pleurer un instant près de son enfant. Ils se regardent, désemparés, déçus, anéantis. Ils n'avaient que le but de retrouver Marie vivante et l'espoir avait précipité leurs pas. Mais hélas, il leur semble ne pas avoir accompli leur tâche, être coupables du terrible drame qui vient de se produire alors que le destin avait frappé bien avant qu'ils ne partent à la recherche de Marie. Gabriel Ménard et Pierre Andrieux, les voisins des Clément, pleurent eux aussi, doucement. Ils sont durs pourtant, comme tous les paysans du coin. Ils ne cachent pas leurs larmes comme ils le feraient en d'autres circonstances, et d'ailleurs la pluie les emporte sur leur visage.

À neuf heures trente ils arrivent à Peyredeyre, cognent fort à la porte du café. Jacques Junier vient leur ouvrir, en chemise. Ils couchent la petite sur une table avec maintes précautions et Jules va téléphoner au docteur et aux gendarmes.

Au village, les fermières sont retournées auprès de Marcelle après avoir fini leur travail. La femme de Gabriel Ménard et celle de Pierre Menu, le charron, l'ont aidée à traire les bêtes. Elles sont toutes maintenant regroupées dans la cuisine, autour de l'horloge. Les coups sonnés rendent l'attente plus longue, le silence plus lourd. Plus les minutes s'écoulent et plus l'angoisse grandit.

Marcelle est assise près de la table, le visage penché et les yeux rivés à ses mains moites et tremblantes. Elle a l'intime certitude qu'un grand malheur est arrivé à sa petite fille. Son cœur chavire et mène une drôle de danse dans sa poitrine. Si elle avait conscience de son état elle l'entendrait battre. Elle n'a même pas conscience de la présence des autres femmes, de leurs regards angoissés et pleins de pitié. Ces dernières n'ont plus de paroles de réconfort à donner et même si elles en prononçaient encore, ce serait en vain car la pauvre Marcelle est sourde à toute chose extérieure, sa pensée est complètement rivée à Marie. Elle l'aime tant. Si elle n'était plus, rien ne retiendrait Marcelle à la vie. Pas même l'Henri. Elle est loin de lui. Ils n'ont plus rien en commun sauf leur amour pour Marie. Sa vie de femme a cessé depuis longtemps déjà. Elle en a voulu à Henri de boire autant, car le vin a ruiné sa forme physique et même sexuelle. Dans le lit, il ne se passe plus rien de doux, il tente bien parfois une caresse mais il est devenu incapable de satisfaire le désir de Marcelle, et le sien. Au début, Marcelle en a été frustrée. Elle songeait quelquefois à Louis, leur voisin, un vieux garçon encore vert qui lui tournait autour. Elle imaginait ses grosses mains se promener sur son corps et des scènes qui lui faisaient avoir honte ensuite. Elle n'a pas eu le front de convertir ses rêves en réalité, ayant trop peur d'offenser Dieu et la morale. Alors elle s'en est tenue uniquement à son rôle de mère, elle a reporté toute sa force d'aimer sur Marie et n'a vécu que pour elle.

Quand la porte s'ouvre, elle ne s'élance pas au-devant d'Henri. Elle lève le regard, observe son visage et comprend qu'elle ne reverra plus Marie. Ce qui se passe en elle est d'une force incroyable mais ne se voit pas en surface, ça opère doucement, ça fait son action… son ravage. Elle veut savoir comment Marie est morte, et après elle laissera la chose faire d'elle une chose morte aussi. La femme de Gabriel la soutient tandis qu'elle écoute parler Jules. Il omet volontairement de dire les meurtrissures qu'a reçues le corps de Marie. Marcelle ne sent pas les doigts d'Henri fermés sur son bras. Elle ne comprend pas qu'il n'a pas cessé de l'aimer. Elle entend ces derniers mots : « Marie n'a pas été violentée. » Mais comme elle ne peut supporter le poids de sa douleur, la chose s'empare d'elle. Pauvre Marcelle, sa vie, son cœur et son esprit sont brisés d'un seul coup.

Rose et Paul ont été surpris par l'orage et se sont abrités dans la petite grange, celle qu'on utilise quand le foin rend de trop, bâtie en contrebas de la ferme. Elle est donc un peu éloignée et c'est la raison pour laquelle ils n'ont pas entendu venir les hommes. Paul ne s'est pas inquiété pour son père qui était au courant de sa rencontre avec Rose mais cette dernière songeait à Jules qui devait se faire bien du souci à cause de son absence. Elle n'était pas parvenue à l'en avertir pendant le repas et quand il avait annoncé qu'il partait en promenade, elle n'avait pas osé non plus. Alors dans la grange elle a regretté son silence et songé à l'inquiétude que devait ressentir l'écrivain. Peut-être faisait-il maintes suppositions et était-il parti à sa recherche ? Paul la rassura en disant qu'il penserait qu'elle était chez une voisine et qu'elle attendait la fin de l'orage pour rentrer. Et d'ailleurs c'était un peu le cas !

Ils rirent de leur conclusion hâtive et ne songèrent plus à rien d'autre qu'à leur euphorie. Car cela en était une que d'être ainsi allongés côte à côte, à l'abri du déluge et dans la délicieuse odeur de la paille. Cela faisait tout oublier de la vie extérieure et ne comptèrent plus bientôt que ces minutes pleines de leurs embrassades, de leurs caresses, de leurs respirations, que le roulement du tonnerre et la fulgurance de l'éclair stimulaient plus encore. Ces deux-là n'avaient plus à se cacher désormais et ce n'était pas un petit retard qui allait gâcher cet instant merveilleux.

Vers sept heures trente Paul a raccompagné Rose jusqu'en haut du chemin. La pluie avait cessé mais le ciel était si sombre qu'on eût cru que la nuit était déjà tombée. Ce n'est qu'une fois à l'intérieur que la jeune femme s'est rendu compte de l'absence de Jules. Sa première idée fut qu'il n'était pas encore descendu des Las mais elle s'en étonna car à cette heure il était toujours rentré. Une intuition secrète la poussa à aller voir si l'auto était au garage, Jules aurait pu partir en ville sur un coup de rage, n'ayant pas apprécié l'absence de la jeune femme à son retour de promenade. Elle pensa qu'il aurait pu les apercevoir de loin. Mais l'auto était bien là. Rose en a donc déduit qu'il était encore aux Las et elle s'est vraiment inquiétée de son retard. Elle voulait se rendre chez les Sigaud pour leur demander s'ils ne l'avaient pas aperçu mais elle n'a pas osé.

Quand il rentre, à minuit, elle est dans un grand état de nervosité. Jules n'a pas bonne allure. Il est couvert de boue, la pluie dégouline encore sur son imperméable et des écorchures marquent son visage. Il a le regard triste. Aussitôt Rose l'interroge. Il s'effondre sur une chaise et lui raconte tout le drame. Elle en est toute retournée, ne peut réprimer de longs frissons à l'image qui se forme devant ses yeux et représente Marie morte. Elle n'a pas rencontré souvent l'enfant mais elle connaît bien sa mère, cette pauvre femme qui en prenait tant soin. Elle la plaint du fond du cœur.

« Mon Dieu ! s'exclame-t-elle, quel terrible accident !

– Ce n'est peut-être pas un accident », dit Jules.

Rose fronce les sourcils, pose sur lui des yeux interrogatifs.

« Oui, reprend-il, quelqu'un peut bien avoir poussé la fillette. Elle avait l'habitude, soi-disant, de jouer au bord du ravin. »

Rose émet un petit rire, mais qui n'a rien de joyeux, c'est plutôt une sorte de ricanement. Et elle dit :

« Vous pensez que quelqu'un d'ici serait capable d'un tel acte ? Non, Jules, c'est impossible, ces paysans sont des braves gens, ils n'ont que leur travail en tête, l'idée de nourrir leur famille… pas celle de tuer une gamine.

– Je n'affirme rien, dit Jules, c'est simplement une supposition. Quoi qu'il en soit, la pauvre petite a fait une chute de plus de quarante mètres. C'était horrible, tu sais, de la voir dans cet état. »

Il passe ses mains sur son visage comme pour ôter toute la fatigue qui y est imprimée. Rose lui conseille de se mettre au lit dès qu'elle aura préparé la tisane. Tout en versant l'eau chaude de la bouilloire dans les bols elle se souvient de l'instant où Paul lui a montré du doigt le troupeau de Marie. Ils s'étaient enfoncés un peu plus dans la bruyère. Ils n'ont pas vu l'enfant et ils ont alors songé qu'elle avait devancé son troupeau. Seul son chien leur était apparu à deux ou trois reprises entre les troncs et à travers les genêts. Mais elle n'en souffle mot à Jules, ayant omis de lui dévoiler son escapade au petit bois. Et puisqu'il ne s'est pas rendu compte de son absence il n'y a pas lieu de lui en parler.

Pour couper un silence trop pesant elle demande :

« Et son pauvre père était présent ?

– Oui, il était là, c'était pitié de le voir pleurer son enfant. Tous les hommes des Las ont voulu participer aux recherches. Sauf le Paul qu'on n'a pas trouvé chez lui ! »

Le ton vipérin ne plaît pas à la jeune femme qui réplique sèchement :

« Pourquoi ? N'étiez-vous pas assez nombreux ? Qu'aurait fait un homme de plus ?

– Il aurait cherché Marie, comme nous, et assisté le pauvre homme.

– Il n'était pas censé savoir qu'une telle chose s'était produite, non ? »

Rose en veut à Jules maintenant. Elle réalise qu'elle s'est trompée sur son compte pour l'avoir toujours cru incapable de la moindre hypocrisie. Ainsi, il peut dénigrer par simple jalousie. Elle le toise avec mépris. Ce dernier se redresse sur sa chaise et reprend tendrement :

« Allons, ma petite Rose, calme-toi et prépare-nous cette tisane. Je ne voulais pas te faire de peine, j'ai eu tort de dire ça et je le regrette. Oublie-le, veux-tu ? »

Rose retient ses nerfs. Elle a envie de lui jeter à la figure que Paul roucoulait d'heureux instants auprès d'elle, pendant que lui s'échinait à Contagny. Mais ce n'est plus le moment. Et Paul serait encore plus la cible de Jules. Ce dernier reprend :

« Paul est au courant. Il est descendu à Contagny dès que son père lui a dit que nous étions passés, et il nous a trouvés quand nous remontions de Peyredeyre. »

Rose se calme. Rien que le nom du jeune homme refoule en elle son irritation, apaise le tumulte de son cœur. Les mots de Jules aussi lui font reprendre sur elle parce qu'ils sont plus tendres maintenant. Mais sa rancune n'a pas disparu, elle est seulement logée au fond de son être.

Aux Sources, Paul vient de se mettre au lit. Ses cheveux sont trempés. Le père lui a raconté comment les choses s'étaient passées pendant son absence, combien il était embarrassé pour répondre à Gabriel Ménard, lequel en était étonné. Paul est bouleversé par la mort de la petite Marie. Il avait souvent fait un bout de chemin avec elle quand elle menait son troupeau à Saint-Quentin, lorsqu'il avait le temps de flâner un peu. La gosse n'était pas timide, elle chantait devant lui et lui demandait ensuite s'il avait aimé cet air. Elle avait une voix superbe, disait que c'était elle-même qui inventait ses chansons. À cet instant, Paul se demande si la petite disait vrai. Elle devait le prendre souvent pour un idiot car elle riait en le quittant, et courait derrière son troupeau, son chien à ses talons.

Puis Paul songe à Rose qui doit savoir aussi maintenant ce qui s'est passé, de la bouche de Jules. Il ne lui a pas parlé tout à l'heure, le Jules, pas adressé un mot. Était-ce par rancune ou parce qu'il était atterré ? Pourtant il a croisé son regard : il était dur et froid, et même haineux. Il se remémore toutes les paroles de Rose : « Il est brave, Jules, il nc veut que notre bonheur, nous serons toujours de bons amis. » Après tout il s'est peut-être trompé ? La situation est plus claire maintenant. Bientôt, ils ne se cacheront plus, ils se marieront et feront un gosse ou deux. Un garçon et une fille, un garçon robuste et une petite aussi jolie que Marie. Mais il pense que la vie réserve parfois bien du malheur et que Dieu, que sa mère a si souvent prié, ne doit pas exister car il n'aurait pas fait mourir Marie. Le père a raison de dire qu'il n'existe pas. Paul soupire dans la nuit. Avant de fermer les yeux, sa pensée se reporte aux jours prochains. Il y aura l'attente des funérailles et celle de la fenaison. Puis, quand Marie sera dans la terre, que l'herbe aura séché, que les tiges se rompront d'un coup net, la vie recommencera.

VI

Le roman de Jules

L'HERBE A SÉCHÉ, la terre a bu en trois jours l'eau versée par l'orage. De nouveau elle se craquelle sous le feu du ciel. La canicule, réinstallée, fait craindre les jours à venir et dire aux anciens : « Si ce temps-là continue ce sera la grêle pour Saint-Anne. » Pendant ces trois jours qui ont précédé les obsèques de Marie tout le monde a observé le silence du recueillement. Ces gens de la terre savent respecter les convenances. Ils ont de la tristesse dans leurs cœurs. On dit que Marcelle Clément a perdu la tête pendant la nuit qui a suivi la mort de la petite. On l'a vu filer droit dans l'allée du cimetière, le regard halluciné et sec, elle fredonnait même un air que Marie chantait. L'Henri pleurait tandis qu'on ramenait sa femme près de la pierre tombale couverte de fleurs des champs. Elle n'a pas vu mettre son enfant en terre. C'était un spectacle bien affligeant, hors du commun. Rose a surpris deux garnements en train de rire du comportement de la pauvre mère. Mais leur jeunesse les excusait. Marcelle est « bonne pour Mordon », l'hôpital psychiatrique du Puy, dit-on encore car Henri ne pourrait pas s'occuper d'elle. Aux Las, à Coste-Chaude, à Aubreynac, la population se pose déjà la question : est-ce un accident ou un crime ? Les gendarmes sont montés et ont rendu une petite visite aux Clément. Les dernières nouvelles disent qu'Henri aurait refusé qu'on ouvre une enquête. Cela ne lui redonnera pas le bonheur. Son enfant est morte, sa femme perdue et rien ne saura les lui rendre. Pas même la punition d'un coupable, s'il y en a un !

La vie reprend son cours avec l'arrivée de la fenaison. Tous ces gens semblent s'être donné rendez-vous aux champs. Aux Sources, Paul et son père se sont rendus au pré de Chapelle. Paul maugrée, il est en retard. Il voulait commencer plus tôt mais il a eu trop à faire. C'est aujourd'hui le passage de l'épicier, et comme celui-ci ne descend pas jusqu'aux Sources il a fallu porter les mottes de beurre et les fromages chez Ferdinand Eyraud des Las, un cousin germain d'Eugène. Dès son lever, Paul a baratté la crème du lait, récoltée au cours de la semaine dans de grandes jarres remisées à la cave. Il s'est échiné pendant une demi-heure à manier l'agitateur. Et pourtant il avait rincé la baratte à l'eau chaude.

Le père a lavé le beurre à grande eau dans le bac en bois et il a placé les mottes sur des serviettes propres. Il n'a pas pris le soin de leur attribuer une belle forme comme il le fait d'ordinaire ni celui d'y faire des dessins avec la pointe de la cuillère. Paul pendant ce temps rangeait les fromages dans des caissettes tapissées de paille. Tandis qu'il portait ses bons produits chez Ferdinand, Eugène a donné à manger aux bêtes, sans lésiner. Du couloir de la grange, il a jeté de grosses rations de foin dans les râteliers. Quand Paul est revenu il avait presque terminé la traite et ils ont rapidement mis les seaux de lait dans l'abreuvoir où l'eau était toujours fraîche. Paul n'est pas descendu ce matin au pré de la Fouillasse où il a mené Duchesse la veille. Il a eu une petite pensée pour elle et une grosse pour Rose.

Maintenant il fauche dans la pente et ne pense plus qu'à son travail. Doucement, sa forme lui revient. Il est heureux que ce soit enfin l'heure de la fauchaison. Il y aura un bon rendement car l'herbe est épaisse, haute et sacrément parfumée. Depuis le mois dernier il voyait avec inquiétude que la réserve arrivait à sa fin et que les cloisons des chambres apparaissaient de plus en plus. Il s'est aperçu que le père a donné double ration aux bêtes ce matin. Lui aussi devait s'inquiéter. Pourtant ils n'ont jamais manqué de foin. Sans cesser son mouvement, et gardant toujours le même rythme, il jette parfois un regard du côté du père, occupé sur le plat du pré. Déjà des andins le suivent en lignes parallèles. Il va vite, comme au temps de son jeune âge, il a fait ce même geste durant toute sa vie. Paul commence à suer, sa chemise se mouille. Il a soif. Il songe à la musette, dissimulée sous une touffe d'herbe à l'ombre des frênes. Elle contient les deux litres de vin et d'eau, le pain et le saucisson.

Dès la fin de la deuxième longueur, Paul s'empare de sa pierre à aiguiser. L'herbe est forte, faudra affûter souvent, se dit-il. Il cale le manche de la faux en travers de son corps et passe alternativement la pierre sur les deux faces de la lame. Il entend le père rouspéter : « Maudite pierraille. » Sa lame aura heurté une taupinière. En effet, le père cherche l'enclumette et le marteau, il s'assied à l'ombre, jambes écartées, et couche sa faux. Il bat à petits coups de marteau le fil ébréché de la lame. C'est un maniaque du tranchant, se dit Paul. Mais le vieil homme agit pour une bonne cause. La lame de sa faux, fine comme un fil de rasoir, coupera l'herbe proprement.

Voici enfin l'heure du casse-croûte. Les deux hommes s'installent sous les frênes, dans une ombre mitigée. Eugène soulève sa casquette, passe un grand mouchoir sur son front et ses cheveux mouillés. Puis il empoigne le « litron » et boit à grandes goulées. Sa soif étanchée, il tend la bouteille à Paul. Ils sortent leurs couteaux et taillent de larges tranches de saucisson et de pain. Et ils mangent de bon appétit. Au bout d'un moment Eugène dit :

« Tu y crois, toi, à ce qu'on raconte ?

– Hum… fait Paul, non, j'y crois pas. Tout le monde sait que la petite allait au bord des rochers. Paraît que la femme Ménard l'a aperçue un jour sur la pointe du gros piton, là où on a retrouvé ses chaussures. Son cœur n'a fait qu'un tour tant elle a eu peur de voir la petite tomber. Elle l'a attrapée et lui a dit que si jamais elle recommençait elle irait trouver sa mère. Moi, je veux bien croire que c'est un accident. Et puis son chien lui sautait toujours dessus, je l'ai vu plus d'une fois. C'est peut-être lui qui l'a fait tomber.

– Ouais, t'as peut-être raison, réplique Eugène, mais c'est tout de même vrai que ça peut être l'œuvre d'un maniaque.

– T'en connais, toi, des maniaques ici ? demande Paul.

– Y en a peut-être qu'on sait pas ! Tiens ! Le Régis S…, on dit qu'il est pas fin. Et les filles, il se gêne pas avec. On le voit à l'œuvre dans les foires, et même qu'à celle de la " Loue ", il voulait embaucher une gamine à la place d'un journalier. Y a le père Gilbert qui veut pas le voir chez lui parce qu'il pose les yeux sur la sienne de treize ans. »

Il manque de s'étrangler avec un morceau de saucisson. Il boit un autre coup, se racle la gorge puis reprend :

« Mais la petite, elle n'a pas été forcée. C'était qu'une enfant. Je sais bien qu'il faut en prendre et en laisser dans tout ce qui se dit. Mais hier, j'ai vu la mère Gilbert, elle montait ses vaches de La Senouire et on a blagué un instant. Ce n'est pas une languasse comme certaines, et pourtant elle a parlé de ça, disant que tout de suite après les funérailles un groupe s'était formé derrière le cimetière et on y racontait que ce serait un d'ici le coupable. L'Étienne Petit, le fils de la rebouteuse, faisait partie du groupe et lui en sait peut-être plus avec tous les gens qui passent chez lui.

– Oh ! tu sais l'Étienne ! dit Paul, c'est un sournois, à qui je ne ferais pas confiance. Rose ne l'aime pas, je crois qu'il lui a tourné autour…

– Alors c'est pour cette raison que tu ne l'aimes pas non plus, et tu ne disais pas ça de lui avant. Chez sa mère il entend toutes les nouvelles. Elle est brave la Joséphine, et lui c'est pas un mauvais bougre.

– Faut pas écouter les ragots, dit Paul, ça peut engendrer beaucoup de mal chez une personne innocente. Tu vois ce qui s'est dit de Rose et du Jules, alors qu'il n'y a rien eu entre eux. Les gens ont vite fait des histoires. Allez, viens donc le père, et ne pense plus à ça ; c'est malheureux pour les Clément mais personne ne pourra enlever leur malheur. »

Ils rangent les bouteilles dans la musette et retournent à leur travail. Ils sèchent leurs mains moites sur leurs pantalons, mettent bien le coffin en place sur leur ceinture, saisissent leur faux et se courbent. Ils ne songent presque plus à cette affaire. Les lames partent sur la droite en caressant la racine des herbes, et reviennent sur la gauche en les tranchant proprement.

Pendant ce temps, au domaine du Long, Rose attend ses parents qui arriveront par le car, vers onze heures. Depuis le mois dernier, le bus qui fait la liaison entre le Puy et Aubreynac vient jusque sur les places des villages. Tout le monde y trouve son compte. Ces nouveaux transports sont commodes pour les fermières qui n'ont plus à demander à leurs hommes de sortir la voiture à cheval lorsqu'elles ont envie de se rendre à la ville. Rose aussi en profite, bien que Jules propose toujours de la conduire. Lors de ses échappées, elle fait ses emplettes et rend visite à ses parents. Elle ne veut pas imposer à l'écrivain ses allées et venues sauf s'il a à faire en ville.

Rose, pour l'occasion, concocte un bon repas. Tout en s'affairant à son fourneau où elle met à cuire un clafoutis de cerises, elle songe à Paul et à Jules en même temps. Ce dernier est allé prêter la main à Étienne Petit, de quoi se donner un peu de mouvement, a-t-il dit. Rose est étonnée de le voir souvent en compagnie du ferblantier. Hier encore à la pâture, ce matin au fauchage. Lui qui n'appréciait pas ses visites ! Étienne n'a que trois bêtes et donc peu de surface à faucher. Bref, Jules a peut-être besoin de se changer les idées, de parler avec un autre homme. Mais n'aurait-il pas mieux fait d'apporter son aide aux Sigaud qui ont trois fois plus de travail, ou même à Paul qui ne prend pas de journalier ? Mais elle rêve ! Jules déteste Paul maintenant ! Ça se voit et ça se sent. Il a suffi à Rose de prononcer son nom pour voir apparaître la haine au fond du regard de l'écrivain. Elle songe pourtant qu'il n'est pas méchant ni rancunier et que son ressentiment pour le jeune paysan finira par mourir. Mais quand elle a dit qu'elle irait aux Sources les jours prochains, il a grommelé des mots qu'elle n'a pas saisis, mais qui semblaient malveillants. Elle allait le questionner mais il est sorti de la cuisine en lançant d'une voix plus claire qu'il serait de retour vers onze heures et demie.

Ce comportement inquiète la jeune femme. Jules triche. Son allure, ses gestes, son sourire sont affectés. Il veut paraître tel qu'il était mais ce n'est plus le même homme qu'elle a devant les yeux. Il n'a ajouté à son roman que deux ou trois pages. Ces trois derniers jours il a vadrouillé dans la campagne, elle ne l'a vu qu'au moment des repas. Le soir il s'enferme au bureau et ne l'y invite pas. Connaît-il un de ces moments creux, dont il avait parlé, le jour de leur rencontre ? L'annonce de sa liaison avec Paul, la mort de la petite Clément, la chaleur sont autant de causes qui pourraient altérer son inspiration. Ou bien hésite-t-il à trouver une bonne fin à son roman ? Rose ouvre soudainement les yeux. Des pulsions sauvages amènent à son esprit un cortège d'images sordides qu'ont fait naître les écritures de Jules. Certes, elle a tapé les dernières pages sans prêter une attention enflammée au récit et cependant elle se souvient...

L'héroïne de Jules vient d'être prise en flagrant délit d'adultère par son vieux renard de mari, un contrebandier de gnôle. Comment va agir cet homme à la haine implacable ? La description physique qu'il a faite de l'amant ressemble au portrait de Paul, indiscutablement. Les yeux noirs, la moustache drue, la carrure développée. Et les cheveux d'Adèle, l'héroïne, ne sont-ils pas ceux de Rose, et son regard qui passe du bleu au vert, vert-de-gris en hiver ?

Au mois de janvier, Rose a aidé Jules à faire une pile de bois dans le cellier avec les bûches qui avaient été empilées à l'extérieur de la remise. Il avait neigé et avec le froid, la neige tiendrait longtemps. Il serait donc plus agréable de prendre les bûches dans le cellier, sans sortir, puisqu'une porte de la cuisine y menait directement. Le bois rentré, Rose et Jules ont décidé de faire le tour de la propriété. Le parc était si beau sous la neige qu'il méritait bien un regard. Et c'est là, près du vieux genévrier, qu'il a dit : « Tu as des yeux vert-de-gris. » Elle a répondu du tac au tac que c'était un vilain dépôt verdâtre qu'on trouvait sur les vieux chaudrons de cuivre. Jules a ri sans retenue à cette réplique. Un autre jour, à peu de temps de là, il avait annoncé que sa muse était bien au domaine du Long.

Rose se mord les lèvres, la lumière jaillit en son esprit. C'est elle, la muse de Jules ! Elle avait bien compris ce qu'il sous-entendait ce jour-là mais n'y avait prêté foi, se disant que c'était trop d'orgueil d'y croire. Elle s'efforçait de penser que c'était de la végétation du parc dont il parlait.

Cependant les trois héros de Jules sont bien inspirés par elle, Paul et l'auteur lui-même. Et c'est de leurs propres agissements que le dénouement du livre découlera. Rose en est sûre à présent. Voilà la raison pour laquelle il n'écrit plus. Va-t-il attendre son départ avant de mettre une fin ? Que va donc faire le vieux contrebandier ? Que va donc faire Jules ? Il devrait pourtant la connaître, cette fin, puisque dans l'histoire réelle la jeune femme choisit de partir avec son amant. Par le biais de son imagination, il pourrait conclure de manière heureuse. Mais qu'adviendrait-il du pauvre contrebandier qui voulait garder Adèle ? Il n'avait plus alors qu'à faire disparaître l'amant gênant. Mais par quel stratagème ? Tous les moyens sont permis, bons ou mauvais, hasardeux ou délibérés.

Rose frémit. Malgré la chaleur elle a des frissons plein le dos. Pourquoi Jules n'écrit-il plus ? Elle voudrait bien trouver des réponses à toutes ses questions. Mais elle n'a au bout de ses pensées qu'un grand trou, vide d'images. Elle se secoue, se gronde intérieurement et se répète que cette fois son destin sera plus clément. Il y a l'histoire de Jules et il y a la sienne. L'auteur et son contrebandier laisseront échapper les deux amants et ils se consacreront, l'un à sa vente clandestine et l'autre à ses écritures. Mais encore faudra-t-il… Rose en est là de ses réflexions quand un coup est frappé à la porte. Sa mère entre la première.

Son visage est gai. Rose a envie de se jeter dans ses bras. Andrée dépose sur la table un baba au rhum, c'est le gâteau préféré de Rose. La jeune femme embrasse sa mère et va mettre la pâtisserie au cellier, à l'endroit choisi pour les provisions de bouche à cause de sa fraîcheur.

Son père entre à son tour. Il lui tend une rose à peine éclose volée au grand rosier de la fontaine. Elle est heureuse de les voir. Ils sont venus hier à l'enterrement de la petite Marie mais ne se sont pas arrêtés au domaine, Marcel ayant un rendez-vous chez le médecin. Et comme le bus mettait bien une heure pour se rendre au Puy ! Le mois dernier Rose avait remarqué un amaigrissement chez son père, il avait les joues plus creusées et le teint pâle. Des cernes violets marquaient ses yeux. Il se plaignait de maux de ventre. À la fin de l'hiver il était monté chez Joséphine en quête de quelque tisane miraculeuse. Selon la brave femme il souffrait de la vésicule biliaire. Elle lui avait donné la recette d'une macération dont la vertu dépendait d'un bon nombre de plantes. Mais Rose l'avait prié d'aller consulter le médecin.

Elle le regarde avec une attention appuyée. Son visage a repris de la couleur et les cernes sous ses yeux se sont atténués.

« Alors ? » demande-t-elle.

Il devine aussitôt ce qu'elle désire savoir.

« Rien de grave, pas d'opération pour chasser le caillou que j'ai là, s'exclame-t-il jovialement en désignant son côté droit. Un traitement seulement et qui a déjà fait son effet. Je me sens mieux, je n'ai plus de crampes d'estomac. »

Il la saisit à bout de bras, arbore un grand sourire.

« Ton vieux père a retrouvé la forme de ses quarante ans, ta mère ne fait pas le poids maintenant ! »

Ils rient tous trois à gorge déployée. Mais la jeune femme reprend vite son sérieux. Elle les considère. Elle les aime tant. Ils ont été si prévenants, si attentionnés quand elle était encore accrochée à son passé. Elle a tant de reconnaissance envers eux. Mais elle éprouve du regret de ne pas les avoir laissés être les artisans de sa renaissance. Ils ont tout tenté. En vain. C'est Jules qui lui a redonné le goût de vivre. En si peu de temps ! Alors qu'eux s'y étaient acharnés pendant ces cinq années ! Ont-ils regretté leur échec ? Sa pauvre mère était tellement désolée de ne pas parvenir à se faire entendre. Elle le lui disait avec de la supplication dans la voix. « Écoute-moi, Rose. » C'est pour cette raison, Rose en est sûre, qu'ils estiment autant Jules, parce qu'il a réussi là où ils ont échoué.

La jeune femme s'est déjà demandé s'ils se sont interrogés au sujet de sa relation avec lui. Ils ne font cas de rien, ont toujours la même politesse à son égard mais ils gardent une certaine distance. Rose est également certaine qu'ils ont deviné le véritable sentiment de l'écrivain. Elle est étonnée que sa mère ne lui en ait jamais parlé. Autrefois pourtant elles discutaient toutes deux de choses intimes sans éprouver de gêne. Mais Rose croit savoir : sa mère pense qu'elle aime Jules aussi et c'est pour ça qu'elle n'a pas besoin de s'en assurer. Mais alors que pense-t-elle de leur différence d'âge ? Certes Marcel a bien dix ans de plus qu'elle et elle en a toujours loué l'avantage. Mais vingt-cinq années ! Après réflexion, Rose pense que sa mère croit plutôt à contrecœur à un tel amour. Il est temps de mettre ses parents au courant de sa relation amoureuse, de ne plus les lais-ser dans l'ambiguïté d'une situation qui, au fond, ne doit pas les enchanter. Certes, ils vouent à Jules une grande estime et une reconnaissance infinie mais... La jeune femme doit leur parler tantôt, aujourd'hui peut-être.

Jules arrive. L'expression de son visage est joyeuse. Trop joyeuse pense Rose, pour ne pas être affectée. Serait-il assez bon comédien pour ne rien laisser paraître de la morosité dans laquelle il était enfermé ces derniers jours ? La jeune femme finit par hésiter et se demande si sa façon d'être est naturelle ou bien composée. Elle le regarde de biais et lui découvre cet attrait qui l'avait séduite aux premiers temps de leur rencontre. Elle sourit, avec cette délicieuse sensation de ne plus sentir un poids sur sa poitrine.

Pendant que les deux femmes dressent la table, les hommes meublent la conversation en discutant de la mort de Marie. Jules se met à raconter les recherches dans la combe de Saint-Quentin et il souligne encore une fois l'absence de Paul Eyraud avec une pointe sarcastique dans la voix. Rose tourne la tête, croise son regard. Elle ressent un pincement au cœur tandis qu'une rage sourd au fond de son être. Ainsi, il s'était composé sa belle attitude. Mais il vient de lui donner l'occasion de dévoiler à ses parents son idylle avec Paul.

« Paul Eyraud était avec moi lundi, nous sommes restés ensemble du milieu de l'après-midi jusqu'au soir. Nous… nous avons été surpris par l'orage », annonce-t-elle d'une voix altérée qui sort de sa bouche sans paraître lui appartenir.

Les trois autres restent cois. Leurs regards pèsent sur elle. Il y a de la surprise dans ceux de ses parents, et quelque chose d'indéfinissable dans celui de Jules. Elle reprend :

« Jules sait cela, Paul et moi allons vivre ensemble dès l'automne. »

Elle rajoute aussitôt, tournée vers Jules :

« Certes, je ne vous ai pas confié notre rencontre de l'autre jour, l'occasion ne s'est pas présentée et je n'ai plus vu l'utilité de vous l'apprendre quand vous êtes rentré, fatigué et torturé par le spectacle auquel vous veniez d'assister. »

Andrée et Marcel n'ont pas bougé. Leurs yeux se tournent maintenant vers Jules, encore pleins d'étonnement. Ce dernier quitte sa chaise avec un peu de gaucherie. Il va prendre dans le buffet une bouteille d'eau de noix et s'empresse d'en verser dans les verres. Il en saisit un et les invite à faire de même. Rose hésite mais il lui met le verre entre les doigts. Elle remarque le tremblement de ses mains et devine l'émotion dont il est la victime et qu'il tente de dissimuler sous de faux airs. Il dit :

« Certes, je sais cela (mais il fait seulement allusion à sa relation avec Paul), Rose me l'a dit. Buvons donc à son bonheur. Je suis sûr, ma petite, que cette nouvelle comble tes parents de joie. N'est-ce pas ? », ajoute-t-il à leur intention.

Ces derniers acquiescent mais ne semblent pas encore revenus de leur surprise. De plus, il flotte dans l'air une sorte de gêne, d'embarras. Pourtant ils entourent Rose et lui adressent leurs félicitations. Indéniablement la nouvelle les rend heureux mais ils n'osent le montrer, eu égard à Jules, car ils viennent juste de comprendre son chagrin.

« Nous fêtons donc le retour à la vie de Rose », reprend-il.

Et il vide son verre d'un trait. La jeune femme a pâli. Elle a aussitôt compris la signification de ses paroles. Il veut lui faire entendre que tout ce bonheur c'est à lui qu'elle le doit avant tout ; s'il ne l'avait pas forcée à revenir au pays, elle ne l'aurait pas rencontré, le Paul. Et pourtant c'est pour lui qu'il l'y avait invitée ! Il est injuste, ses mots sont pleins de reproche. Ne peut-il se contenter de sa tendresse et la comprendre ? Mais Rose prend sur elle malgré sa rancœur, elle dit d'une voix calme et assurée :

« Ce retour à la vie, c'est à vous que je le dois, Jules. »

Il voudrait contester une réalité que lui-même vient d'avancer, en faisant non de la tête, la repousser avec une fausse modestie. Il ouvre la bouche pour ce faire mais la jeune femme esquisse un geste de la main pour l'empêcher de parler, de mentir encore une fois.

« Si, si, monsieur l'écrivain, dit-elle, j'ai vécu cinq années dans l'ombre du passé, je ne voulais plus me mettre au soleil, croire que la vie pourrait m'apporter un autre bonheur... mais vous êtes arrivé, vous m'avez poussée de l'ombre et ouvert les yeux. Alors je n'ai plus hésité à contrarier le cours morose de mon existence. Et vous y êtes donc pour beaucoup si elle recommence aujourd'hui. Aurais-je rencontré Paul sans ce premier pas ? Vous aviez le désir de me voir heureuse et en revanche ce n'est pas seulement de la gratitude que j'ai pour vous mais une réelle tendresse. Je sais bien, cher Jules que vous en avez pour moi aussi. Ces liens sont des biens qu'ils nous faut conserver dans toute leur beauté.

– Mais j'y compte bien, ma petite Rose. Tu sais, je n'ai rien fait d'autre que ce que ma conscience me dictait. Tu me faisais de la peine, un joli visage si triste, si fermé, alors qu'il est tellement préférable de le voir éclairé d'un sourire. Et puis n'oublie pas que j'avais besoin de tes services même s'il est vrai que j'aspirais à te voir heureuse. C'est à Paul que tu dois de l'être vraiment et j'espère bien que tu le seras ta vie entière. »

Elle l'examine, le sonde. Est-il franc ? se demande-t-elle. Vient-il d'accepter le fait par désir du bonheur de Rose, a-t-il bien mesuré le poids de ses mots ? Il a le visage qu'elle a vu la première fois, si chaleureux. C'est un peu comme s'il venait d'ôter son second masque et de remettre le premier. Elle ne veut pas croire que cette apparence en cache une autre si différente, Jules ne peut être aussi bon comédien. Il remplit de nouveau son verre et le lui tend. Sa main tremble, son regard est impénétrable. Mais Rose a retrouvé sa confiance et sourit, elle se sent plus détendue désormais pour parler de son avenir. Elle ne sait pas que son refus d'amour a fait de lui un homme perdu.

De son côté, Andrée ressent une inquiétude latente au fond d'elle-même. Une intuition lui intime que le comportement de Jules est à craindre. Elle saisit son amertume et en devine la profondeur mais réprouve sa rancœur, que l'on perçoit aisément, envers sa fille. Elle se dit qu'un homme de cet âge n'aurait pas dû fonder un avenir sur une histoire impossible. Mais il est intelligent et il saura faire face à l'écroulement de ses projets sans toucher au bonheur de Rose. Il ne s'en prendra qu'à lui-même de s'être égaré. Elle lève son verre et dit à Jules :

« Vous avez aussi toute ma reconnaissance et… je ne dirais pas comme Rose, de la tendresse, qui doit être une belle récompense, mais une grande estime.

Sachez bien, Jules, que vous serez toujours bienvenu parmi nous. »

Rose retient une larme. Elle sait si bien percevoir les mots que sa mère vient de prononcer. Elle sent la main de son père lui toucher le bras, une douce caresse. Lui aussi a compris et l'émotion le garde sans voix et sans mouvement. Leurs regards à tous quatre se contemplent tour à tour pendant un instant et ils s'interrogent, se parlent, se devinent. Mais ils n'avouent rien, rien de ce qui est suspendu entre eux de si flagrant. Ils vont alors continuer à se mentir, à faire semblant de croire à une histoire tout à fait normale. Mais qu'importe, si Jules Chometon sait en accepter le canevas pour le bonheur de Rose.

Ils se mettent à table, à l'appel de Marcel qui dit avoir un creux à l'estomac. Ils mangent d'un bel appétit, ils conversent de choses et d'autres, du temps, de la fenaison… comme si aucune tension n'avait rendu leurs propos aussi conventionnels. Pourtant tout sujet les ramène à Paul et à Rose. On se dit qu'il est dommage que le jeune homme ne soit pas présent à ce cordial repas. Et Rose laisse de temps à autre sa pensée s'évader vers lui. L'atmosphère s'est détendue, tout va donc pour le mieux jusqu'au moment où Jules annonce qu'il monte à Paris le lendemain, qu'il y restera deux ou trois jours. Rose est étonnée car Jules semble bien avoir décidé ce voyage à l'instant. Elle hausse les sourcils, le questionne du regard.

« Je dois voir monsieur Mansard qui m'a signalé des dégradations dans mon logement. J'irai aussi à Clermont pour régler quelques affaires, un de mes locataires s'en va et je dois rencontrer mon agent immobilier. »

La jeune femme est de nouveau saisie par une sensation désagréable. Elle doute aussitôt de la véracité de ses paroles car il n'a pas reçu de lettre depuis un certain temps déjà. C'est elle qui visite la boîte aux lettres ou va à la rencontre du facteur. Cependant elle se dit que l'agent immobilier peut avoir averti Jules du départ de son locataire à son dernier courrier. L'écrivain lui a dit un jour que les enveloppes provenant de Clermont contenaient les paiements de ses loyers.

Rose se rappelle également que ce mercredi matin, lors de leur sortie en ville, il s'était absenté un instant alors qu'elle choisissait une couronne de fleurs pour Marie. Elle peut donc supposer qu'il est allé téléphoner à son ami Mansard et c'est là que ce dernier l'aura mis au courant des dégradations. Si tel était, Jules aura alors projeté de s'absenter sans arrêter de date précise et c'est peut-être la raison de son silence. Puis il se sera soudainement décidé, voyant qu'elle nageait en plein bonheur et songeant qu'elle serait peu soucieuse de son absence. Rose considère qu'il a choisi délibérément le moment propice. Elle pense à leur escapade prévue pour la fin du roman. Elle sait bien que celle-ci n'aura pas lieu. Elle en ressent du soulagement et juge que ce petit changement fera le plus grand bien à Jules, il est resté trop longtemps seul avec elle et les événements de ces derniers jours pèsent lourdement sur sa production littéraire. Il a besoin de respirer un autre air et de voir d'autres visages connus malgré son grand attachement au domaine et à elle-même.

Elle le regarde. Il vient de couper une part de ce fromage qu'il aime tant, il l'écarte sur son pain sans en enlever les artisons. Il surprend son regard et sourit.

« Irez-vous voir votre éditeur ? demande-t-elle.

– Oui, ce pauvre homme doit s'impatienter, je l'ai laissé longtemps sans nouvelles du roman. Je lui en donnerai un rapide aperçu et la promesse d'un manuscrit complet pour bientôt. »

Il met le pain et le fromage dans sa bouche, mâche le tout avec lenteur en serrant les lèvres.

« Ce qui laisse supposer que vous en êtes au dénouement, dit Andrée, attentive à leur dialogue.

– Oui, j'ai quelques difficultés à l'élaborer mais je suis sûr qu'à mon retour j'y parviendrai. Voyez-vous, le gros problème dans un récit de fiction c'est de devoir écarter l'un des personnages principaux et le choix s'avère parfois difficile.

– Je vous comprends, annonce Andrée, ces personnages, qu'ils soient bons ou mauvais, vous les affectionnez car vous les avez créés en versant en chacun d'eux un peu de vous-même, et d'en écarter un doit vous apporter quelque blessure… »

Jules ne répond pas. Il semble réfléchir aux arguments d'Andrée. Rose quant à elle sent sa poitrine se libérer d'un étau, comme si des liens, qui l'avaient enserrée, cassaient enfin. Elle respire plus aisément. Les pensées qui avaient assailli son esprit dans la matinée resurgissent l'espace d'une seconde puis s'envolent, tout effilochées. Et il lui vient un sentiment de regret pour les avoir eues. Comment a-t-elle pu croire que le vieux contrebandier de Jules ferait du mal à Adèle en écartant son bel amant ? Elle sait maintenant que l'auteur s'arrangera pour mettre sa bonté dans le cœur de cet homme qu'on croyait cruel. Elle est persuadée que Jules accepte son sort et qu'il lui pardonne, tout comme le contrebandier pardonne à Adèle de ne pas l'avoir aimé. Alors elle s'exclame, radieuse :

« Moi, je le sais, Jules, je sais à peu près la fin de votre histoire. »

Et lui la regarde, intensément, sans voix, un sourire énigmatique posé au coin de sa lèvre supérieure. Andrée a envie de s'esclaffer aussi car le rire de sa fille fait du bien à entendre, mais quelque chose l'en empêche, quelque chose qui brille au fond de ce regard clair, quelque chose de fort et d'angoissant.

VII

La fenaison

Le 26 juillet, jour de Sainte-Anne, quelques cirrus dessinent sur le ciel des figures pâles et insignifiantes. Les rayons du soleil grillent la campagne et cognent sur la terre qui crie par toutes ses gerçures. Ils ont asséché le ruisseau des Las, celui du Serre et le Long. Même les sources ont de la peine à faire entendre leur murmure. La fenaison bat son plein. Les andins, coupés de la veille, sont déjà retournés, les faux tranchent l'herbe sans relâche. Les Eyraud ont abattu les prés des Sources en trois jours et ce matin Paul s'est attaqué aux Ombres, un ensemble de trois hectares situé en contrebas du domaine du Long. Il lui faudra plus de temps, bien que la surface soit à peu près égale à la précédente car il ne fauchera plus à longueur de journée, il faut rentrer le foin.

Eugène n'a pas ménagé ses forces et maintenant il est fourbu. Il se croyait encore costaud et tenait à le prouver mais voilà… la douleur a saisi sa vieille carcasse tout entière. Son allure a bien ralenti. Il ne peut presque plus manier sa faux et il se demande par quel miracle elle coupe encore l'herbe. Pourtant il continue. La douleur accapare même son esprit, ses bras ne répondent plus à sa volonté, ils sont mus par une sorte d'automatisme mais vidés de toute force. Le pauvre homme craint de ne pouvoir tenir le coup jusqu'à la fin de la fenaison.

Paul a remarqué sa fatigue et son relâchement, mais il ne lui fait point de remontrances. Son vieux père a trop de fierté pour capituler et avouer qu'il ne peut abattre du travail comme autrefois. On a pourtant le temps, se dit-il, il fera sec pendant longtemps. Il a envie de lui dire de rentrer et qu'il finira tout seul quand il aperçoit une silhouette en haut des prés. Il reconnaît Rose. Son cœur se met à battre plus fort. Il ne l'a pas revue depuis dimanche soir seulement, mais déjà le temps lui semblait long. Il était monté d'un saut au domaine, et ne sachant pas que Jules était parti, il avait en tête l'image d'un baiser furtif qu'elle lui aurait donné devant la grille à son départ. Rose étant seule ils auraient eu tout le loisir de s'aimer. Hélas, une ombre était posée sur son visage et il insista pour en connaître la cause. La jeune femme lui avoua alors qu'elle ne savait plus faire la part entre ses convictions intimes et les affirmations de Jules. Ses craintes s'étaient relâchées l'autre jour, elle croyait avoir oublié toutes ces ambiguïtés en l'espace d'un après-midi mais le soir même Jules avait remis le masque des jours précédents. Il était parti au petit matin sans attendre qu'elle fût levée, sans lui adresser un au revoir. Son esprit était rempli d'une foule d'idées confuses. À présent elle doutait de sa bonne foi, avait la certitude qu'il haïssait Paul et avait à son propre égard un ressentiment profond. Elle redoutait son retour, leur cohabitation deviendrait difficile s'il adoptait encore cette curieuse attitude. Tout cela contribuait à lui faire voir des choses noires, sa propre maison lui semblait hostile et elle ne puisait plus dans le parc ce réconfort qu'elle y avait trouvé les mois précédents. Elle n'était pas non plus retournée dans son antre secret, comme chaque jour depuis mai dernier, quelque chose y planait qu'elle ne pouvait traduire. Elle n'avait plus qu'une hâte : celle d'être auprès de Paul.

Celui-ci l'engagea alors à bousculer les événements et à le rejoindre le plus tôt possible. Mais elle refusa avec un sourire résigné. Elle avait une promesse à tenir et elle ne voulait pas que la concrétisation de leur projet se fasse en plein milieu des gros travaux. Elle saurait attendre. Elle espérait toutefois que Jules reviendrait de son séjour plus heureux et égal à lui-même, il aurait eu le temps de s'appesantir sur son sort et de l'accepter. Paul lui proposa alors de descendre aux Sources pendant son absence, aux moments les plus creux. Mais Rose savait bien qu'il n'avait pas un moment de répit et elle accepta sa proposition à la seule condition qu'elle apportât son aide. Il prit ses mains dans les siennes et dit, les regardant :

« Et ces beaux doigts seront tout piqués par le foin !

– Qu'importe, Paul, s'écria-t-elle, tu me prends pour une bourgeoise ? »

Il l'avait serrée si fort contre lui, riant. Il la voyait comme une grande dame, avec ses manières gracieuses, ses mains blanches aux ongles longs, sa peau satinée, et songer qu'elle pouvait s'écorcher les doigts ou les genoux lui faisait mal. Mais elle avait raison, elle était apte à accomplir ce travail, sans rechigner comme certaines de ces campagnardes qui se plaignent toujours de trimer leur vie durant. Rose avait une volonté admirable et une grande candeur. Comme l'amour du jeune paysan était fort ! Il la serra plus étroitement et remercia le ciel d'avoir placé cette femme sur sa route. Il se demanda même s'il la méritait et jura silencieusement qu'il ferait tout en son pouvoir pour lui rendre l'existence agréable. Il aurait pu goûter pleinement à son bonheur s'il n'avait été contrarié à cause de Jules. Il eut le dessein d'aller le trouver si son comportement n'avait pas changé à son retour.

Tandis que la silhouette de Rose se fait plus nette il songe qu'elle pourra venir en début d'après-midi pour faire le char de foin. Pendant ce temps-là le père ira prendre un peu de repos. Mais il imagine tout un tas de mauvaises choses qui pourraient lui arriver : qu'elle attraperait une insolation ou se ferait piquer par une vipère, on avait déjà vu ça ! Elle approche. Il se ressaisit. Sa tresse noire se balance d'une épaule à l'autre, son sourire s'élargit, sa poitrine ballotte doucement, sa robe jaune clair danse autour de ses mollets galbés. Il sent naître son désir. Il la culbuterait sans cesse… Ce n'est pas qu'il pense toujours à la « bricole » mais il a toujours envie de l'embrasser, de la caresser… Il voudrait lui conter de belles paroles mais hélas, il ne sait pas bien les dire. Il entend le père souffler auprès de lui. Ce dernier a vu la jeune femme aussi. Il dit faiblement :

« Tiens, la petite vient nous rendre visite, les autres fleurs semblent bien pâles à côté d'elle, Rose est une rose parmi les bleuets et les coquelicots… Ces pauvres coquelicots qui se baissent bien bas pour mettre dans leur ombre leurs tristes mines. N'attendez, n'attendez à demain, cueillez dès aujourd'hui les roses de la vie. »

Les yeux de Paul lâchent Rose pour se poser sur son père, ils sont pleins d'ébahissement. D'où le vieux tient-il cette poésie, lui qui n'est pas allé à l'école, se dit-il, il n'a jamais fait de telles comparaisons ni employé de tels mots, et il cite Ronsard ! Le vieil homme remet bien en place sa casquette sur son crâne après en avoir essuyé toute la sueur ainsi que celle de son visage. Puis il avance au-devant de la jeune femme, se redressant sans montrer de signe de douleur bien qu'il ait envie de crier tant elle serre ses reins et lui étreint l'échine. Paul le suit, un peu gauche. C'est la première fois que le père les verra ensemble et il ne sait pas quelle contenance avoir devant Rose ni même comment lui donner le bonjour. Eugène a enfermé sa main dans les deux siennes, il la secoue doucement, mais lui reste là, benêt, sans bouger ni savoir que dire… Il jette un bonjour rapide d'une voix grave, presque brutale. Elle sourit. Comme à chaque fois son sourire a le don de le remettre plus à l'aise.

Rose leur offre tout de suite un peu de sirop de cassis, elle a apporté deux verres. Elle tend d'abord celui du père et caresse discrètement les doigts de Paul en lui donnant le sien. Elle n'a pas oublié non plus le casse-croûte et il est bienvenu car Eugène a laissé ce matin la musette sur le rebord de la fenêtre. Deux grosses parts de clafoutis aux cerises accompagnent le pain et les fromages. Le père passe sa langue sur ses lèvres, en signe de contentement et de gourmandise. Il s'assied et invite les jeunes gens à en faire autant. Il est tout ragaillardi, oubliant presque son mal au dos à l'idée de cet encas préparé par les mains de Rose.

« Assieds-toi, Rose, viens là près de moi. »

De ses grandes paumes calleuses il casse et écrase les tiges coupées pour qu'elles ne lui piquent pas trop les fesses. Il ajoute

« Et parle-nous un peu... »

La jeune femme s'installe sur l'herbe, lisse sa robe sur ses jambes étendues. Elle est ennuyée de ne savoir que dire encore à Eugène. Elle aurait l'air d'une idiote d'annoncer qu'il fait chaud, que l'herbe est sèche, qu'il manque un peu de pluie mais qu'il n'en faut pas pour l'heure.

Elle lance tout de go :

« Je suis seule au domaine, Jules est à Paris depuis samedi. Alors j'aimerais bien vous aider à rentrer le foin.

– Tu es bien bonne... »

Le père ne termine pas sa phrase. Il pense qu'elle n'arrivera pas à soulever une fourchée de foin ou à arranger le char car il faut bien équilibrer le chargement. Ce n'est pas qu'elle soit fluette, au contraire, elle est bien charpentée, mais elle n'est pas habituée aux travaux des champs. Et puis il la voit, lui aussi, comme une personne à qui des messieurs galants interdiraient ces dures besognes. Eux, ils sont des paysans, ils ont toujours vu leurs femmes en fermières, avec leurs mains rouges et tôt raidies. Il a derechef une pensée pour Rosalie qui avait beaucoup travaillé, à guider la herse, à faire les javelles et les gerbiers, à piocher les mauvaises herbes, à arracher les chardons dans les champs et à ramasser les pommes de terre et le petit bois, à bien d'autres choses encore… ravauder le linge, préparer le manger et ranger la maison. Et cependant elle avait de la finesse dans son jeune âge et de la coquetterie. Mais il la laissait se fatiguer, sans mot dire, sans y prendre garde, parce qu'il n'avait pas assez de délicatesse, et pas le temps de la remplacer. Comme si Rose interceptait ses pensées elle dit :

« Je sais ce que c'est, vous savez, jadis avec mon oncle nous fanions le pré et je faisais le char. Je participais à d'autres travaux également. Nous sommes allés souvent chez les Sigaud, Gérard et moi, quand ils avaient besoin d'un coup de main.

– Je ne doute pas de tes capacités, répond le père avec un peu de honte cachée, ça me gênerait que tu te fasses mal chez nous, c'est tout. Tu peux venir, va. Je sais que tu es courageuse, comme ton oncle Charles. Je l'aimais bien ton oncle, c'était un brave, et pas un charron ne lui arrivait à la cheville. C'est lui qui a fait mon char et le traîneau et je lui portais aussi toutes mes roues. Tu étais une petiote de ce temps, je t'ai vue haute comme trois pommes, tu t'en souviens ?

– Oh oui, un jour vous m'avez mis la cruche entre les mains et depuis j'arrosais le fer. Je me souviens aussi de votre épouse, de Thérèse et Denise qu'on voyait parfois le dimanche à l'église pendant les vacances ou quand on passait devant chez vous pour descendre à Saint-Quentin.

– Sûr que t'as pas dû me voir souvent à la messe, sauf pour les enterrements. J'y allais de temps en temps pour faire plaisir à Rosalie et au curé. C'est que je suis un peu sceptique à l'égard de Dieu, j'ai des doutes tu vois, mais j'allais à confesse deux fois l'an pour dire mon rituel. »

Rose sourit et reprend sur le thème premier de leur conversation.

« C'est vrai que nous nous voyions peu. Aux fêtes peut-être. Mon oncle nous invitait souvent le jour de la Vogue à Aubreynac. Mon père dansait fort bien la bourrée et la valse, il aimait ça et ma mère aussi. Je participais à la course en sac et je crois bien que j'ai vu Paul une fois.

– On les y emmenait tous les trois quand ils étaient petits. Les filles allaient s'amuser plus tard mais ce nigaud-là n'en a pas profité. »

Il désigne Paul d'un mouvement de la tête. Ce dernier rougit et dit que la danse n'est pas son fort. Le père reprend aussitôt.

« Ah ! ma petite, tu m'aurais vu dans mon jeune âge ! Je ne dédaignais pas les plaisirs de la fête. Il y avait le Jean Bregnet, dit "Casquette" qui jouait de l'accordéon comme pas un. Ton oncle l'a bien connu, va ! Mais quand tu allais danser, toi, Rose, il y avait bien longtemps que Rosalie et moi n'allions plus à la Vogue. Tu ne pouvais pas nous rencontrer.

– Oui, plus tard lorsque nous nous sommes installés au domaine Gérard et moi, je vous ai rencontrés peu de fois, mais il faut dire que ce temps a été court… Après je suis partie… »

Elle se tait subitement, baisse les yeux. Elle vient de songer fort à son mari et son ancienne douleur a refait surface. Depuis qu'elle est liée à Paul elle ne l'avait plus ressentie. Mais d'évoquer le passé vient de la remuer. Par ailleurs elle sent peser sur elle toute l'attention des deux hommes et en est gênée.

« Allons, mon enfant, dit Eugène, il est normal d'y songer et nous le comprenons. On ne surmonte pas si facilement les coups durs… »

Il n'ajoute rien de plus, demeure pensif pendant une minute, puis secoue la tête comme pour en chasser le souvenir de ses propres misères. Paul a posé la main sur le bras de Rose en signe d'assentiment et pour lui signaler qu'il ne lui en veut pas de songer toujours à Gérard. Lui-même a aimé une autre fille autrefois, ce qui ne l'empêche pas d'être fou de cette femme aujourd'hui. Il se dit qu'avec l'âge le sentiment d'amour prend aussi de la force et, de surcroît, il a une pensée pour Jules Chometon. Mais Rose ne l'a pas choisi ! Et qu'importe le passé ! Elle peut bien garder du jeune charron un tendre souvenir puisque c'est à lui que son cœur fait une nouvelle place désormais ! Être dans le cœur de Rose, n'est-ce pas la plus grande faveur que le destin pouvait lui accorder ? Il tâchera de lui faire oublier les mauvais moments, et aux meilleurs il en ajoutera d'autres aussi agréables.

Au contact de sa main, la jeune femme lève les yeux sur lui. Ce qu'elle y lit, de si fort et de si doux, est un remède à sa tristesse passagère qui fait glisser en elle un apaisement inouï. Soudain elle a envie de se jeter à son cou, de lui susurrer à l'oreille des mots d'amour. Mais elle se retient à cause du père qui la prendrait pour une folle de passer ainsi de la morosité à l'allégresse. Elle est si bien, près de Paul, il suffit de son regard pour lui rappeler que l'existence sera belle maintenant. Elle tend à chacun un morceau de gâteau et remplit de nouveau leurs verres. Un long silence est alors suspendu entre eux, plein de pépiements d'oiseaux et du bruit que fait le vieil homme en mâchant et crachant les noyaux de cerises. Elle regrette de ne les avoir pas enlevés car un craquement vient de se produire dans sa bouche et il esquisse une vilaine grimace. « Ce petit incident lui aura ôté tout son plaisir », pense-t-elle en réprimant un sourire. Elle range les restes et la bouteille dans le panier, se met debout.

« Je descendrai vers une heure et demie, dit-elle à l'adresse de Paul, ça va ?

– Oui, n'oublie pas de mettre des bottes et un chapeau, va faire bougrement chaud. Je viendrai t'attendre dans le chemin.

– Ce n'est pas la peine, repose-toi un peu après manger. Et vous aussi, père », ajoute-t-elle.

Eugène est troublé par sa délicate attention. Il avait déjà idée de ses qualités, parce qu'elle est nièce de Charles Aurel, et bien qu'il la connaisse peu, il n'a pas fallu beaucoup de temps pour en juger. Son garçon a beaucoup de chance, elle fera de lui un homme heureux. Il aurait bien voulu lui dire sa satisfaction et lui souhaiter la bienvenue aux Sources, avec un peu d'avance… La voilà qui demande à Paul, l'air soudain inquiet :

« Des bottes, à cause des vipères ?

– Oui, hésite-t-il à dire, c'est rare mais on ne sait jamais.

– Bon, j'en mettrai mais avec cette chaleur ! »

Elle n'avoue pas sa peur incontrôlable des serpents et part d'une bonne allure. Parvenue en haut du pré elle se retourne pour leur adresser un petit signe de la main. Puis elle disparaît derrière une rangée d'arbres qui tremblent sous le soleil impitoyable. Quelques volatiles au plumage noir en délaissent les frondaisons. Leurs cris rauques heurtent le silence. Toute la campagne est fiévreuse maintenant, elle semble se liquéfier doucement et perdre ses vraies formes. Elle devient si étrange qu'on croit la rêver. Sa respiration exhale les multiples parfums de la terre et donne à l'air une résonance presque imperceptible, et à laquelle il manque le murmure du ruisseau dormant.

Dans les prés alentour, des silhouettes courbées avancent au rythme régulier du faucheur sur une herbe qui se recroqueville presque aussitôt coupée. Les Eyraud empoignent leur faux. La fenaison se poursuit. Paul lève une dernière fois les yeux du côté de Coste-Chaude dont il aperçoit les toits onduleux. Il ne sait pas que, là-haut, une rumeur est née et qu'elle fait doucement son bonhomme de chemin… Il ne sait pas que dans tout ce flot de soleil, une ombre noire plane sur lui.

Étienne Petit n'a pu ronger son frein, il a prémédité le déroulement des événements. Trois jours seulement de réflexion ont suffi à le conforter dans sa détermination. S'il agissait, Paul Eyraud irait en prison et il pourrait alors tout à son aise faire sa cour à la belle Rose. Il n'a rien dit à Joséphine, sa mère, qui l'empêcherait de parler parce qu'il n'y a pas de preuve formelle pour porter une telle accusation. Et l'absence du Paul, ce soir-là, c'en est-il pas une de preuve ? s'est répété Étienne. De plus, Gabriel n'a-t-il pas dit que l'Eugène paraissait bien ennuyé ? Ce n'est pas la méchanceté ni la jalousie qui ont guidé le ferblantier mais il est persuadé que Paul est vraiment le coupable. Il a bien ressassé toutes les paroles qu'il a entendues, il devait agir pour la réputation de Marie. Certes, il retrouverait du même coup la possibilité de séduire Rose, un peu plus tard, quand les événements se seraient un peu tassés. Il ne pouvait s'avouer que c'était surtout à cette éventualité qu'il songeait. Il parlerait donc. L'occasion se présenterait. Elle ne saurait tarder.

En effet, tôt ce matin il est allé rendre la grosse louche carrée d'Anastasie Sigaud qu'il a réparée hier au soir. La paysanne était occupée à la marmitée du cochon. Elle lui demanda de rester un peu pour manier le pilon. Il avait envie d'aborder le sujet mais l'occasion ne s'y prêtait pas. La mère Sigaud se débattait avec ses propres problèmes. Elle fulminait contre son époux et son fils qui n'avaient pas pris le temps de faire la soupe du porc, un travail qui leur incombait d'ordinaire. Il riait, oubliant son affaire, et ce fut elle qui les y ramena.

« Ah, il fait bon rire quand on songe qu'il y en a qui pleurent. Tiens, je pense à cette pauvre Marcelle à qui le chagrin a fait tourner la barloque.

– Ouais, et le meurtrier, il court, s'empressa de dire Étienne.

– On sait pas s'il y a un meurtrier.

– Ho que si ! on le sait ! »

Elle ouvrit grands les yeux, cessa tout mouvement. Sa figure, rouge d'avoir chaud, perdit un peu de sa couleur. Lui se taisait et pinçait ses lèvres pour arborer un air des plus navrés.

« C'est pas Dieu possible ! s'exclama-t-elle.

– Si, et même que ça serait quelqu'un qu'on connaît bien.

– Et qui ? demanda-t-elle, sa curiosité émoustillée.

– C'est le Paul Eyraud, des Sources. »

Elle demeura un instant sans voix, sidérée. Dans son regard clair passèrent toutes les expressions, et il finit par seulement refléter de la tristesse. De sa bouche pointue s'échappa un murmure :

« C'est pas Dieu possible ! (Elle retrouva un peu de voix.) Et comment tu sais ça toi, Étienne, qui te l'a dit ?

– Je l'ai entendu, ma brave femme, comme vous l'entendez de ma bouche maintenant, c'est tout.

– Le Paul ! J'arrive pas à le croire », s'écria-t-elle, comme si elle était déjà convaincue de sa culpabilité malgré les paroles qu'elle venait de prononcer. Elle demanda tout de même si quelqu'un l'avait vu.

« Pas à Contagny mais dans les parages, vers le petit bois exactement. C'est bien en tout cas le chemin des ruines. Et puis il n'était pas là quand ils sont allés le chercher, et son père a pas su dire où il était à ce moment-là, même que celui-là avait un drôle d'air. Le Paul, il s'est montré quand tous les autres étaient remontés. C'est-y pas des preuves, ça ?

– Je sais pas, dit lentement Anastasie, la mine soucieuse.

– Eh ben, si c'est pas des preuves c'est au moins une belle évidence ! reprend Étienne. Le coupable court tandis que la pauvre enfant dort sous la terre.

– Mon Dieu, répéta encore la femme en faisant le signe de croix sur sa poitrine opulente, si sa pauvre mère était là ! on peut pas y croire ! Et l'Eugène, c'est pourtant un brave homme, l'Eugène, hein ?

– Ouais, mais ça veut rien dire. Les loups ne font pas des agneaux mais les agneaux font peut-être des loups ! Tout montre bien que c'est lui, il a été toujours un peu sournois ce garçon, toujours solitaire là-bas dans son trou, et pas de femme ! Ça aura fini par lui tourner la barloque. On sait jamais ce qui se passe dans la tête de ces vieux garçons solitaires. Et dire que l'Henri a pas voulu qu'on ouvre l'enquête ! Il a eu bien tort vous savez, un coupable doit payer de ses crimes, et surtout un comme celui-là, c'est tout simplement horrible. »

La paysanne ne répondit pas, elle pensait : « Et toi, t'en as une de femme ? » Mais elle était trop affectée par la nouvelle. Un tel crime ! Elle connaît Paul Eyraud et l'a toujours considéré comme un garçon honnête et droit. Mais les dernières paroles de l'Étienne trottaient dans son cerveau et lui donnaient à réfléchir. Il lui tapota l'épaule, lui conseilla de ne pas trop y songer. Il ajouta pourtant que justice devrait être faite.

Quand il l'abandonna, elle était encore bouleversée. Il l'était aussi et avait mauvaise conscience. Pourtant quelque chose l'avait poussé à agir qu'il n'aurait su expliquer. C'était l'idée que, si justice était rendue aux Clément en conduisant Paul en prison, la veuve du Long se détacherait de lui. Il espérait que la nouvelle irait aux oreilles d'Henri, et se répétait sans cesse pour apaiser sa conscience qu'il avait seulement fait son devoir. Au fond, il n'avait que faire du triste sort du jeune paysan.

Anastasie Sigaud, dans tous ses états, ne tarda pas à courir chez sa voisine. Son désir de parler avait surpassé son trouble. Bientôt des chuchotements, des exclamations, des soupirs fusèrent partout dans le village. Toutes les femmes papotaient. Bientôt certaines d'entre elles se rendraient chez le boulanger, pour porter farine et ragots. Le trajet en carriole leur paraîtrait bien long d'ici Aubreynac. Avant midi toute la population s'entretiendrait de l'affaire. La rumeur était née à Coste-Chaude, elle serait sans doute aux Las dans l'après-midi.

Ainsi vont les choses... Pas avec mauvaise grâce ni mauvaise intention parfois. Mais c'est à la genèse qu'il faut aller voir ! Et si toutes les rumeurs ne sont pas fondées sur un mensonge, la suite nous dira qu'il en est autrement pour celle-ci !

Rose descend le chemin d'un pas alerte, insouciante et heureuse à la pensée de retrouver Paul. Il est tôt, elle ne rencontrera personne. C'est l'heure de la sieste, un moment sacré à cette période et par cette canicule. Elle arrivera aux Sources quand l'activité reprendra. Il est probable qu'on la verra avec les Eyraud car d'autres paysans possèdent des prés attenants aux leurs, ils iront couper leur foin ou le lever. Mais quelle importance ? Il n'est pas rare de voir celui-ci ou celle-là apporter son aide à son voisin. L'entraide a toujours été d'usage chez ces gens. Seulement Rose n'est pas une paysanne et il y aura bien une langue pour marmonner que le Paul est célibataire et pas vilain garçon et que c'est pour cette raison qu'elle se propose. Bah ! se dit-elle, à la fin de l'été tout le pays connaîtra leurs amours. Ils feront une belle fête et toutes les mauvaises paroles s'envoleront.

Elle accélère le pas. Sa pensée va maintenant vers la petite Marie qui empruntait souvent le sentier, et vers Jules, lequel sous-entendait qu'on pouvait l'avoir poussée dans le ravin. Mais qui pourrait-on incriminer au pays ? Rose connaît assez la plupart de ces gens pour repousser cette horrible idée. Certains sont rustres mais pas criminels. Cependant on en parle dans tout le village. Pas plus tard qu'hier matin Joséphine s'en plaignait à elle au cours de leur rencontre. « Tout le monde pense à un assassin maintenant et vous allez voir qu'ils vont en trouver un bientôt. » Elle était révoltée. Rose sent aussi monter en elle de la colère en songeant à Jules qui prêtait foi à ces ragots. Il avait supposé le soir même du drame qu'il pouvait s'agir d'un acte criminel. Comment de telles idées peuvent-elles se glisser dans l'esprit sans qu'il y ait le moindre indice ? se demande-t-elle. Et cependant il pouvait avoir raison. Elle secoue la tête comme pour en chasser cette sombre affaire.

À cet instant même, un cri perce le silence. Elle lève les yeux et voit un grand volatile sombre dessiner des cercles sur le ciel totalement pur : l'épervier peut-être. Il se fait entendre encore deux ou trois fois, et quand il se tait, la nature paraît s'être confinée dans sa tranquillité. Cependant elle ébruite mille voix. Rose prête l'oreille à cette rumeur bucolique. Elle incite à de meilleures pensées. L'image de Paul survient devant les yeux de la jeune femme. De la sérénité glisse dans tout son être. Une seule anicroche cependant : endurer ces horribles bottes de caoutchouc par une telle chaleur, ses pieds transpirent déjà. Elle regrette de ne pas avoir enfilé une paire de chaussettes qui absorberaient la transpiration et elle n'aurait pas cette désagréable impression que ses pieds baignent dans une eau bouillante.

Rose transpire des pieds, voilà sa plus grande anomalie physique ! Si elle peut être quelconque chez un homme, elle est incommodante pour la jeune femme, et inavouable. Oh, ses pieds ne sentent jamais mauvais puisqu'elle les lave chaque jour, les talque pendant les grosses chaleurs. Ce sont bien les parties de sa personne dont elle prend le plus grand soin ! Jamais de poudre sur son visage, de brillantine à ses cheveux, de charbon à ses yeux ! Ses seuls artifices en matière de coquetterie se limitent à une eau de lavande et un peu de parfum dont elle use seulement les jours de sortie, et ceux où elle voit Paul. C'est pour sa toilette corporelle qu'elle est le plus exigeante. Celle-ci est indispensable à son bien-être. Elle continue à employer ces petits savons et ces poudres en sachet parfumées à la rose ou à la violette qu'elle achète à la parfumerie et qu'elle avait découverts aux Bains, un établissement édifié en ville pendant l'année 1932. Elle y allait chaque fin de semaine et faisait ses ablutions dans une baignoire emplie d'eau mousseuse et colorée. C'était bien là le seul plaisir de Rose ! Et auquel elle s'était habituée. Aussi, quand elle est revenue à sa maison du Long, où le seul confort était la bassine traditionnelle, elle a fait installer une baignoire sabot, un réservoir et d'autres accessoires dignes d'une salle d'eau. Elle a choisi la pièce située en face de la cuisine pour la bonne raison qu'il est plus aisé d'y porter la grande marmite. Le réservoir est rempli pour un mois depuis la fontaine à l'aide d'un long tuyau. Il suffit d'en mettre un bout dans l'eau et d'aspirer fortement de l'autre pour qu'un système de siphon soit déclenché. Et ça fonctionne, la fontaine étant située à un niveau plus élevé que la maison. Ainsi Rose peut s'adonner à son plaisir favori une fois par semaine comme auparavant. Il n'y a que pendant l'hiver qu'elle réduit sa consommation d'eau, quand celle-ci est prise par le gel.

La chaleur est devenue si accablante que la jeune femme parvient difficilement à réprimer l'envie d'une baignade. Elle se glisserait bien dans une eau presque froide ! Si au moins ses pieds n'étaient pas enfermés dans ces insupportables bottes ! Elle n'aurait pas dû écouter Paul ! Elle ralentit soudain le pas, ayant atteint l'endroit où le Long a rejeté Gérard six années plus tôt. Sa mémoire projette des images de l'horrible scène qui deviennent plus floues à chacun de ses nouveaux passages. Sa douleur même ressemble à une image, elle ne la ressent plus physiquement, tel un pincement de cœur, celle-ci perd de sa vigueur, meurt doucement. Et dire qu'elle croyait ne plus revenir ! Elle ne pousserait plus la porte de sa maison, n'allongerait plus le pas dans les allées, ne se faufilerait plus dans la niche secrète, ne se promènerait plus au bord du Long maudit. Le temps passait sans qu'elle ne pût chasser souvenir et douleur. Tout espoir était mort dans son cœur. Elle était partie d'un point précis et allait sur le morne chemin de vie sans que rien ne vînt en changer le cours. Il n'existait, ou elle ne voyait, aucun passage qui lui aurait permis de s'évader. Et soudain, un tournant ! Son existence repartait à contresens, en suivant un chemin parallèle au premier. Si Rose avait à dessiner la ligne de sa vie de femme, celle-ci aurait la forme d'un fer à cheval, symbole de bonheur.

Elle regarde le sol, où gisait le corps, dans l'ombre des feuillages. Curieusement de minuscules fleurs blanches ont poussé là, elles tapissent la rocaille et moutonnent jusqu'au lit du ruisseau qui n'est plus qu'une fange verdâtre couverte d'insectes et dégage une odeur de décomposition végétale. Dans la splendeur de cette journée d'été, cet endroit ne rappelle plus rien de ce qu'il a été le jour où Gérard a trouvé la mort.

Rose a repris sa marche dans la sente de Saint-Quentin. À mesure qu'elle approche de la maison Eyraud les battements de son cœur s'accélèrent. Elle en aperçoit la silhouette basse et claire. Elle décide d'aérer ses pieds quelques minutes avant de l'atteindre. Elle s'assied au bord du chemin et tire de toutes ses forces sur les bottes qui collent à sa peau moite. Ses orteils sont déjà tout rouges et prêts à fendre sous le dessous. Elle se dit qu'elle aura mal sans tarder, mais elle ne peut rien y changer ! C'est un peu soulagée qu'elle pénètre dans la cour. Elle ne perçoit aucun bruit hormis le glouglou de la fontaine. Elle avance sur une herbe rase en examinant le lieu auquel elle trouve un air abandonné mais charmant, dû sans doute à la pousse désordonnée de plantes communes d'une grande beauté, tels ces volubilis à fleurs blanches et ces pervenches mauves.

À gauche de la porte d'entrée, un baquet dans lequel du linge a été mis à tremper repose sur une énorme pierre plate. L'eau est grisâtre, le savon encore humide et la brosse de chiendent si usée qu'elle semble dater du « père Adam ». Rose imagine Paul en train de faire sa lessive, elle le voit agir gauchement, à frotter trop fort ou pas assez les cols de chemises. La porte s'ouvre soudain. Eugène est devant elle, le cheveu en bataille, l'œil vif, la bouche rieuse. Il dit :

« Entre, Rose, je t'attendais. Paul est allé chercher Duchesse pour l'atteler au char. Viens boire un peu d'eau fraîche. Il est pas fou ce temps, dis ? »

La voici donc dans sa future maison. L'intérieur de la vaste cuisine est assez lumineux malgré la petitesse de la fenêtre, et merveilleusement frais. Tout paraît bien rangé et propre. Les meubles — un buffet, une commode carrée — ne sont pas encombrés de papiers ou de bondieuseries comme on en voit dans les cuisines des campagnes et ils brillent comme s'ils venaient d'être cirés. Dans le coin le plus éclairé se trouve l'évier et juste à côté le fourneau. Sur le mur du fond, la cheminée ouvre une large gueule, noire comme les poutres du plafond, dans laquelle pend la crémaillère et luit la porte du four. Dans la pénombre, à l'angle, un escalier de bois grimpe jusque sous le plafond. La table, placée devant la fenêtre, est couverte d'une nappe en dentelle au carreau qu'on a dû mettre pour l'occasion. Même les dalles du sol, qui n'ont certainement pas été lavées depuis des lustres, ont reçu un coup de balai. Bien que la demeure paraisse souffrir d'une lente décrépitude, Rose lui décerne un sentiment de tendresse généreuse. Un gros nettoyage, un peu de peinture, des tissus et des objets décoratifs lui redonneront une belle fraîcheur.

Le père observe la jeune femme tout en posant trois verres sur la table. Il se dirige vers le fond de la cuisine et tire une porte basse que Rose n'avait pas remarquée sous l'escalier et derrière laquelle un grand trou noir apparaît. Elle entend un bruit de seau et d'éclaboussements. Il revient avec une cruche d'eau.

« Tu vois, dit-il, nous avons le puits juste à côté, et dans la maison ! De l'eau à volonté et toujours fraîche ! Mais tu veux peut-être un peu de vin ? »

Elle veut bien, juste un fond de verre. Le vin et l'eau désaltèrent. Ils prennent place devant la table, boivent silencieusement. Elle le regarde. Elle aime bien sa physionomie, son regard clair, ses pommettes saillantes qui devaient lui assurer un charme fou autrefois, sa moustache blanche et drue. Le modelé de son faciès exprime de la sévérité au premier abord, mais au travers, on peut voir sa droiture. Elle s'apprête à parler quand un éclat de voix et des bruits de sabots arrivent par la porte ouverte. Des pas approchent. Le chien Finaud entre le premier, vient aussitôt se frotter contre les jambes de Rose pour quémander la même caresse qu'elle lui a prodiguée l'autre jour au petit bois. Une ombre géante se découpe sur le seuil. Paul entre à son tour. Il est vêtu d'un pantalon de toile noire et d'un maillot de corps sans manches qui laisse voir ses muscles et sa peau tannée.

Les regards des deux jeunes gens se prennent pendant un instant. Il s'assied à côté d'elle et, se servant à boire, demande si elle a fait bonne route. Puis il vérifie si elle a chaussé des bottes. Elle lui ferait presque le reproche de l'avoir exhortée à les porter. Mais elle se contente de sourire et d'oublier son mal aux pieds. Ils bavardent sur la marche du travail qu'ils auront à suivre sans paraître pressés de l'entamer.

« Y a pas le feu », dit Eugène. Puis il annonce qu'il va atteler Duchesse et la badigeonner avec la lotion de Joséphine, destinée à éloigner les mouches et les taons, et qu'il mettra les outils dans le char. C'est peut-être l'excuse pour les laisser un moment en tête à tête.

« Y a pas le feu », répète-t-il en franchissant le seuil, Finaud sur ses talons. Paul sourit et effleure les lèvres de Rose d'un baiser, passe la main dans ses cheveux ramenés en une grosse tresse. Il lui demande :

« Comment tu trouves la maison ?

– Bien, répond-elle, elle est chaleureuse, on s'y sent bien.

– Elle est petite, l'ameublement bien modeste, mais on y remédiera. Tu choisiras de quoi être bien à l'aise, le père a un peu d'argent qu'il me remettra pour ça et puis j'ai bien aussi quelques économies.

– Je l'aime bien cette maison, ne t'en fais pas, mais je n'ai pas tout vu, dit-elle avec un air de reproche, tu devrais me montrer le reste, tiens ta chambre par exemple. »

Il a l'air un peu embarrassé mais il se redresse et lui prend la main pour la conduire dans un local contigu à la cuisine dont la porte se trouve complètement sur la gauche. C'est la chambre des parents, seulement celle du père maintenant, accotée à l'étable et d'où l'on entend les vaches ruminer. Son mobilier se compose d'un lit, d'une armoire, d'un chevet et d'une chèvre — sorte de petit guéridon à trois pieds —, sur laquelle est posé le carreau de la mère. Les fuseaux de buis, encore emplis de fil, ont avalé la poussière du temps. Un ruban de dentelle, maintenu par des épingles à têtes rouges et bleues, pend de quelques centimètres. Sur le chevet il y a le chaleil, cette lampe à pétrole dont se servaient les dentellières avant l'arrivée de l'électricité, et la boule de verre. Rose sait quel était l'usage de cette dernière puisque sa grand-mère, dont elle garde une vague réminiscence, en possédait une. Et sa mère lui avait conté maintes fois ces veillées au cours desquelles elle apprenait, petite fille, à manier les fuseaux.

Chaque travailleuse emplissait sa boule d'eau de pluie et la plaçait près du chaleil. Celle-ci, faisant office de loupe, concentrait les rayons de la lumière sur le carreau. Les anciennes disaient que plus l'eau était vieille plus la lumière était pure. Un Christ en bois noir est accroché au mur, au-dessus de la tête de lit et un chapelet pend à sa couronne d'épines.

On dirait que tous ces objets n'ont pas été touchés, comme si l'on attendait que la personne à qui ils ont appartenus vienne les reprendre et s'en servir.

Rose est curieuse maintenant de visiter la chambre de Paul. Ils empruntent l'escalier et accèdent à un minuscule palier qui dessert deux pièces. L'une est grande ouverte. Rose y entre, ce qu'elle n'avait pas fait auparavant dans la chambre du bas. Cette pièce intime va sans doute lui révéler le genre d'homme qu'est Paul. Si elle a découvert la plupart de ses qualités et défauts elle a passé trop peu de temps avec lui pour connaître entièrement sa véritable personnalité bien qu'elle soit convaincue que ces apparences la reflètent exactement.

Elle voit un lit défait, des draps gris mais pas crasseux, une taie de traversin marquée d'une auréole plus foncée, là où repose la tête. Elle ne s'attendait pas à voir un lit impeccable de propreté chez un homme seul, et de surcroît si occupé en cette période de fenaison. Sa chemise du matin est pendue au bois du lit. L'armoire, portes ouvertes, est emplie de linge blanc à droite et de linge de corps à gauche. Rose remarque des petits sacs en tissus colorés fermés par des rubans bleus et elle devine qu'ils sont garnis de fleurs odorantes. Des sachets identiques sont entassés dans un panier d'osier placé sur la chèvre. Paul en saisit un, le porte à ses narines et le fait humer à la jeune femme. L'odeur, encore perceptible, est délicieuse. Sa mère cueillait toutes sortes de plantes, détenait le secret de leurs vertus, en mettait des plus aromatiques dans ces petits sacs qu'elle plaçait dans les armoires pour parfumer le linge et pour le préserver des mites, du jaunissement et de l'humidité. Il les garde en souvenir et même si beaucoup d'entre eux ne rendent plus une senteur aussi subtile que du temps de la mère, ils lui restent précieux par le fait qu'elle les avait confectionnés de ses mains.

Rose poursuit son inspection rapide, car le foin attend d'être levé. Sur la table de nuit il y a une pile de cartes postales qu'elle n'ose consulter. Paul lui apprend que ce sont des souvenirs de Grenoble qu'il a rapportés du régiment. Elle jette un autre regard circulaire et se dit que cette intimité reflète une existence simple et droite, une âme pure, un caractère uni. Elle a l'envie brutale et presque irrépressible de se jeter contre cet homme, de l'enlacer, de lui confier son bonheur de l'aimer et d'être aimée de lui. Seulement, l'heure n'est pas aux effusions amoureuses, il faut aller ramasser le foin.

Paul ouvre la porte de l'autre pièce pour la lui montrer. Il s'agit là de l'ancienne chambre de ses sœurs, de surface à peu près identique à la sienne et relativement bien éclairée. Mais elle est dépourvue de mobilier et sert aujourd'hui de rangement aux vieilles choses inutiles. Elle est imprégnée d'une odeur dont on ne peut savoir si elle est mauvaise ou agréable, exhalée par toute une multitude de bouquets, suspendus aux poutres, que la mère avait confectionnés. Il reste évident que la cueillette des simples était pour elle une passion. Paul dit qu'elle en utilisait à volonté pour des tisanes, comme Joséphine la rebouteuse, elle affirmait qu'en posséder certaines chassait les mauvais esprits, les malheurs, le mauvais sort et qu'elles apportaient du bonheur dans les maisons. Bien que Paul et le père soient sceptiques, ils ont laissé là toutes ces plantes par respect et sentimentalisme. À présent le jeune paysan s'écrie que la pauvre femme devait avoir raison puisqu'il a rencontré Rose. Et il ajoute que cette pièce sera la chambre de leurs enfants. Et il entraîne Rose dans l'escalier, riant à gros éclats.

Après une autre gorgée d'eau fraîche ils sortent dans la cour où le père et Duchesse attendent patiemment leur retour, fins prêts pour le travail. Rose se précipite vers la jument et lui flatte le flanc. Elle la trouve belle, comme Paul la lui avait décrite. Mais comme l'être animal est doté d'un sens inexplicable, il n'apprécie pas la caresse de Rose et semble bien vouloir le lui montrer avec des balancements de tête et des coups de sabots. Alors Paul entraîne Duchesse à deux pas et dit avec sérieux :

« Elle est jalouse, je vais lui parler. »

Le père hausse les épaules, façon de se moquer mais sans méchanceté.

« Si c'est pas malheureux d'entendre ça. Ma pauvre petite, dit-il à Rose, ce garçon est parfois un peu simplet, comme si cette bête comprenait ! Il devrait l'écrire aussi quand il y est ! Peut-être saurait-elle lire ! »

Rose sourit. C'est un beau tableau de voir Paul en train de susurrer des mots à l'oreille de la jument. Puis il se tourne vers elle sans tarder et lui fait signe d'avancer à leur hauteur. Il lui demande de réitérer sa caresse. Elle s'exécute et constate à sa grande surprise que la bête l'accepte cette fois. Sa main remonte jusqu'au chanfrein et Duchesse ne bouge toujours pas. Rose est ébahie. Le père, resté en arrière, ne l'est pas moins. Il dit :

« Y a des choses qu'il faut pas chercher à comprendre, c'est beau de voir ça. Ma petite Rose, vous êtes acceptée de madame la Duchesse, s'il vous plaît ! »

Tous trois rient de bon cœur et la jument pousse un hennissement puissant, qui ressemble... mais oui... presque à un rire.

Armés de leurs râteaux, ils commencent par regrouper le foin en deux longs rouleaux parallèles. Un espace suffisant est laissé entre eux pour le passage du char. Paul lève l'herbe avec une aisance et une cadence dues à une longue pratique. Ses gestes sont prompts et réguliers, les forces décuplées par la présence de Rose. De son côté la jeune femme s'active du mieux qu'elle le peut mais ses râtelées ne sont pas assez conséquentes pour voir son andain se former aussi rapidement. Elle éprouve mille remords de ne pas avoir mis le chapeau plutôt que les bottes. Le père, lui, ratisse le pré derrière son fils par souci du travail bien fait. Il est venu malgré la désapprobation de Paul qui lui avait conseillé de rester à la maison le temps du premier chargement. Mais celui-ci savait que sans lui, ils mettraient plus longtemps. La résistance du père est incroyable, il puise au fond de son être des forces cachées et perpétuelles. Il semble que rien ne peut l'abattre, sinon la fin. Il va lentement mais sûrement sous le ciel implacable, presque indifférent à ce feu qui l'écrase. Pourtant si son crâne, ses épaules et ses bras étaient exposés comme ceux de Rose, il ne résisterait pas longtemps. Grâce à la casquette, aux manches de la chemise, aux jambes du pantalon en toile noire, le soleil ne brûlera pas sa peau.

Des cris d'enfants annoncent l'arrivée de la famille Junier dans le pré en dessous. On aperçoit les vaches indolentes tout en bas, tirant le char, le père et la mère à côté, la marmaille éparpillée. Un jappement de chien s'élève dans l'air surchargé. Ils approchent, regards tournés vers Paul. Celui-ci cesse de râteler, leur fait un signe de main auquel seul Auguste Junier répond, après une hésitation manifeste. Julie, sa femme, le tire par la manche.

« Font bien les fiers aujourd'hui, murmure le père qui s'est également arrêté de travailler, croyant échanger quelques paroles avec l'Auguste.

– Bah ! ils sont pressés, ils ont à faire plus grand que nous. »

Mais il est surpris, lui aussi, par le comportement curieux des Junier car d'ordinaire ces gens viennent donner une poignée de main à chaque rencontre. Le deuxième jour de la fauche ils n'ont pas cessé de venir bavarder, même entre les pauses. Paul n'a pas été dupe du geste de la Julie, celui d'empêcher l'Auguste d'approcher, et même que ce dernier avait hésité à faire le signe de salutation. Toute la maisonnée s'est déjà mise à la tâche. Il n'y a que le petit Antoine qui est resté planté au milieu du pré et regarde Paul par en dessous. Un gros chien noir se tient près de lui. Paul le reconnaît, c'est celui de la petite Marie Clément. Soudain l'animal échappe à l'enfant et avance à grandes foulées vers Paul. Ce dernier s'accroupit pour le caresser. Antoine approche, l'air emprunté, le regard toujours fuyant.

« Alors petit, dit Paul, tu t'es fait un nouvel ami ? (Et comme l'enfant ne répond pas...) Il est beau ce chien, et fort, et il a l'air bien gentil. Tu l'aimes bien, hein ?

– Ouais, je l'aime bien, dit le petit en saisissant l'animal par le cou.

– Il est à toi maintenant ?

– Non, mais le père Clément veut bien que je l'emmène avec moi. »

Il détourne les yeux de Paul. Dans son champ de vision il aperçoit Eugène et Rose appuyés sur le manche de leur râteau.

« Il est bon pour les bêtes ? demande le père.

– Oui, il m'aide bien.

– Mais il est trop gros, fais attention qu'il ne te saute pas toujours dessus, il te fera tomber. »

Paul vient de voir rougir l'enfant. Mais tout à coup la Julie hurle du fond du pré :

« Toine, viens ici tout de suite ! »

Le gamin s'en retourne en courant, entraînant le chien et jetant des œillades rapides vers le paysan des Sources.

« Ah ! mais, qu'est-ce qui lui prend à la Julie aujourd'hui, elle a mangé de la vache enragée ou c'est l'Auguste qui l'a pas troussée depuis la Saint-Jean !

– Tais-toi, commande Paul, ils ont peut-être des soucis, ils parleront mieux une autre fois. »

Mais il trouve tout de même leur attitude un peu curieuse. Rose, qui a interprété les paroles du père, se dit que c'est peut-être à cause d'elle qu'ils sont restés distants car ils ne l'ont pas reconnue. Mais s'ils l'avaient prise pour une étrangère ils se seraient approchés rien que par curiosité. Non, ils l'ont reconnue ! Alors pourquoi les ont-ils tous ignorés ? Bref, ces gens ont leurs raisons, et qui n'ont sans doute aucun lien avec eux.

Après cet épisode pour le moins surprenant, les Eyraud se munissent de nouveau de leurs râteaux et, très vite, ne font plus cas des Junier. De temps à autre Paul tourne son visage vers Rose et sourit. Les minutes s'écoulent dans le travail et dans la chaleur ; une chaleur qu'on finit par supporter à force d'en être accablé. On boit très souvent, l'eau et le vin sont indispensables à la poursuite de l'effort. Puis vient le moment du chargement. Paul fait avancer l'attelage entre les rangées de foin. Tout un nuage d'insectes l'y accompagne. La pauvre jument est couverte de mouches, que la lotion de Joséphine ne réussit pas à décourager, et elle tente de les éloigner à grands mouvements de tête et battements de queue sur ses flancs.

Rose grimpe dans le char et reçoit la première fourchée de foin. Les suivantes sont jetées à grande vitesse par habitude. Quand le fond du char est recouvert, Paul lui indique la technique à employer pour obtenir un bon équilibre de l'ensemble. Il ne lui faut pas longtemps pour l'acquérir et monter un char sans reproche. Le buste penché, elle s'applique à tasser le foin avec tant d'acharnement qu'elle ne songe à rien d'autre, pas même à son mal aux pieds, aux piqûres de ses mollets provoquées par les pointes d'herbe sèche, à la chaleur. Elle ne fait pas attention à sa tenue, à sa robe retroussée et échancrée qui découvre ses cuisses et la naissance de ses seins sur lesquels les yeux de Paul louchent à chaque fois qu'il vient jeter sa fourchée. Mais arrivée à la moitié du chargement, elle est épuisée. Voyant ses mouvements se relâcher, son visage rouge et moite, Eugène monte dans le char à la rescousse, ce qui lui redonne vigueur. Vient la dernière fourchée ! Rose se redresse et se frotte les rcins en arborant un air vainqueur. Paul pique sa fourche dans le tas et dit :

« C'est fini pour toi aujourd'hui, tu en as assez fait ; pour le second chargement on se débrouillera.

– Non, je le ferai, répond-elle d'un ton péremptoire. Allons, il m'en faut plus que ça pour m'abattre ! Et puis je dormirai mieux cette nuit ! Dites-le-lui, Eugène, que je suis pas une femmelette.

– Oh que non ! » assure celui-ci, debout sur le chargement, riant et passant la corde reliée aux claies par-dessus le tas tandis que Paul va actionner le levier de la poulie de brêlage afin de la tendre au mieux. Quand c'est fait, Paul boit au goulot de la bouteille et la lance à Rose qui après une longue lampée la passe au père déjà installé sur le foin. Ce dernier avale ce qui reste de boisson, puis s'adressant à Rose :

« Allez, assieds-toi là, pas besoin d'aller à pied, tu verras comme on est bien. »

Presque remise de son effort, la jeune femme s'installe au milieu du foin tandis que Paul s'apprête à conduire l'attelage. Là-bas les Junier s'en vont aussi, les uns devant, les autres à côté ou derrière le char qui ressemble à une montagne roulante. La montée sera rude jusqu'aux Las. Au long du parcours Rose demeure silencieuse, bercée par les chaos du chemin. Elle glisse dans une sorte d'abandon de tout son être. Elle n'a pas connu de semblable moment d'apaisement depuis des années. À travers ce vide, dont elle est comme ivre, la seule pensée de son bonheur verse en elle une joie indicible. Son passé est si loin maintenant. De tant de tourments et de sentiments violents qui avaient livré bataille dans son cœur, rien n'existe plus. Tout est aboli. Ce moment de silence et de paix les a effacés par-delà les années, ainsi que ses tracas de la veille. Dans sa demi-conscience elle voit ce paysage qui touche à son âme par des liens puissants, fort de sa splendeur, insensible à cette touffeur de l'air, bouillonnant et resplendissant de sève, et elle s'identifie à lui, joyeuse et libérée des épreuves existentielles. Elle sourit.

Eugène regarde la jeune femme plongée dans une sérénité profonde. Il se tait, lui aussi. D'ailleurs il n'a pas envie de parler. Pas besoin de mots qui viendraient la déranger. Il songe, comme elle. Toute fatigue a quitté son vieux corps qui s'abandonne au doux balancement du matelas odorant. Sa pensée est plus claire maintenant. Avec l'arrivée de Rose, son existence lui apparaît enfin acceptable, ou du moins sa vieillesse. Ces derniers temps, l'idée d'avancer en âge jetait en lui de l'amertume et de la révolte. Ce que représentait cette dernière période de la vie, avec toutes ses infirmités, lui devenait insupportable. Il se disait que si Rosalie était encore à ses côtés, il la subirait avec moins de douleur. Les femmes savent apaiser les maux de l'esprit. Mais seul avec Paul ! Qu'en serait-il de son déclin ? Thérèse ou Denise l'emmènerait dans leur famille. Il ne manquerait de rien car ses deux filles étaient bien bonnes et ses gendres aussi. Il serait entouré de ses petits-enfants. Pourtant il savait qu'il ne résisterait pas à la mélancolie, loin de sa maison et de ses terres sauvages où il avait toujours vécu.

Certains soirs, la pensée de sa vieillesse encombrait son esprit et le tourmentait jusqu'aux aurores. Il songeait à la vieille Yvonne Andrieu, que ses enfants avaient prise chez eux et à qui la mère allait rendre visite au temps où elle était encore ingambe. Un jour, cette dernière avait demandé à l'aïeule ce qu'elle faisait chez ses enfants et celle-ci avait répondu d'une voix aiguë : « Qu'est-ce que je fais ? Je la boucle ! » Ainsi c'est donc ça la vieillesse, se disait Eugène dans ses nuits mouvementées : fermer sa gueule, ne plus s'exprimer, ne plus être... qu'une forme biscornue ! Quelle chose abominable ! Une colère sourdait au fond de lui et un mal s'intensifiait.

À présent il conçoit sa vieillesse avec moins d'appréhension et de ce fait elle perd de sa noirceur. Elle prend un sens nouveau. Rose a montré qu'elle a du respect pour lui et son garçon en a tout autant. Il l'a élevé selon les principes. Dans ces campagnes l'aïeul demeure le patriarche, celui qu'on consulte et auquel on obéit tant qu'il a toute sa tête. Maintenant il sait où il va, ou du moins à peu près, et il ne lui reste plus qu'à espérer que la destinée sera indulgente en lui ménageant longtemps ses facultés. Pour lui, tout s'oriente vers cette lumière que la présence de Rose introduit dans son existence. Quand il sera devenu inutile, il se fera petit, il sera peu exigeant, et il la « bouclera » peut-être, comme le faisait Yvonne Andrieu.

Il tourne son regard vers Paul, qui a l'air pensif lui aussi. Cependant celui-ci ne songe à rien de précis. S'il pouvait exprimer ce qu'il ressent, il dirait sans doute que cet instant est l'un des plus forts qu'il ait vécus. Ces minutes brillent en lui d'une éclatante lumière et font leur trace dans sa vie, qui jusqu'alors avait été uniforme, plate et grise. Elle n'avait été qu'une attente, celle de Rose. Son destin est fixé maintenant. La présence de la jeune femme, la beauté du paysage, le profil de l'avenir le plongent dans un bonheur confus et immense. Il marche à pas élastiques, comme toujours, sans montrer de fatigue et sans paraître incommodé par la chaleur, encore plus lourde en ce milieu d'après-midi. Sa joie intérieure lui donne des ailes. Ses sabots battent les pierres du chemin à intervalles réguliers.

Ils parviennent devant la montée de grange. La jument s'arrête, semble hésiter à gravir le dernier obstacle. De l'écume sort de ses lèvres, un nuage de mouches lui cache la vue. Elle secoue la tête et frémit des naseaux où des taons se sont assemblés. Paul chasse toutes ces bestioles de la main et encourage Duchesse à grimper la pente avec des paroles prononcées près de son oreille. Elle avance et les voici enfin dans la grange où l'ombre est accueillante.

Un semblant de fraîcheur succède à la fournaise.

Ils s'affairent immédiatement au déchargement. Les deux jeunes gens jettent les fourchées de foin sur le plancher tandis qu'Eugène s'active au tassement à l'endroit choisi. Bientôt l'atmosphère devient lourde et poussiéreuse. Les yeux rougis, la gorge desséchée, le corps humide de transpiration, des brindilles aux cheveux, ils œuvrent sans mot dire. Ils répèteront ces mêmes gestes pendant tout le temps de la fenaison, à une même cadence. Le tas de foin montera jusque sous les tenais, et Paul pourra en mesurer la quantité et la durée probable de la consommation. Mais il compte bien sur les regains qui apporteront un appoint généreux. Cette année la fenaison sera exceptionnelle, car le temps lui est favorable. Le bétail aura de quoi se nourrir jusqu'à la prochaine saison sans aucune restriction.

VIII

Antoine

SUR CE HORST AUX ASPECTS FAROUCHES, touchant au ciel, chacun est occupé à la même besogne. Aux familles nombreuses, et à celles où sont employés des journaliers, elle sera l'affaire de quelques jours. À peine le foin entassé dans les granges on songera à la moisson prochaine. On voit des silhouettes courbées dans les prés et des chars au creux des chemins. Ils se croisent, les uns vides et les autres pleins. Certains chargements sont si importants que des hommes, placés de chaque côté du char, doivent en assurer l'équilibre à l'aide de leur fourche.

Ce tableau est coutumier, semblable aux années passées, et cependant... quelque chose d'insolite s'y est glissé. En effet, au cours des allées et venues, hommes et femmes prennent le temps de se parler. Mais de façon curieuse et bien différente des autres fois. Leurs paroles sont basses, leurs gestes modérés. On dirait qu'ils se disent des choses que Dieu ne doit pas entendre. Puis ils se séparent, l'air confus. Malgré une bonne reprise du travail, ils ont tous la pensée fixée sur un même homme : le présumé assassin de Marie. Ainsi, la rumeur a déjà fait son chemin. Quand le soir tombe, elle est à la porte d'Henri Clément.

C'est Julie Junier, mère d'Antoine, qui est venue le trouver. Son mari ne l'a pas suivie, disant qu'il ne voulait pas être le porteur d'une telle nouvelle, et parce qu'il avait peine à croire à la culpabilité de Paul Eyraud. Mais Julie a considéré que, puisque tout le pays était au courant de la nouvelle, le père de l'enfant devait l'être aussi. Et il ne tenait qu'à lui d'avertir ou pas les gendarmes. N'avait-il pas refusé l'ouverture d'une enquête alors qu'un acte criminel était déjà supposé ? Néanmoins on connaît le coupable maintenant. Henri vient donc d'être averti à cet instant. Il paraît d'abord anéanti. Il ne fait pas un geste, ne prononce pas un mot. Mais son visage passe soudain de la stupeur à un calme surprenant, tandis que les paroles de Julie retentissent une nouvelle fois à ses oreilles : « C'est le Paul Eyraud, quelqu'un l'a vu, faut avertir les gendarmes, Henri, il faut venger ton enfant, fais-le pour ta femme. » L'homme regarde autour de lui. La nuit sera bientôt là. Alors il dit seulement qu'il ira les trouver au petit matin. La fermière s'en retourne chez elle, la figure affligée.

Henri rentre dans sa maison et s'approche de sa femme, assise sur la chaise près de la fenêtre. Elle ne le voit plus, ne l'entend plus, demeure sur cette chaise pendant des heures, son regard absent posé sur la fenêtre. Elle a les mains croisées sur ses genoux, immobiles et toujours froides, dans un pli de la robe qu'il lui a fait prendre ce matin, une robe noire à fleurs grises, des fleurs sans couleurs, sans vie, comme le sont son regard, son corps, son esprit. Ce matin il l'a coiffée, sans demander la mère Junier. Il a peigné ses longs cheveux, longtemps, chose qu'il n'avait jamais faite au cours de toute leur vie commune. Ils lui arrivent au milieu du dos, ses cheveux, et ils deviennent tout blancs, très rapidement. Elle savait faire de beaux chignons autrefois. Lui, il a simplement partagé la tignasse en deux et il l'a nouée. Il y a mis du temps mais il n'a pas la manière. Et puis, quand elle s'est réveillée, au milieu de la matinée, il avait déjà trop bu de vin, et son adresse était affectée, ses mains tremblaient.

À présent il se sent en toute possession de ses moyens. Il a l'esprit très clair, comme si la nouvelle l'avait éveillé et en avait chassé les brumes. Il se rend mieux compte de son chagrin. Et il ne peut pas supporter la vue de cette femme inerte, sa femme. Il se dit qu'elle ne méritait pas un tel malheur. Les larmes mouillent ses yeux et à travers, il lui semble voir son image lorsqu'elle était encore heureuse et jolie. Depuis combien d'années ne l'avait-il pas prise dans ses bras ? Il l'avait abandonnée et elle s'était donnée entièrement à Marie. Et maintenant... À sa douleur s'ajoute une haine incroyable dont la puissance évolue d'instant en instant. Elle était si jolie, leur Marie, et si éveillée ! Elle ne lui adressait jamais de regards froids, et même s'il avait bu, elle avait pour lui de bienveillantes attentions. Henri grimace, son cœur vient d'être broyé complètement alors qu'il réalise qu'il a atteint le fond de la souffrance humaine. Son existence est foutue. Marcelle, vouée à l'asile, son absence prochaine et celle de Marie feront de cette maison un lieu où il ne pourra plus vivre. Il n'a plus rien, sauf le désir violent d'assouvir cette haine dont il est presque ivre... avant la fin du déclin.

Il s'approche tout près de sa femme, pose la main sur sa tête et la caresse. Il lui semble qu'elle a eu un mouvement. Soudain un murmure sort de sa bouche, un petit air faussé que leur enfant chantait. Il sent une piqûre au plus profond de son cœur. Il l'interroge mais elle ne répond toujours pas. Alors il la soulève doucement de sa chaise et lui dit qu'il est l'heure d'aller se coucher. Dans la chambre il l'aide à quitter ses vêtements et à s'étendre sur le lit et il remonte les draps jusque sous son cou. Il dit : « Ne bouge pas, je reviens bientôt, tu sais il va le payer, ce salaud, pas besoin des gendarmes pour venger notre Marie. » Il va dans la cuisine, prend la boîte d'allumettes et la glisse dans sa poche. Puis il sort de la maison en scrutant la nuit qui est tombée maintenant. Une brise légère lui jette au visage la délicate senteur du foin qui touche ses narines mais pas son cœur.

Passant devant la ferme des Junier il ralentit le pas, de crainte de se faire surprendre. Il n'aperçoit pas l'Auguste près de l'abreuvoir en train d'y glisser ses seaux de lait. Ce dernier sursaute comme s'il venait de rencontrer un animal furieux et, d'instinct, se recule. Mais il revient vite de son saisissement et demande :

« Hé ! l'Henri ! Tu m'as fait presque peur, qu'est-ce que tu fais là ? »

Henri bredouille maladroitement :

« Rien, je voulais faire un petit tour, prendre un peu l'air. »

La lune presque pleine éclaire sa face d'une lumière ocre et Auguste peut constater, dans un sentiment de crainte, qu'une expression bestiale s'est emparée de tous ses traits. Alerté, il fait rapidement le rapprochement entre ce nouvel aspect et la divulgation que vient de lui porter Julie quelques instants plus tôt. Un terrible soupçon l'incite à interroger Henri.

« Alors, tu iras trouver les gendarmes demain ?

– Hum... oui, mais faudrait-y encore qu'ils fassent bien leur boulot. Personne parlera au pays, celui qui a vu ce fils de chien à Contagny ne le dira pas. Ils voudront pas se mouiller. Et l'autre il continucra à vivre tandis que ma petite, et ma femme... »

Sa voix se brise. Auguste voit briller dans son regard une lueur de haine. Un curieux pressentiment le met un peu plus sur ses gardes.

« Tu sais, ils trouveront bien des preuves. Rien que son absence ce soir-là en est une, et cela personne pourra le nier. Et puis pourquoi il le dirait pas, celui qu'il l'a vu, hein ? Il parlera en temps voulu. Allez, viens, l'ami, je te raccompagne chez toi. »

Mais l'autre recule d'un pas et s'écrie, en proie à une colère soudaine :

« Non, je sais ce qu'il me reste à faire, tu crois pas que même la prison c'est trop bien pour un fumier pareil ? Allez Guste, retourne à tes occupations ! »

Il s'échappe brusquement, emprunte le chemin. Ce n'est que lorsque Auguste Junier ne l'aperçoit presque plus qu'il crie :

« Mais qu'est-ce que tu vas faire, l'Henri ?

– Ma propre justice, l'autre des Sources va payer de ses actes, je te le dis, je m'en vais le massacrer, comme il a massacré ma petite. »

Auguste lui intime de revenir sur sa décision, sur cette folie. « Fais pas cette connerie, l'Henri », hurle-t-il plusieurs fois. Mais seul le silence de la nuit lui répond. Là-bas, la silhouette d'Henri Clément s'efface doucement dans l'obscurité.

« Nom de Dieu, répète Auguste en rentrant chez lui, ce fou s'en va tuer Paul Eyraud, et je crois bien qu'il n'hésitera pas. Tu pouvais pas fermer ta gueule ma pauvre femme ! »

Tous les regards autour de la table se lèvent sur lui. Julie vient de comprendre la tragédie qui est en train de se nouer. Elle bouscule sa chaise, imitée par le jeune Antoine. L'enfant a pâli et ses membres sont agités de tremblements irrépressibles.

« Qu'est-ce qu'on peut faire ? » demande sa mère.

Les deux adultes demeurent un instant silencieux, s'affrontent du regard comme si chacun cherchait au fond des yeux de l'autre les mots qu'il faut dire.

« Je sais pas. »

Auguste se reproche de ne pas avoir retenu l'Henri. Le ramener à la raison. Mais il se met à sa place. Qui toucherait à un seul de ses enfants, placés là autour de cette table, aurait à subir sa propre justice. Si un être abject venait souiller sa vie, il n'aurait pas pitié de lui et il n'hésiterait pas à s'en débarrasser. De plus il ne voudrait pas que des idiots viennent l'en empêcher. L'Henri est seul responsable de son acte. Pourtant une inquiétude sourd au fond de son être ainsi qu'un terrible doute. Et si Paul Eyraud n'était pas coupable ? Son regard croise celui de Julie, empli de perplexité. Elle cherche à se défendre :

« Même si ce n'était pas moi qui l'avais averti il aurait bien fini par le savoir. Mais tu aurais peut-être dû lui parler, car s'il s'attaque à Paul Eyraud, il ira en prison, lui aussi. C'en sera fait de toute cette famille ! »

Elle se tait, paniquée par ses propres paroles. Sa lucidité lui souffle qu'il n'a plus rien à perdre. Des images horribles traversent son esprit et elle pose la main sur son cœur bringuebalant. Elle revoit le visage pâle de Marie, ressent la même horreur qu'en cette longue nuit où elle l'avait veillée. Un silence est suspendu entre eux que des sanglots emplissent soudainement. Ce sont ceux d'Antoine. Tous les yeux de la maisonnée se dirigent vers lui maintenant. Il est debout, le visage enfermé dans ses mains, frissonnant comme s'il était habité par une forte fièvre. Des hoquets inquiétants le secouent. Sa mère fonce sur lui, en proie à une vive crainte, et le saisit par les épaules.

« Qu'as-tu donc mon petit ? »

Elle soulève sa tête, touche son front, sonde le fond de ses yeux mouillés. Elle découvre, par une intuition maternelle, qu'il n'est pas malade mais seulement malheureux et victime d'une grande peur. Elle devine que ce chagrin subit est lié aux faits qui viennent d'avoir lieu. Elle met dans sa voix toute la douceur possible pour lui demander de se confier.

« Allons, dis-nous ce qui ne va pas, nous saurons te comprendre. Tu peux tout dire. C'est à cause de ce qui vient de se passer ? »

Le petit tressaille, ses sanglots redoublent. Elle le serre contre son cœur. Auguste se tourne vers son épouse et semble quémander dans son regard une explication. Mais il a saisi sa pensée. Son malaise croît de seconde en seconde. Il s'approche de l'enfant et l'implore de leur livrer son tourment, d'une voix autoritaire mais qui invite à l'épanchement. Alors le petit ravale ses larmes et se cachant dans les genoux de sa mère, il avoue :

« C'est pas Paul Eyraud qui a tué Marie. C'est pas vrai qu'il l'a poussée dans le ravin. »

Les deux adultes, complètement décontenancés par ce qu'ils viennent d'entendre s'interrogent intérieurement. Leur fils veut-il défendre Paul Eyraud ou bien dit-il vrai ? Serait-il seul à connaître un fait qu'ils ont hâte de connaître eux-mêmes mais dont la teneur les plonge dans une folle crainte ? Auguste demande :

« Et comment le sais-tu que c'est pas lui ? Qui d'autre alors ?

– C'est... c'est... »

L'enfant se remet à pleurer. À cet instant un suspense lourd et redoutable fait battre à coups désordonnés les cœurs des êtres rassemblés dans cette demeure. Le père a envie de hurler, en proie à une impatience insupportable. Le sang s'est retiré de ses joues et ses doigts se referment les uns sur les autres. Julie, qui a deviné sa nervosité, esquisse un geste vers lui et invite l'enfant à en dire plus en caressant ses cheveux. Il annonce enfin :

« C'est son chien, je l'ai vu, j'étais descendu à Contagny pour parler à Marie. »

La surprise fait jaillir de chaque bouche des cris de stupeur.

« Que dis-tu ? murmure sa mère. Son chien ?

– Oui, il a sauté sur Marie pour lui faire la fête... et elle est tombée. Mais c'est pas de sa faute à Poussi, Marie l'a appelé et... vous comprenez, il voulait seulement lui faire la fête... Elle n'aurait pas dû aller aussi près du ravin... C'est pas de sa faute à Poussi », répète-t-il en s'étranglant, de nouveau convulsé par les sanglots.

Auguste s'est effondré sur une chaise, médusé. Il a de la peine à admettre les paroles de son fils, et cependant il est convaincu jusqu'au fond de l'âme qu'elles sont véridiques. La sincérité de l'enfant est flagrante. Julie et lui avaient remarqué la morosité d'Antoine ces jours derniers mais ils l'avaient attribuée à la mort de Marie, car les deux enfants étaient proches. Pendant le repas de midi, tandis qu'ils discutaient avec Julie de la diffamation portée contre Eyraud, que leurs autres enfants se mêlaient à la conversation, le petit était resté silencieux. Mais Auguste n'y avait pas prêté d'attention particulière, sa conscience lui disant sans doute qu'un enfant si jeune ne pouvait pénétrer ouvertement dans le cercle des grands, là où rôdait une réalité dramatique.

À présent il saisit la raison de son bouleversement. Antoine savait le fin fond de l'histoire mais s'est tu à cause du chien de Marie, auquel il est très attaché, parce qu'il avait peur qu'on s'en prenne à lui. Auguste a envie de gronder, de hurler, de secouer cet enfant. Mais une grosse bienveillance le retient. Il imagine le chagrin du garçon. Il y a d'abord eu la probabilité d'un meurtrier et depuis ce midi la presque certitude qu'il s'agissait de Paul Eyraud... et lui qui savait ! Oui, Auguste se rend compte de l'ambiguïté dans laquelle il a vécu, combien il devait être partagé entre le désir de parler et celui de se taire, avec cette connaissance confuse du Bien et du Mal qui se faisait sa plus grande misère. Il demande :

« C'est à cause du chien que tu as gardé le silence, n'est-ce pas mon petit ?

– Je... je me disais que si le père de Marie savait que c'était à cause de lui, qu'il lui donnerait un coup de fusil. Je voulais pas... Mais je veux pas non plus qu'on fasse de mal à Paul Eyraud, il a rien fait de méchant.

– Et que faisais-tu à Contagny ? l'interrompt sa mère, tu sais bien que j'aime pas que tu laisses les vaches.

– J'avais envie de voir Marie et son chien. Je n'étais pas très loin et je savais bien que les vaches ne quitteraient pas le pré. J'ai couru. Quand je suis arrivé en haut de la plaine, Marie était sur les rochers, elle marchait tout au bord, en tendant les bras. Je me suis accroupi dans l'herbe. J'avais peur qu'elle me voie et qu'elle tombe. Puis son chien est arrivé près d'elle et il lui a sauté dessus. Et je n'ai plus vu Marie. J'ai regardé longtemps, et même que Poussi hurlait à la mort. Puis je suis parti et... »

Il se jette dans les bras de sa mère. Elle le serre tendrement contre son cœur, tente de le rassurer en affirmant que tout va s'arranger. Ses frères et sœurs se sont approchés et lancent eux aussi des paroles réconfortantes. L'aîné des cinq, un grand gaillard de seize ans, lui promet de défendre le chien si on s'avisait de vouloir en faire un coupable. Auguste, encore sous le poids de la stupeur, réfléchit à vive allure. Il se dit qu'en se dépêchant il est peut-être temps de remédier à une grave erreur, à cette sentence évoquée par les paroles d'Henri Clément : « Je m'en vais le massacrer comme il a massacré ma petite. » Mais à cet instant Henri a déjà dû atteindre les Sources. Auguste se lève brusquement de la chaise, il n'a plus aucune pensée consciente que celle de se porter au secours d'un innocent.

À cette minute, dans la maison du Long, Rose et Jules sont assis face à face à table. Il lui raconte son court séjour dans la capitale et à Clermont. Elle l'écoute d'une oreille distraite. Il est arrivé sur le coup de sept heures alors qu'elle venait elle-même de remonter des Sources, toute courbaturée et qu'elle avait mis à tremper ses pieds douloureux dans un baquet d'eau froide. Elle ne s'attendait pas à un retour si rapide et en est presque affligée, ces trois jours ont coulé dans une quiétude totale par contraste avec ceux qui ont précédé. Rose ne s'était pas aussi bien appartenue depuis trop longtemps, elle avait été grisée par cette indépendance et en avait oublié, ces dernières heures, jusqu'à la présence de Jules. De nouveau près de lui, elle éprouve quelque mélancolie douloureuse et la crainte obscure de livrer son bonheur à cette menace dont elle avait eu l'illusion de l'arracher durant ce laps de temps si court.

Pourtant, Jules paraît de fort bonne humeur, égal à l'image qu'elle avait eue de lui avant sa rencontre avec Paul. Quelle sera sa réaction cette fois quand elle lui apprendra son intention de descendre aux Sources les jours suivants ? Et s'il faisait la proposition de se joindre à eux ? Elle la réprouve, songeant que le charme serait rompu. Mais elle se reproche aussitôt sa mauvaise pensée à la vue de son visage rieur et au son de sa voix mœlleuse qui lui parvient de si loin. « J'avais déjà hâte de retrouver le calme de ce lieu, mon inspiration est revenue. » Il doit se remettre à l'ouvrage, son éditeur l'ayant prié de s'activer. Elle se secoue intérieurement, porte son attention à ses dires. « Quand tu auras fini de dactylographier le manuscrit, tu pourras te soucier de ton installation future aux Sources », ajoute-t-il. Elle esquisse un sourire tandis que sa pensée retourne en arrière, à ces heures éclairées où, étourdie de son autonomie et de sa joie, elle s'était égarée. Depuis le matin elle n'a vécu que pour goûter pleinement son bonheur, près de l'homme qu'elle sait aimer d'un fol amour, oubliant Jules et ses écritures.

Les heures se sont écoulées, heureuses, dans une parfaite égalité.

Rose a avancé dans l'ouvrage avec une grande facilité et si elle avait conscience de ses petits ennuis physiques, son esprit flottait dans une eau limpide. Elle est arrivée à bout du second char, sa fierté a ranimé ses forces et le désir de préparer le repas des deux hommes s'était insinué en elle. Mais ils l'ont gentiment congédiée, ayant de quoi se nourrir pour ce soir. C'était pour qu'elle puisse retrouver sa forme et aller se soulager des maux qui l'assiégeaient et dont ils n'étaient point dupes.

Paul l'a raccompagnée jusqu'au débouché du chemin et il l'a embrassée. De ce baiser, elle en garde encore le goût sur les lèvres, il l'a remuée. Avec quel regret elle s'est séparée de Paul ! Elle a pourtant arpenté la draille d'un pas léger et n'a pas ralenti en passant près de l'endroit où le Long maudit avait jeté son premier amour.

Elle remarque le regard de Jules posé sur ses pieds, encore immergés dans la bassine d'eau. Il a quelques paroles railleuses mais tout à fait convenables. Elle les regarde à son tour, ils sont gonflés, elle est gênée de sentir que l'homme a deviné un handicap qu'elle croyait toujours garder secret. Mais il s'esclaffe et elle-même ne peut retenir un sourire attendri. Sa pensée se raccroche à ses incertitudes antérieures et à ses griefs intimes. Elle s'en veut d'en avoir eus. Elle aurait dû être plus magnanime face à l'attitude de

Jules, et si elle avait essayé de se mettre à sa place peut-être l'aurait-elle mieux compris. Il escomptait son amour, elle avait deviné son dessein et ne l'en avait pas détourné, et son rêve s'était effondré brusquement. Heureusement, quelques heures paraissent avoir suffi pour lui faire perdre ses illusions. Il cesse brusquement de rire, ses traits se durcissent et dans son regard se glisse une lueur de dureté. Il s'enquiert :

« Et que s'est-il passé ici pendant mon absence ?

– Rien de précis, répond la jeune femme, tout le monde est affairé au travail. J'ai rencontré Joséphine hier matin qui revenait de sa cueillette de fleurs et le fils du boulanger ce matin qui ne parle jamais. »

Elle omet volontairement de lui rapporter les paroles de Joséphine, elle ne veut pas discuter de cette horrible rumeur qui court dans le pays depuis la mort tragique de Marie et à laquelle il avait semblé prêter trop d'attention.

« Et c'est tout ? »

Il semble préoccupé et déçu. On dirait qu'il attendait des nouvelles plus importantes. Rose est surprise de lui voir porter un intérêt subit aux événements du pays.

« Mais oui, c'est tout, Jules, que voulez-vous que je vous apprenne de plus ? Dans nos campagnes il ne se passe rien de bien grand, sauf quand il s'agit d'un mariage, d'une naissance ou d'un décès. Je n'ai pas entendu qu'un tel événement se soit produit, mais je vous l'ai dit, je n'ai pas vu de monde, sauf de loin quand nous fanions, Paul, son père et moi. Il y avait aussi les Junier aux prés des Sources, et même, je m'en souviens qu'ils n'ont pas parlé ! Eugène a dit qu'ils faisaient bien les fiers. »

Jules hausse les sourcils en signe d'étonnement, et sa curiosité paraît bien émoustillée puisqu'il demande :

« Ils n'ont pas parlé du tout ? Pas même dit bonjour ?

– À peine. Ils agissaient drôlement, comme s'ils en voulaient à Paul et à son père. J'ai pensé que c'était de me voir là qui les avait fait hésiter. Mais ils étaient sans doute pressés d'en finir avec le foin, et n'avaient pas de temps à perdre pour venir batailler. Nous n'avons bientôt plus songé à eux.

– Et vous n'avez rencontré personne d'autre ?

– Non, de loin on voyait les familles au pré, je vous le dis, Jules, tous étaient accaparés par leur tâche. Et comme nous, ils devaient avoir hâte de se mettre à l'ombre des granges. »

Il passe sa main sur son front où des gouttes de sueur viennent de perler. Sa pensée a l'air de s'être envolée ailleurs, ses yeux s'étrécissent comme s'il réfléchissait profondément à une chose grave. Rose devient de plus en plus perplexe. Elle se rend bien compte de l'intérêt qu'il portait à ses paroles et l'épisode qu'elle vient de lui narrer n'a fait qu'aviver sa préoccupation secrète. Mais comme elle ne peut en avoir la notion, c'est à sa propre curiosité d'être aiguisée.

« Vous attendiez d'autres nouvelles, Jules ? Ou bien une en particulier ?

– Mais non, répond-il, surpris par sa grande perspicacité. C'est parce que j'aime bien le pays que j'aime aussi savoir ce qui s'y passe, tu le sais, ma petite Rose. »

Tout à coup, Rose se frappe la tête et s'exclame :

« Ah si, je me souviens de ce que m'a dit Joséphine... à Aubreynac, l'abbé Dumas avait eu recours à ses soins pour une furonculose en fin de semaine dernière, ça se passait dans la cure et il paraît qu'on l'entendait hurler de l'autre bout du village. Elle vous convient cette nouvelle, Jules ? »

Elle ne peut s'empêcher de pouffer devant son air défait. Il rit aussi, mais moins franchement qu'elle. Il ricane plutôt et son visage reflète une expression nouvelle impossible à traduire. Et si Rose en était capable elle ne rirait plus. Elle est naïve Rose, ou trop pure pour remarquer cette transformation de son aspect, et parce que durant son absence elle a mis de côté toutes ses rancunes, bien trop accaparée par son bonheur. Elle ne peut pas la voir, cette transformation, elle qui vit hors de la rumeur et n'a pas le moindre petit doute. Elle croit que l'unique souci de ces paysans est la fenaison.

Comme elle se trompe, Rose, et combien elle serait outrageusement blessée si elle savait la tragédie qui est en train de se dérouler !

IX

Le feu à la maison des Sources

HENRI CLÉMENT parvient à la maison des Eyraud. Il écoute la nuit et entre dans la cour à pas feutrés. La cuisine et l'étable sont éclairées. Il s'approche doucement, la respiration retenue, jusqu'aux portes grandes ouvertes de l'étable. Ses yeux cauteleux glissent à l'intérieur et voient Paul de dos, assis sur un tabouret à trois pieds, en train de traire. Il s'adosse au mur et se laisse un peu glisser vers la fenêtre de la cuisine, qui heureusement est fermée. Alors qu'il ne songeait plus à lui, il aperçoit le chien, couché devant le buffet. Le père s'affaire au repas.

Henri pense qu'il a une chance inouïe et que le destin joue en sa faveur. Il réfléchit un instant à la façon dont il va s'y prendre. Encore une fois le hasard lui favorise la tâche, si l'on peut dire, en plaçant devant lui un énorme bâton, planté contre l'ébrasement du mur, à l'entrée de l'étable. Un gourdin ne serait pas plus adapté à l'usage qu'il veut en faire. Il avance, surveillant sa proche victime, et s'en empare. Il opère sans bruit mais son cœur bat à tout rompre. Ce n'est que lorsque Paul devine sa présence juste derrière lui qu'il lui en assène un grand coup derrière la tête. Et comme le garçon tente de se relever il réitère son geste misérable. Paul s'affaisse sur les dalles, inerte. Il reste quelques secondes à le regarder, sans pensée. Les battements de son cœur deviennent moins audibles sous le sifflement de sa respiration qui reprend son rythme. Il réagit, et toujours poussé par une force vindicative, il le traîne vers le fond de l'étable où se trouve le meulon de paille, sort la boîte d'allumettes de sa poche, l'ouvre, en gratte une qu'il jette sur le tas... Puis il se dirige en courant vers la sortie et bloque les lourds panneaux à l'aide de la clenche. Son action a duré quelques minutes et déjà le feu couve dans l'étable. Henri recule, ses jambes fléchissent maintenant. Il s'enfonce dans l'herbe à quelques mètres de l'habitation, et attend en reprenant son souffle, les yeux effarés, la tête folle, avec au fond de l'âme un mélange de plaisir et de regret.

Les flammes ne tardent pas à progresser, un énorme nuage de fumée emplit l'espace. Les bêtes affolées tirent sur leurs chaînes en poussant des beuglements terribles. Dans la cuisine, le chien émerge de sa torpeur et grogne. Eugène, alerté par son comportement et les mugissements des vaches, se précipite au-dehors. C'est alors qu'il perçoit une odeur de fumée. « Nom de Dieu, Paul, le feu ! », s'écrie-t-il. Il voit les portes fermées. « Paul, nom de Dieu, qu'est-ce que tu fais ? », crie-t-il encore. Il pousse les panneaux... bloqués ! Et de nouveau : « Paul, vite, y a le feu ! » Il ôte la clenche, et demeure suffoqué par l'épaisse fumée, appelant encore son fils. L'appel d'air, provoqué par l'ouverture de la porte, embrase complètement le meulon : les flammes illuminent l'étable et vont lécher les poutres. Elles entament leur joyeux crépitement. Le père hurle : « Paul ! Faut détacher les bêtes », mais n'obtenant point de réponse il se précipite vers les vaches qui tentent de casser leurs attaches. Il les délie avec de grandes difficultés.

Trop affairé, il ne remarque pas le chien qui se dirige en gémissant vers le foyer, où une forme inanimée est allongée face contre sol. Alors que la dernière des bêtes s'enfuit, il va pour libérer le veau et son regard tombe enfin sur Paul que les flammes ont déjà atteint. Il demeure un instant interdit. Bien qu'ayant la respiration bloquée, la gorge irritée par cette odeur asphyxiante, et aveuglé par la sueur, il le saisit par les pieds, le tire à l'air libre. Là, de ses mains nues il essaie d'étouffer le feu qui dévore son gamin. En vain, la douleur est trop forte. « De l'eau », songe-t-il. Hélas, le baquet de la lessive est trop lourd, mais tout près de lui gît un sac de jute, abandonné ce matin par le vieil homme et dont il s'empare à présent pour le jeter sur Paul. Puis, afin d'étouffer complètement les flammes, il le fait glisser sur son corps. Paul gémit doucement en reprenant conscience et son pauvre père murmure avec des sanglots dans la voix : « Là, là, c'est fini. » Le jeune homme ouvre les yeux. Son visage ne semble pas avoir subi de grands dommages bien que sa peau soit rouge et déjà cloquée vers les oreilles, sa chevelure racornie comme de la laine cramée. Eugène soulève le sac et constate avec un grand soulagement que le tissu de sa chemise de traite est noir mais presque intact. Ce lourd vêtement de coton épais a préservé le jeune homme des flammes. Les brûlures les plus importantes se situent au niveau des avant-bras sur lesquels il avait retroussé ses manches.

Complètement éveillé maintenant, il émet un grognement de douleur en tournant la tête. Eugène remarque une tuméfaction énorme et sanguinolente à sa nuque. C'est une vilaine blessure qui lui fait supposer qu'elle est à l'origine de la perte de connaissance du garçon. Mais il a du mal à comprendre ce qui a bien pu se passer. Où et comment Paul se serait-il cogné ? Pourquoi le feu ? Comment avait-il pris ? Il en est encore à se poser des questions quand des hommes surgissent dans la cour. Il reconnaît Auguste Junier, Gabriel Ménard et Pierre Andrieu.

Ces derniers ont aperçu des lueurs alors qu'ils atteignaient la croisée des chemins. Une odeur de fumée montait jusqu'à eux et ils en ressentaient un effroi démesuré. En arrivant au domaine des Sources, ils peuvent juger de l'ampleur du sinistre : l'étable est entièrement la proie des flammes. Elles s'attaquent à la récolte de foin, fraîchement rentrée. Ils aperçoivent Eugène et son fils, s'élancent vers eux. Paul semble durement touché et son père a de sérieuses brûlures aux mains.

Ils les entraînent un peu à l'écart, car la chaleur du brasier se répand à présent dans toute la cour. Ils examinent leurs blessures à la lueur des torches. La peau sur les avant-bras du jeune homme commence à prendre la couleur du soufre qui trahit la gravité des brûlures. Sur son visage et le reste de son corps, elles sont minimes ou du premier degré. L'ecchy-mose de sa nuque a doublé de volume. Quant au père, il a les paumes des mains atteintes au second degré. Auguste se dit que Paul s'en sortira, il pousse un soupir de soulagement malgré le remords qui l'étreint. Mais il ne regrette pas d'être aller quérir Gabriel et Pierre. Car Eugène hurle : « Nos meubles ! L'argent ! » Il s'élance en direction de la cuisine, suivi par les trois autres. Ils ont juste le temps de sauver le modeste mobilier des Eyraud.

Ils ne sont pas remis de leur épreuve que l'un d'eux aperçoit Henri Clément, s'approchant de Paul et à qui Finaud adresse des aboiements de fauve. Auguste hurle à son intention :

« Reste où tu es, l'Henri, tu as commis une grave erreur. C'est pas lui le coupable. »

L'homme écoute cette voix sans paraître comprendre sa signification, à l'instar de Paul qui se soulève de surprise. Malgré sa fièvre il s'interroge : « Qu'est-ce que ces paroles peuvent bien vouloir dire, de quoi serais-jel coupable ? » Son regard rencontre celui d'Henri, qui est à faire peur tant la haine est encore en lui. Les autres hommes arrivent à ses côtés, retiennent le chien et Auguste reprend :

« Marie est tombée des rochers, l'Henri, Antoine a tout vu ce jour-là... »

Eugène est lui aussi estomaqué et il se demande pour quelle raison sournoise on a pu croire que son Paul était un meurtrier. Son émotion est si grande qu'il ne peut maîtriser les tremblements de son corps ni formuler une parole. Paul se tait, encore sous le coup de cette révélation et trop affaibli par ses souffrances, lesquelles deviennent de plus en plus fortes. La singularité de l'événement contribue aussi à l'impression de vague dans laquelle il flotte. Pourtant, c'est avec une lucidité surprenante qu'il en saisit tout le sens. Ainsi on a cru qu'il avait poussé la petite Marie du haut des falaises ! et l'Henri a voulu la venger ! mon Dieu ! c'était lui qui se tenait au centre de la rumeur !

Il sent sourdre en lui une infernale colère, avec l'envie de hurler contre cette abominable injustice, cette immonde ineptie, cette délation honteuse.

« Et pourquoi il l'aurait pas dit avant, ton Antoine ? » demande l'Henri d'une voix inégale, le regard inquiet, l'esprit embrumé par le doute et la peur d'avoir mal agi.

Auguste ne répond pas aussitôt, réalisant qu'il lui faut dire l'entière vérité. Il voudrait pouvoir l'altérer, songeant furtivement à son garçon.

« C'est à cause du chien Poussi, car il était tout près de ta fille quand elle est tombée ; mon fils a cru qu'on s'en prendrait au chien, même s'il n'y est pour rien. »

Henri Clément demeure immobile. Pendant un instant l'absence de voix rend le vacarme de l'incendie plus assourdissant. Les craquements du bois retentissent dans la nuit et le chuintement des flammes s'intensifie en un grondement sinistre. Henri Clément semble analyser avec une lenteur exaspérante la teneur des paroles d'Auguste. Puis il se laisse brusquement tomber à genoux devant Paul, dans une allure pitoyable. Eugène s'élance sur lui, semblable à un animal en furie, le prend par le collet :

« C'est toi l'assassin, espèce de misérable, comment as-tu pu croire une chose pareille ? Et qui te l'a dite d'abord ? »

Il lève la main, prêt à l'abattre sur lui. Les autres interviennent, le saisissent par les aisselles. Eugène, en proie à une colère insoutenable, tente de leur échapper en faisant de grands mouvements. Auguste s'exclame :

« Laisse-le, père Eyraud, c'est tout le monde qui le dit depuis le matin, c'est venu aux oreilles de l'Henri et il y a cru, lui aussi. Nous sommes tous fautifs. La rumeur courait depuis plusieurs jours que ce n'était pas un accident, et ce matin quelqu'un a donné le nom de Paul. L'absence de ton garçon, ce soir-là, a renforcé la certitude qu'il était coupable. »

Et Paul de murmurer :

« Si on croit qu'on fait des conneries à chaque absence ! Il y a du bien mauvais monde par ici ! Fallait un coupable et j'étais tout trouvé, simplement par ce que je n'étais pas chez moi ! Mais qui est le salaud qui m'a accusé ? On doit le trouver, bon Dieu ! »

Il pose son regard fiévreux sur Henri Clément et voit marquées sur son visage quelles affres ont été les siennes. Les autres se taisent, peu fiers d'eux, pleins de repentir. Tout s'est passé en un seul jour ! La sombre rumeur a suivi son chemin à une folle allure, rencontrant toutes les âmes du pays. Mais le vrai coupable est celui qui s'est placé à sa genèse, les hommes ici présents en ont tous conscience, hormis celui qui vient d'accomplir le terrible forfait final. Mais qui a donné le nom de Paul ? Celui-ci gémit, accaparé maintenant par sa trop grande souffrance. Il ajoute en ânonnant :

« Laissez-le rentrer chez lui, il n'a fait qu'écouter sa haine, et j'en aurais fait peut-être autant si j'avais été persuadé d'un tel méfait. »

Le pauvre homme se met à pleurer comme un enfant. Il hurle sa faute et demande qu'on le conduise chez les gendarmes. Gabriel Ménard le soulève et l'entraîne plus loin afin de lui faire entendre raison.

Eugène, calmé, soumis à la décision de son fils, demande à Auguste d'aller chercher Duchesse dans le pré des Cougny et de l'atteler à la carriole. Pierre mènera les vaches à l'enclos, celui entouré de murs, sous la fontaine. Il faut conduire Paul chez la guérisseuse et aller quérir le nouveau médecin d'Aubreynac. Tandis que leurs compagnons se mettent à la tâche, les deux victimes contemplent leur demeure avec cette même idée qu'il n'en restera rien bien avant le lever du jour. Leur souffrance physique est bien pâle à côté de cette douleur qui leur serre le cœur comme un étau. L'Eugène ne peut retenir ses larmes. C'est tout un tas de souvenirs qu'il voit défiler dans la flambée ardente. Ces images qu'il n'avait jamais évoquées pendant sa vie d'homme, l'emportent dans une rage impuissante, le font culpabiliser pour les avoir enterrées dans sa mémoire alors qu'il aurait dû s'en souvenir toujours. C'est toute son existence que les flammes jettent devant ses yeux, une existence longue et pleine.

Il revoit sa mère, son père, son grand frère Germain qui avait été tué au cours d'un abattage quand lui avait dix ans. Son visage, il l'avait oublié, et voici qu'à présent, il en devine les contours avec une netteté surprenante. Sa mort, il l'avait refoulée dans les tréfonds de sa mémoire. Ils étaient à la coupe de bois, ce jour-là, en automne. De ces fins d'automne, où les frondaisons brunes et jaunes s'effeuillent au moindre coup de vent et sèment leur dernier éclat dans la première grisaille de l'hiver. Le froid s'était déjà glissé dans la combe et avait commencé à tout racornir. La terre craquait sous les pas, les arbres gémissaient sous la bise. Il fallait en abattre quatre à la demande du charron, dont le haut fayard de Combel qui gênait la pousse d'une sapinière naissante. Eugène, emmitouflé dans sa grosse écharpe de laine, avait de la peine à suivre son frère et son père au fond de la combe mystérieuse. C'était toujours avec un sentiment mêlé de crainte et de plaisir qu'il entrait dans la pénombre des bois. Il en aimait les bruits : le frémissement des feuilles sous les semelles, un craquement de branche, et le froissement furtif de la fuite d'une bête sauvage, ces bruits que la forêt gardait sous son couvert et rendait excessifs. Par grand vent elle gémissait du balancement des hauts fûts, soupirs languissants que l'écho multipliait et ramenait à un long sanglot. Il en aimait l'odeur de la mousse, des champignons, du sol humidifié par une ombre qui ne mourait jamais, même pendant les grosses chaleurs.

Ce jour-là, l'air glacé du petit matin pesait sur les bruits et les odeurs, les rendait moins sensibles. Eugène n'y prêtait plus attention et s'amusait à regarder la tête de son frère à travers la fumée de son haleine. Il voyait la grande hache sur une épaule et sous son bras, la scie. Germain, vingt ans, était le plus fort et le meilleur abatteur de la contrée. Il besognait sans interruption, venait à bout des plus gros troncs sans montrer le moindre signe de fatigue, sans jamais ralentir le mouvement, sans jamais rien voir d'autre que la blessure du bois qui s'élargissait à chaque coup de hache. Il était comme emporté par une sorte de frénésie inassouvie, et sitôt un fût coupé, il en attaquait un autre. À peine prenait-il le temps d'essuyer la sueur coulant sur son front que les coups s'enchaînaient et faisaient trembler la forêt. Les arbres s'abattaient au sol dans un grand froissement des houppiers, suivi d'un choc sourd sur lequel retombait un silence lourd et presque inquiétant. Que s'était-il passé ce jour-là ? Il y avait eu le craquement sinistre et ce silence dont la profondeur s'étend à cet instant dans la mémoire du vieil homme. « Germain ! » La voix de son père avait déchiré l'air glacial et l'appel s'était répercuté comme s'il avait ricoché sur tous les troncs alentour. Il avait vu la cervelle de son frère sur la mousse, presque intacte et il l'avait enfermée, encore toute chaude dans son mouchoir. Et puis... qu'en avait-il fait ? Le trou noir !

Il ne s'était plus souvenu combien sa mère était joyeuse et belle avant ce terrible drame. Il la revoit maintenant dans sa robe du dimanche, toute parée de dentelle, sous sa coiffe soigneusement mise et fixée par les épingles d'or. Ces épingles qu'elle avait données à Rosalie et que le père a remises à sa fille Thérèse. Denise a eu la broche, en or également. Elle riait, et ce rire cristallin, il l'avait oublié. Pourquoi ? Il ne l'avait plus entendu.

Autrefois, son père, Joseph, avait l'allure élégante les jours de fêtes et de messe, avec sa belle jaquette de drap noir qu'il conservait depuis son mariage, laquelle servait à toutes les occasions, son large chapeau de feutre mou qui lui seyait bien. Ses parents ne dédaignaient pas les plaisirs bruyants, le chant et la danse surtout, et avant la mort de Germain, c'était souvent que les tables étaient installées dans la cour en vue de quelque festivité. Eugène n'avait gardé aucune image de ces réjouissances, que le souvenir rigoureux des légendes pieuses qu'on racontait les soirs pendant les longues veillées d'hiver et la tristesse qui avait hanté la demeure pendant toute sa jeunesse. Plus de rires, peu de paroles, de longs silences ! La maison était en deuil. Il retrouvait un peu de joie à l'école de la Béate où il se rendait quelquefois pendant l'hiver seulement. Mais quand la neige était trop abondante, pas question de monter aux Las ou à Coste-Chaude. La demoiselle lui avait appris à lire et à écrire et c'est en cachette qu'il avait entretenu cette connaissance avec le grand regret de ne pouvoir la perfectionner. Il y avait le travail de la ferme et on avait besoin de ses bras. Alors, l'école, pour quoi faire ? Il n'y avait pas besoin d'être bien instruit pour accomplir son travail.

Il avait connu Rosalie et la vie avait changé. Avec elle il s'était découvert une autre nature. Mais il restait révolté par l'injustice de l'existence, il avait perdu cette foi que ses parents lui avaient si sévèrement inculquée. Il réprouvait leur amour pour ce Seigneur qui leur avait pris leur gosse et leur avait infligé une telle souffrance. Avec Rosalie, il s'était amusé avant l'arrivée des enfants, ils avaient dansé la bourrée au son de l'accordéon sur les hauts de Saint-Quentin, en plein air, sur un plancher dressé et ciré pour la circonstance. Puis plus rien. Que le cours des saisons où le labeur avait pris toute la place. Ce qui manquait le plus à Rosalie étaient les longues veillées d'autrefois qui apportaient un entracte à ces vies solitaires sempiternellement accrochées à ces aires sauvages où les esprits se perdaient parfois mais n'y voyaient autre chose que les champs, les bois, les chemins creux qui les ramenaient toujours à cette existence égale gérée par les turbulences du temps. Aux veillées on riait, on apprenait toutes les nouvelles, on bavardait et c'était bon de trembler à l'écoute des légendes effrayantes que racontaient les anciens devant la cheminée tandis que la bise hurlait sur la lande.

Mais la maison des Sources était trop éloignée des villages, la route impraticable pendant les grosses neiges, trop longue pendant les grosses chaleurs. Alors, quand elle n'était pas au champ ou au pré, Rosalie restait dans la maison le plus souvent. Elle l'embellissait avec toutes ses fleurs et les objets pieux qu'elle tenait de sa défunte tante religieuse. De propreté semblable on en connaissait peu dans les foyers d'Aubreynac, des

Las ou de Coste-Chaude. Les gosses étaient lavés une fois par semaine dans le grand baquet, hiver comme été, leur linge raccommodé, leur nourriture consistante. La soupe n'avait jamais manqué à table et ni les tisanes de violettes et de serpolet. La cuisine de Rosalie, même pauvre, était toujours agrémentée de sauces relevées aux herbes aromatiques. Eugène se sentait bien chez lui grâce à sa femme, il régnait dans sa maison un bonheur dont il n'avait même pas conscience.

Si de là-haut elle voit partir tout en fumée, que pense-t-elle ? Les larmes du vieil homme font luire ses prunelles dans la lumière du feu. Elles coulent dans les sillons de ses joues, ravinent sa vieille peau. Il n'a même plus la pudeur de les retenir. Paul le regarde, et ne l'ayant jamais vu pleurer, devine la profondeur de son bouleversement. Il est plus frappé par ce chagrin que par la remontée de ses propres souvenirs, plus blessé par les larmes de son père que par ses propres brûlures. Il regarde ce visage raidi par la souffrance, parcheminé par les ans et sur lequel coulent des larmes d'enfant. Il voudrait serrer le vieil homme, fortement, mais cette attitude ne serait pas digne de l'image qu'il lui avait toujours montrée. Il est de ces coups qui font des cœurs les plus durs les plus vulnérables.

Les fers de Duchesse râpent la pierre de la montée et vibrent d'un son joyeux dans la pénombre sépulcrale où des ombres animées se profilent. Un vent de traverse s'est levé, et s'il apporte un peu de fraîcheur à la face bouillante du jeune homme, il redonne vigueur aux flammes. Paul se demande ce qu'elles trouvent encore à brûler. Il songe aux meubles des chambres, au carreau de sa mère, à tous ses paniers de fleurs, au Christ et au chapelet pendus au-dessus du lit, il songe à tous ces objets qui ont remonté deux ou trois générations, et... les voilà disparus, en quelques secondes ! Rose les avait vus cet après-midi même. Et maintenant tout est consumé. Retrouvera-t-il quelque chose ? Il a mal, à la tête, aux bras, au cœur. Il chavire, ne peut plus concentrer sa pensée.

Auguste Junier et Pierre Andrieu les font monter dans la carriole. Mais Eugène s'excite, il ne veut pas laisser dehors le peu de bien qu'il leur reste. Ils promettent de revenir tantôt pour tout remiser dans la grange du bas. Gabriel Ménard réapparaît avec l'Henri, lequel semble toujours accablé par sa faute. Pierre se propose pour le raccompagner chez lui. Il pose une main chaleureuse sur l'épaule d'Eugène, en signe de réconfort moral et de remerciement pour leur clémence envers le pauvre homme.

« Vous en faites pas. On installera les bêtes, tout le monde au pays prêtera la main pour les travaux. Les vieilles remises ne manquent pas, et à l'automne on aidera à la reconstruction de la bâtisse. En attendant, vous pouvez rester chez moi, y a de la place. »

Gabriel Ménard part devant le convoi, au pas de course, il compte informer Joséphine Petit de l'accident avant que l'on ne conduise chez elle les Eyraud. Il craint beaucoup pour le fils. Duchesse prend la route, guidée par Auguste. Paul est de plus en plus mal. Sa fièvre monte et il délire. On le fait allonger sur le plancher de la carriole où a été étalée un peu de paille. On lui souffle des mots qu'il n'entend pas. Il rêve... Il ouvre les yeux sur un ciel bleu, de ce bleu qu'on ne voit que pendant les jours de beau temps ou de très grand froid, si bleu qu'il creuse sa profondeur infinie. Et vers cet abîme incommensurable, des frondaisons épaisses et pointues s'élancent comme des jets d'eau verdâtre, rejaillissant de cris d'oiseaux, de bruissements, de soleil. Paul, enfant, s'envole et saisit à pleines mains des notes de musique et des éclisses d'or qu'il va ensuite poser sur la draille empierrée. Il est seul, comme toujours, mais pas triste, et comme saoul. Son cœur bat à grands coups dans sa poitrine car il l'a vue par la fente du mur, elle, la nièce du charron. Il se tapit derrière les pierres croulantes et les ronces d'où il peut voir le parc en entier. Elle a débouché d'une allée, cheveux au vent léger, elle parle toute seule, elle aussi... Il lui semble pourtant que c'est aux fleurs... Il ne comprend pas ce qu'elle dit. Puis elle disparaît dans les feuillages comme une fée. Volatilisée ! Mais il l'entend toujours qui parle à des choses cachées. Il avance à pas de loup, cœur fou, oreilles bourdonnantes. Une pierre roule... Elle se tait. Alors, il fuit, en emportant son image et le son de sa voix. Il reviendra. « Je t'épiais », murmure-t-il. Il parle à Rose. Elle est pen-chée sur lui, sourit, ses cheveux noirs, défaits comme autrefois, comme l'autre soir, tombant de chaque côté de son visage. Ils sentent bon, si bon...

Il reprend conscience. De la lumière, des voix, une délicieuse odeur. De douces mains passent de la pommade sur son visage en feu. Il est sûr d'avoir entendu la voix de Rose. Elle criait son nom.

Aux environs de neuf heures, Étienne Petit sort pour aller enfermer son chien dans la grange. Il en profite pour uriner dans un bouquet d'orties, en contrebas de la montée. C'est alors que son regard se tourne vers la vallée et qu'il voit une grande luminescence sous les étoiles. Il scrute la nuit et comprend que c'est le feu qui s'est déclaré là-bas. Il ne tarde pas à le situer. La ferme des Eyraud brûle. Le sang d'Étienne ne fait qu'un tour. Immédiatement une intuition secrète le pénètre : le sinistre a un lien avec la révélation qu'il a faite à Anastasie Sigaud ce matin. Mais il ne veut pas s'y résigner. Pourtant, et pour une raison qu'il ne saurait s'expliquer, il court directement au domaine du Long. Il n'a que l'idée d'alerter Jules Chometon.

Les coups violents qu'il donne à la porte font sursauter Rose et Jules, leurs regards se croisent rapidement. Qui peut venir à cette heure ? se demande la jeune femme à qui la force des coups fait pressentir une catastrophe. Jules se précipite vers l'entrée et se trouve nez à nez avec le ferblantier dont le visage affolé surgit de la pénombre. Il ouvre la bouche et jette son haleine alliacée dans la figure de Jules en même temps que ses paroles : « Y a le feu aux Sources, à la ferme des Eyraud. » Rose laisse échapper un cri, douloureux comme une plainte. Elle quitte, sa chaise brusquement et renverse la bassine d'eau où ses pieds trempaient. Elle s'élance vers les deux hommes qui se sont tournés de son côté.

« Le feu, chez eux, en êtes-vous sûr ? demande-t-elle au ferblantier en posant sur lui ses immenses yeux noyés d'inquiétude.

– J'en suis certain, de chez moi on voit les flammes, c'est toute la demeure qui brûle. Venez voir. »

Elle va pour se ruer dehors sans songer à ses pieds nus, l'esprit soucieux de Paul et de son père. Déjà d'affreuses images s'opposent à toute pensée rationnelle. Mais Jules l'arrête dans sa précipitation et lui dit :

« Allons, Rose, ne t'affole pas, les Eyraud ne sont pas des idiots, ils ne vont pas se laisser rôtir, va donc enfiler des chaussures. »

Tandis qu'elle s'engouffre dans le cabinet, il sent naître en lui un mauvais pressentiment. Les choses sont certainement liées au dessein qu'il a conçu mais elles ne se déroulent pas ainsi qu'il l'avait supposé. Il y avait eu une lacune dès le début, à laquelle il ne pouvait remédier. Pourquoi le feu ? Il a envie de questionner le ferblantier mais Rose a si vite fait qu'il n'en a pas le temps. Ils sortent et se rendent près du lavoir d'où la vue plonge librement dans la combe. En effet, de cet endroit on peut voir la luminescence et l'ampleur du désastre. Rose sent ses jambes se dérober sous elle. Elle craint le pire. Soudain le chien d'Étienne se met à japper et disparaît dans le chemin. Une voix résonne. Ils s'avancent. Un homme surgit des ténèbres. Il s'agit de Gabriel Ménard. Rose et ses deux compagnons se pressent autour de lui. Jules le questionne :

« Y a le feu aux Sources, chez les Eyraud ?

– Ouais, ça a tout emporté en un rien de temps, maison, grange, tout !

– Et Paul, et son père ? demande Rose d'une voix altérée par l'émotion et l'appréhension. Elle souhaite la réponse et la redoute en même temps.

– Ils ont été brûlés, le père à l'intérieur des mains mais pour le Paul c'est plus grave, au visage, aux bras et peut-être sur d'autres parties de son corps qu'on a pas vues. Il est dans un mauvais état. »

Rose gémit et chancèle. Jules s'empresse de la soutenir tandis que le ferblantier demande à son tour :

« Comment ça se fait ? Ils étaient dedans ? »

Mais Gabriel Ménard réplique que les explications se feront plus tard et commande à Étienne d'aller avertir sa mère car les blessés vont être conduits chez elle. Puis il se tourne vers Jules :

« Monsieur Téchomon, vous seriez aimable d'aller chercher le docteur à Aubreynac d'un coup de voiture. Le Paul est salement atteint. »

Rose, qui n'a pas perdu le fil des mots, malgré son étourdissement rassure l'écrivain sur son état et le prie de s'exécuter aussitôt. Il l'abandonne donc pour aller sortir son auto du hangar. La jeune femme s'appuie contre le mur, de nouveau sujette à un vertige. Gabriel, embarrassé, lui propose de la reconduire à l'intérieur où la lumière brille encore. Mais elle refuse, elle veut voir Paul et son père. L'autre, ne comprenant pas la raison d'un tel trouble, ne sait que faire ni que dire. Il la regarde un instant, ému par sa douleur si flagrante et se détourne d'elle pour se rendre chez Joséphine. Là, il attendra Auguste et ils retourneront aux Sources comme promis. À ce moment l'auto de Jules passe la grille. Ce dernier n'a pas un coup d'œil pour la jeune éplorée.

Restée seule dans la nuit, à peine éclairée par la lune et les étoiles, elle demeure sans mouvement, engourdie par la douleur, obnubilée par d'horribles pensées. Elle voudrait se jeter dans le chemin, courir à la rencontre de Paul mais une peur indicible la cloue contre la muraille, encore pénétrée par la chaleur de cet après-midi si heureux. La peur de voir Paul mort, comme elle a vu Gérard six années plus tôt. Ainsi en ce lieu même, en ce même paysage, après six années, le destin vient de la frapper encore. Elle porte les mains à son visage, se fait violence pour ne pas hurler sa révolte et son chagrin. Cet implacable destin vient lui prendre son bonheur une seconde fois ! Pourquoi s'acharne-t-il sur elle ? Soudain soulevée par une rage violente elle s'élance dans la sente, ne voyant dans ses yeux égarés que les formes spectrales des hautes futaies palpiter dans la nuit. Elle songe, le cœur broyé :

« Va-t-il mourir ?... ». Avant qu'elle n'ait pu l'enlacer, lui dire combien elle l'aime... Oh ! ne plus voir son regard noir, ne plus sentir sa force, ne plus entendre les battements de son cœur ! elle ne saurait y résister ! Cependant elle court maintenant, sans savoir où elle met les pieds, guidée par la lumière des flammes. Il y a une once d'espérance au fond d'elle, à laquelle elle ne croit guère mais qui la fait avancer.

Un bruit de roues lui parvient, des ondes lumineuses glissent dans les feuillages, non loin. Un jappement, une voix retentissent.

« Qui va là ?

– C'est moi, Rose.»

Finaud se jette contre ses mollets.

« Rose ? »

C'est la voix du père. Une voix voilée, sans ressort. La carriole se dessine dans le halo de la lampe, ainsi que les belles lignes de la jument. Deux silhouettes se penchent par-dessus les ridelles. Rose se précipite à l'arrière de la carriole pour y grimper.

« Mon Dieu, Eugène, que s'est-il passé ? » s'écrie-t-elle. Auguste Junier lui tend la main et la hisse sur le plancher du véhicule où Paul est recroquevillé.

« Paul ! »

Rose se penche sur lui. Il ne bouge pas. Dans la faible lumière elle distingue son visage enflé, ses cheveux ratatinés et crépus comme ceux d'un Africain, ses paupières énormes qui cachent complètement la ligne de ses yeux. La peau de ses avant-bras a perdu son aspect originel, elle paraît jaunâtre et sillonnée de grosses boursouflures. Le regard de Rose parcourt son corps mais elle ne peut pas voir s'il porte d'autres brûlures. Ses vêtements sont noirs et le tissu de sa chemise semble avoir fondu à hauteur des épaules. « Paul ! » appelle-t-elle encore. Il ne répond pas. Mais un souffle, un murmure échappé de sa bouche, lui fournit la preuve qu'il l'a entendue du fond de sa torpeur. Elle se demande s'il ressent de la douleur. Elle voudrait pouvoir l'enserrer, et la lui prendre. Ce serait si peu en comparaison de ce qu'elle aurait à supporter si Paul succombait.

Elle se redresse brusquement, heurte Eugène qui replie les mains sur sa poitrine. « Faites voir », dit-elle. Des cloques se sont formées dans ses paumes. « Souffrez-vous ? » Il fait non de la tête, mais la douleur est si cuisante qu'il a l'impression d'avoir eu les mains labourées jusqu'aux os. Il dit en désignant Paul du regard :

« J'ai peur pour lui, c'est le coup à la tête qui m'inquiète.

– Quel coup, demande Rose qui vient de blêmir, quel coup Eugène ?

– Là, derrière la nuque, une bosse grosse comme mes deux poings et une large entaille, un sacré coup qu'il lui a donné ce fou !

– Mais que dites-vous, Eugène, qui a frappé Paul ? Que s'est-il passé ? crie Rose dont le sang s'est retiré complètement des joues.

– Oh, c'est une histoire à peine croyable et qui doit faire retourner ma pauvre femme dans sa tombe, et pourtant elle est vraie cette histoire ma petite... Tu vois ce que ça fait les ragots... des drames. Des drames qui se suivent les uns après les autres.

– Mais pourquoi a-t-on frappé Paul, le coupe la jeune femme, trop avide de connaître la réalité, et qui ?

– L'Henri Clément, parce qu'on lui a dit que Paul, mon brave Paul, avait poussé sa petite du haut des rochers de Saint-Quentin. »

Il souffle, marmonne quelques mots que Rose ne comprend pas. Un bourdonnement s'est fait dans ses oreilles. Elle doit se retenir à la ridelle pour ne pas s'effondrer sur la plate-forme de la carriole. Elle lutte contre son malaise, contre cette main invisible qui lui empoigne le cœur et fouille dans ses viscères. Auguste Junier qui les écoutait discrètement, tout en tenant les rênes et la lampe, comprend quel lien rattache la jeune femme à Paul. Il ressent de la compassion pour elle en la voyant si profondément blessée. Et il songe que cette vilaine affaire ne touche pas qu'à une âme, mais à bien d'autres, que des affections belles et puissantes rallient au cœur même de cette tragédie.

« Qui a dit ça ? Qui a bien pu oser avancer des propos si misérables ? souffle Rose.

– C'est un peu tout le monde, tu sais ce que c'est les commérages, parce que Paul n'était pas à la maison ce soir-là, il était avec toi... mais c'est celui qui a lancé cette rumeur qu'est un beau salaud, si je le tenais... »

Il serre les mâchoires si fortement qu'on pourrait les voir saillir sous la peau de ses joues, et ses dents grinceraient si elles n'étaient pas en si mauvais état.

« Alors, l'Henri, continue-t-il, faut le comprendre un peu, on lui dit que c'est le Paul qui a tué sa gamine, et voilà que sa colère le pousse à aller le tuer à son tour. Il l'a assommé dans l'étable et y a foutu le feu. Voilà, tu sais tout de cette sombre histoire. »

La pauvre Rose est complètement écrasée de stupéfaction, égarée dans ses pensées. Il est bien difficile, certes, d'y mettre de l'ordre, n'ayant eu aucune connaissance de ce qui se tramait. Comment le puzzle a-t-il pu se former sans qu'elle n'en ait eu le plus petit morceau ? Une rumeur, ça vient aux oreilles de tout le monde ! Il est vrai qu'elle n'a pas vu grand monde, ces derniers jours ; et pourtant sa rencontre avec Joséphine ne date que d'hier. La rebouteuse avait fait quelque allusion sur les racontars mais n'avait pas divulgué le nom du présumé assassin. N'était-elle pas aux premières loges de la dépêche rurale ? Rose en déduit que l'horrible accusation est toute fraîche et qu'elle a fait beaucoup de chemin en peu de temps. À moins qu'elle n'ait pas dépassé les frontières du village des Las.

« Et depuis quand cette infamie court-elle dans le pays ?

– Depuis ce matin seulement, répond Auguste Junier, et elle est venue à la porte des Clément il n'y a pas plus de trois heures. Henri est allé aux Sources tout de suite. »

Il baisse les yeux, songeant à sa femme, et à son fils. Ils avaient été certes, bien coupables, d'aller « ragoter » à la porte du malheureux Henri mais l'aveu d'Antoine avait au moins réhabilité Paul. Il ne lui reste plus qu'à raconter à ces deux-là le véritable canevas de l'histoire. Alors il entame un récit rapide, d'une voix monotone. Rose l'écoute, ouvrant grands les yeux, respirant profondément pour chasser de sa poitrine un mal qui ne cesse de s'intensifier. C'est comme si sa propre vie défaillait en quelques minutes. Quand l'homme se tait, les premiers feux de Coste-Chaude s'allument dans la nuit, la carriole atteint les hauts du Long.

« J'étais avec lui, cet après-midi-là, murmure Rose... Nous avons été pris par l'orage... »

Elle ne peut réprimer une moue de lassitude. Elle n'a plus la force de supporter tant d'injustice et regrette de ne pas avoir eu vent de l'infamie. Car elle l'aurait enrayée, en jetant aux visages des dénonciateurs qu'elle était avec Paul cet après-midi-là, ils s'embrassaient dans la bruyère, se livraient au doux bercement de l'amour. Oui, elle aurait enrayé cette infamie... Et eux... ils s'étaient prêtés à la chose la plus ignoble : la délation ! En cet instant, comment pourrait-elle comprendre qu'ils voulaient réparer un grand mal, un crime ! Elle songe à ce que Paul a dû ressentir d'indignité et de dégoût : on l'avait accusé, il l'apprenait à peine sorti de son évanouissement et avant d'y sombrer de nouveau. Un être aussi droit et pur pourra-t-il se remettre d'une telle offense ? Cet homme qui pouvait marcher la tête haute mieux que personne, le pourra-t-il désormais ?

Dans un sursaut de sa conscience elle fait le vœu de le ramener à sa candeur, de faire la lumière devant l'instigateur de la rumeur et devant ses partisans. Elle agira dans ce sens et Paul retrouvera tout son honneur et le respect des autres. Déterminée dans cette idée, elle reprend son sang-froid. Mais une peur, logée au fond de son ventre la pousse à prier Dieu afin que le coup porté à la tête de Paul n'ait point provoqué de lésions internes, à prier ce Dieu auquel elle ne s'était plus adressée depuis ces six dernières années.

X

Un ignoble projet

La maison Petit est en effervescence. Joséphine et son fils, Gabriel Ménard, toute la famille Sigaud attendent l'arrivée du convoi. Les hommes soulèvent Paul avec des gestes précautionneux, soutiennent Eugène. Mais celui-ci maugrée, dit qu'il n'a besoin de personne. Cet élan de civilité l'irrite. Joséphine se penche aussitôt sur Paul qu'on a déposé sur un lit, dans le petit cabinet accolé à la grande cuisine. En premier lieu, elle examine sa blessure à la tête. Elle tâte la contusion du bout des doigts et poursuit l'inspection jusque sur le crâne, la nuque et les épaules du garçon.

« C'est grave ? demande Rose.

– Hum... il a reçu un sacré coup, il est assommé.

– Il a repris connaissance quand je l'ai sorti de la grange, dit Eugène, il s'est même relevé, il avait toute sa lucidité, c'est dans la carriole qu'il s'est de nouveau évanoui.

– Je crois pas que ce soit bien grave, affirme la rebouteuse, le contrecoup, le choc quoi, et puis les brûlures... Il n'aurait pas dû faire d'effort. »

Soudain elle fait de grands gestes pour signifier à l'assemblée de s'écarter. « On voudrait respirer », dit-elle, d'une voix impérative. Tout le monde se rend dans la cuisine, sauf le père de Paul et Rose à qui Joséphine demande de rester. Elle ausculte maintenant les brûlures du jeune homme très attentivement et en remarque d'autres sur les épaules, profondes mais peu étendues. Avec mille précautions elle soulève les lambeaux de tissu qui n'ont pas fondu sur la peau. Puis elle défait complètement la chemise de Paul et son pantalon. Une autre blessure légère marque sa cuisse droite. Quand elle a fini son examen, Rose l'interroge encore :

« Alors Joséphine ?

– C'est sérieux mais je crois qu'il s'en sortira avec quelques petites cicatrices. Il faut attendre l'avis du docteur. Je ne suis que la guérisseuse.

– S'il faut aller à l'hôpital, il ira », lance Eugène que le diagnostic de la rebouteuse vient de rassurer. Il a toute confiance en elle. Mais si son fils a besoin de soins il les aura.

Joséphine se rend dans sa cuisine et en revient avec un bol plein d'un étrange onguent jaunâtre dans une main et un gros cataplasme fumant dans l'autre. Elle remet le bol à Rose et glisse l'emplâtre sous la nuque du blessé à l'endroit de l'ecchymose. Puis, agenouillée, elle étend les mains au-dessus de lui, les faisant aller et venir sans le toucher, et marmonnant une litanie que ni Rose ni Eugène ne comprennent. Elle se redresse et réitère geste et invocation sur les paumes du vieil homme. Il sait qu'elle « fait partir le feu » et qu'il ne devrait plus ressentir aucune souffrance et Paul non plus. Elle s'empare ensuite de sa mixture, en place une noix dans le creux des mains d'Eugène et lui conseille de les frotter doucement l'une contre l'autre.

« C'est rien, Eugène, mais vous ne pourrez rien faire de quelques jours. Vous n'aurez pas mal. »

Vient le tour de Paul d'être badigeonné de cette vertueuse pommade dont seule Joséphine a le secret de la composition. C'est à ce moment-là qu'il émerge de son néant. Il sent la bonne odeur, une caresse sur son visage. Il tente d'ouvrir les yeux mais reste plongé dans l'obscurité. « Paul ! » dit Rose. Il l'entend, mais ne la voit pas. Affolé, il se redresse d'un bond sur le lit. « Où suis-je ? » s'écrie-t-il. Rose et son père le renseignent, Joséphine le rassure sur sa cécité en lui expliquant qu'elle est due à une enflure trop importante de ses paupières.

« Tes yeux ne peuvent être brûlés car ils étaient fermés quand les flammes t'ont léché la figure. Et puis, sois tranquille, ce n'est qu'une brûlure de premier degré. Il n'y paraîtra rien dans peu de temps. »

Paul respire mieux à présent. Il sait que ses yeux ne sont pas atteints puisqu'ils ont contemplé le ravage du feu. Il s'en souvient très bien. Il appelle Rose. Elle pose la main sur son bras tandis que Joséphine étale la pommade sur ses épaules.

« Comment te sens-tu ? demande la voix douce de la jeune femme.

– Ça va, mais reste là près de moi ; et mon père ? Ses mains ?

– Elles vont bien, répond Eugène lui-même, grâce à la pommade de Joséphine. T'en fais donc pas, mon garçon. »

Paul voudrait sourire. Ces mots l'ont rendu presque heureux. Et pourtant sa mémoire, complètement éveillée, lui rappelle qu'on l'a pris pour un meurtrier. Des larmes parviennent à sourdre aux coins de ses yeux et se mêlent à la pommade. Rose a compris.

« Allez Paul, tout le monde ici sait bien que ce n'est pas toi le coupable, tu sais bien qu'ils ne peuvent plus y croire puisque j'étais avec toi cet après-midi-là. Il n'y en a point de coupable. On va te soigner, on va arranger tout ce désordre, et la vie recommencera, plus belle parce que nous serons ensemble, Paul. »

Il tend sa main, Rose la presse dans les siennes. Il retrouve de la confiance dans sa douce voix, et cependant une plaie reste ouverte au fond de lui. Il voudrait tant voir la lumière, le visage de Rose et celui de son père. Le son de leur voix ne suffit pas à chasser le désarroi de son cœur et les sensations incohérentes qui se livrent bataille dans sa conscience. Mais tout est noir autour de lui. Et cette épaisse nuit le refoule dans sa torpeur, l'effraye, se faisant l'écran des dernières images livrées à son regard. Le feu ! Il songe à sa maison détruite, à ses bêtes, à son foin rentré seulement de l'après-midi. Ce bel après-midi, qui lui donnait confiance dans l'avenir. Comment vont-ils faire maintenant ? Où vont-ils loger ? Et le matériel ? Heureusement, les gros outils n'étaient pas rentrés. Ils pourront toujours s'arranger avec la grange d'en bas, celle où ils s'étaient abrités, Rose et lui ce jour maudit. Paul espère que le bâtiment annexe n'aura pas pris feu, le toit est plus bas que celui de la ferme et les flammes n'auront peut-être pas pu franchir le pignon.

Des coups à la porte des Petit, un remue-ménage dans la pièce à côté le tirent de ses réflexions. « C'est le docteur », dit Rose. En effet, monsieur Mounier fait son entrée dans la maison, précédé de Jules. D'ailleurs, c'est sa toute première apparition à Coste-Chaude bien qu'il soit installé depuis plus d'une année dans le gros bourg d'Aubreynac. C'est un jeune homme d'une trentaine d'années, grand et gros, à l'air emprunté. Mais il faut comprendre : ce n'est pas si souvent qu'on fait appel à sa science en ces villages reculés. Quelques-uns d'Aubreynac, et encore ! Ils préfèrent se fier à la rebouteuse. Ses premiers clients ne cessent d'en faire l'éloge à chacune de leurs consultations. Et devant lui, parbleu ! Tous les yeux se sont posés sur lui, comme sur une bête rare. Il avance jusque dans la chambre. Jules, lui, se range aux côtés des autres, après avoir jeté un coup d'œil, apercevant Rose tout près de Paul.

Des deux femmes au chevet du blessé, le docteur reconnaît tout de suite son ennemie jurée. Il considère cette petite bonne femme insignifiante avec une pointe d'envie et de dédain, celle à qui tous ces paysans accordent une confiance absolue, plutôt qu'à lui, vrai médecin. Elle le défie aussi, de ses petites prunelles noires. Pendant un furtif instant leurs regards se fixent avec une telle insistance qu'ils n'ont pas besoin de mots pour se comprendre. Cette entente muette qui vient de se nouer entre eux, leur donne à l'un et à l'autre une singulière impression de paix. Et curieusement, ils ne ressentent pas d'antipathie l'un envers l'autre, ainsi qu'ils l'avaient supposé, et bien au contraire, tout désir de se braver les a quittés.

Rose quitte la chambre cette fois, par égard pour Eugène, car le docteur fera peut-être un examen plus approfondi. Elle est plus rassurée maintenant, bien qu'elle ait hâte d'entendre son propre diagnostic. Dans la cuisine, presque tous sont assis. Comme ils ont les mines graves et les regards inquiets, elle leur répète les paroles de Joséphine. Dès lors ils poussent de grands soupirs. Étienne sert à boire. Rose rejoint Jules, resté un peu en retrait. Elle l'examine, lui trouve une expression dont elle ne peut saisir le sens : ses traits tirés ont pris on ne sait quoi de déplaisant qui lave ses charmes d'arrière-saison. Il ne la regarde pas, ses yeux sont fixés au mur. Leur éclat, que la lumière avive, rappelle à la jeune femme l'attraction qu'ils ont exercée sur elle et qu'elle ne perçoit plus. Elle est étonnée de le voir songeur, même pas curieux de la santé de Paul. Elle dit :

« Comment on a pu croire ça ? Paul ne se remettra pas de sitôt de cette accusation ! »

Mais Jules ne lui répond pas. Il songe, en effet. Il songe au dessein qu'il avait conçu et qui vient de s'effondrer. Il y a eu une lacune qu'il n'avait pas prévue et qui s'est révélée vendredi dernier, lorsque Rose a annoncé devant ses parents qu'elle était avec Paul Eyraud l'après-midi du drame. Dès lors plus rien ne tenait de ce qu'il avait échafaudé. Il avait négligé d'autres possibilités, trop emporté qu'il était par son besoin d'agir. Et pourtant, en partant pour sa promenade, le jour du drame, l'idée ne lui était-elle pas venue qu'elle pouvait aller le rencontrer ? Mais il n'y avait plus songé. Il était anéanti, brisé. Pauvre idiot, n'avait-il pas suffisamment vécu pour savoir que le destin entravait toujours les desseins des hommes !

Tout a commencé quand il les a aperçus dans la remise. Ce fut comme s'il avait reçu un coup terrible, et tout avait basculé en lui, en un instant : ses espoirs, ses projets, son bonheur, et même sa raison. Tout s'échappait, sauf l'amour qu'il éprouvait pour Rose, sauf la haine qu'il vouait à Paul. Une haine qui le guida et l'empêcha de se plier à sa raison. Il était si malheureux, si désespéré, si seul ! Elle aurait fini par l'aimer si Paul Eyraud ne s'était introduit dans leur existence. Ce dernier lui volait toutes ses chances, tout espoir de bonheur. Mais que pouvait-il faire, sinon accepter ce mauvais coup du sort ? Il ne pouvait y remédier. Et il avait beau réfléchir, rien ne se présentait qui puisse changer la situation. C'était abattu de chagrin, empli de rancune qu'il s'était presque résigné à l'évidence lorsque l'occasion de récupérer Rose se présenta très vite. Et ce fut par l'intermédiaire d'un fait malheureux, puisqu'il s'agissait de la mort de Marie, qu'il put élaborer son ignoble projet.

En effet, dans les villages on conversait, de-ci de-là, de la mort de la petite Marie Clément, on s'interrogeait sur la cause... Accident ou meurtre ? Mais quel était le coupable ? Sans nom on finit presque par oublier la crédibilité du crime. Les gens n'avaient que tristesse au cœur et fenaison en tête. C'est alors que l'idée avait jailli en son esprit : si Paul Eyraud était ce coupable ? Il avait étudié l'idée de fond en comble, en négligeant toutefois des éventualités, l'esprit trop troublé par la haine. Il ne songeait pas à ce mal qui menaçait Rose, même pas à celui qu'il supportait, si secrètement lié à celui qu'il allait commettre. Certes, il était tout entier habité par ce mal dont il ne savait plus faire la part ni la différence. Seul le désir de récupérer Rose comptait.

Paul Eyraud se présentait fort bien comme coupable. Tout se prêtait à ce qu'il en fût un parfait : le lieu qu'il habitait, proche de Saint-Quentin, son célibat, et de surcroît son absence le jour fatal. Il ne restait donc plus à Jules qu'à faire courir un nom, celui de cet homme qui avait ôté tout sens à sa vie. Ces gens, droits comme les sillons qu'ils traçaient dans leur terre, n'admettraient plus que le coupable coure la lande, la rumeur ferait son chemin de bouche à oreille. Elle irait dans les villages, descendrait jusqu'à Peyredeyre aux oreilles des gendarmes. Jules escomptait bien qu'Henri Clément irait lui-même dénoncer Paul Eyraud. Ce serait la prison. Rose lui reviendrait alors. Il lui faudrait un certain temps, certes, pour surmonter une telle déception mais elle y parviendrait. Son amour pour Paul se transformerait en répugnance. La seule pensée d'avoir aimé un meurtrier la jetterait dans le dégoût d'elle-même. Mais avec toute la finesse possible, il saurait l'en guérir, et elle daignerait enfin l'aimer, lui, Jules, ainsi qu'il l'avait rêvé. Si pour une raison quelconque, Paul Eyraud n'allait pas en prison, parce que les preuves contre lui n'étaient pas suffisantes par exemple, Rose ne s'en retournerait plus vers lui car un doute insidieux planerait toujours. Cette histoire ne serait bientôt plus qu'un souvenir.

Jules devait réaliser son dessein sans plus attendre, par quelque ruse bien trouvée. Le jour même où les parents de Rose montaient au domaine, au début de la fauchaison, il alla voir Étienne Petit, lequel n'avait point caché son penchant pour la jeune femme. Et tout en prêtant la main au ferblantier, il parla :

« Tout le monde se doute qu'il y a un salaud, mais personne ne serait capable de donner un nom ! »

L'autre cessa de manier sa faux et releva vers Jules un visage hébété.

« Encore faudrait-il qu'on sache qui c'est pour donner son nom ! Vous ne croyez pas, Jules ?

– Parce que tu ne le sais pas, toi, qui c'est ? Et les autres, tu crois qu'ils ne le savent pas ? »

Le pauvre Étienne passa sa main sur son front pour en essuyer la sueur qui coulait jusque dans ses yeux. Il sentait tout le mépris de l'écrivain posé sur lui mais il avait beau réfléchir, et avoir honte de sa stupidité, il ne voyait pas qui pouvait être le coupable.

« Non, je le sais pas moi, dit-il dans une grimace.

– Ah ! tu ne le vois pas ! Tu ne sais pas qui habite près de Saint-Quentin, tout seul, qui n'était pas là le soir du drame quand on est allé le chercher et que j'ai aperçu dans les bas-fonds des combes en allant aux Las... Alors, tu ne vois toujours pas mon pauvre Étienne ? »

Le ferblantier ouvrit démesurément les yeux et la bouche, sa respiration s'arrêta tandis qu'une subite illumination lui fit crier :

« Paul Eyraud, des Sources !

– Tout de même, s'exclama l'écrivain, tu vois bien que tu n'es pas si bête que tu le parais !

– Eh ben, eh ben », répétait Étienne en se frottant le menton. Il n'en croyait pas ses oreilles mais était déjà convaincu du méfait de Paul, pour la bonne raison qu'il ne voulait pas paraître ignare.

« Eh oui, et il court lui ! Si quelqu'un avait le courage de parler il irait en prison, dit Jules en fixant fortement son regard sur le ferblantier.

– Dites-le, vous, Jules.

– Ah mais, que dis-tu là ? Ce n'est pas à moi de parler, je ne suis pas du pays, ça ne me concerne pas, bientôt je quitterai les lieux, je suis un étranger, moi. »

Il réfléchit, plissant les yeux, et ajouta :

« Ce qui me gêne un peu c'est que si quelqu'un a enfin le courage de parler, Rose se retrouvera seule de nouveau. Tiens, tu vois, l'Étienne tu pourras essayer de lui faire ta cour. Mais ce n'est pas là le but, il faut faire acte de justice. »

Le ferblantier semblait méditer ces paroles avec beaucoup de concentration. Appuyé sur le manche de sa faux, il pinçait les lèvres entre ses dents, fixait l'herbe sous ses pieds. Il remua et comme il avait l'air de vouloir poser d'autres questions à Jules, celui-ci coupa court en disant :

« Je te l'ai dit, ce n'est pas à moi de dénoncer ce salaud mais quand on ne veut pas y aller franchement... et tu sais, je te comprends mon ami... on trouve toujours quelque langue à qui le confier, celle-ci le confie à une autre et ainsi de suite. Tu m'as saisi ? En tout cas ne parle pas de moi, quiconque peut te l'avoir dit. »

Et l'autre de faire un signe d'acquiescement. Ils avaient repris le travail, sans dire un mot de plus sur le propos. En fin de matinée Jules quittait le ferblantier avec la certitude que son plan tenait la route. L'autre ne tarderait pas à ébruiter la nouvelle, il cogiterait sur l'avantage qu'il aurait à tirer de l'arrestation de Paul : pouvoir conquérir Rose. Il n'avait, hélas, aucune chance de ce côté-là, pensait Jules. Ce dernier se frottait les mains en gagnant la maison du Long, approchant de cette femme qui lui avait fait perdre la tête. Cependant il se rendait compte à demi qu'il venait de vivre d'étranges instants, dédoublé de lui-même, partagé entre ce que lui commandait sa haine et ce que lui soufflait sa raison. Certes, il était tellement plus heureux maintenant, mais il y avait au fond de son être quelque chose qui clochait, qu'il ne pouvait exprimer et qui l'empêchait de savourer pleinement sa victoire. Dans des instants de lucidité il se rendait compte de sa folie, de sa lâcheté, de sa malfaisance mais l'idée de recevoir bientôt l'amour de Rose le ramenait à son délire.

Ce fut au moment où la jeune femme annonça qu'elle était avec Paul l'après-midi du drame, que tout s'effondra autour de lui. Combien il lui fut alors difficile de garder une contenance, de cacher son trouble. Il ne posséda bientôt plus la faculté de penser juste, ses idées se bousculaient. C'est alors qu'il décida son voyage à Paris, en plein milieu de la conversation. Si les événements se déroulaient pendant son absence ainsi qu'il les avait imaginés, il trouverait un moyen de reboucher la faille. Mais il savait déjà que rien ne se présenterait. De toute évidence c'était loupé pour lui, Paul avait un alibi. Et c'était Rose !

Son départ ne fut qu'un prétexte pour fuir, car il avait peur soudain. Et cette peur, qu'il ressentait avec confusion, était provoquée par l'idée qu'il assisterait à d'autres événements auxquels il ne pourrait faire face. Pourtant, dès le deuxième jour de son éloignement, elle avait fait place à une curiosité qui s'était émoussée au fil des heures. Et puis, bien que tout espoir de récupérer Rose fût mort, il ne pouvait se passer d'elle. Tout ce temps qui coulait loin de sa présence était de moins à partager. Il s'était mis à espérer que personne ne remonterait à la source de la rumeur. Alors il ne la perdrait pas complètement. Il était rentré au domaine plus tôt que prévu.

« Jules ? Jules ? Vous ne m'entendez pas ? »

Rose le secoue doucement par l'épaule. Il la regarde tandis qu'une vague de douleur déferle dans son cœur. Il a perdu la face. Rose voit passer sur son visage une ombre dont elle ne comprend pas le sens mais qui éveille en elle un doute, une sorte de menace. Elle plante son regard dans le sien, plonge dans des ténèbres où elle peut avancer, comme éclairée par quelque chose d'invisible mais de discernable. Elle a cette impression de braver un danger, qui plane sur tout ce qui régnait de bon entre eux. Car leurs regards s'affrontent à présent et se rejoignent en un point invisible, en ce point même de la perceptibilité de leur pensée. Elle tressaille dans ce moment d'intuition, découvrant en elle-même l'invasion bouleversante d'une certitude : celle que Jules n'est pas étranger à ce malheur. Elle demeure un instant figée, partagée entre ce discernement intime et le refus d'y croire. Des images viennent à son esprit que les écrits de Jules lui avaient fait combiner. Adèle et son bel amant... Le vieux contrebandier... Paul et Rose... Jules... Il y a entre les faits imaginaires et les vrais une analogie singulière que Rose ne peut s'expliquer. Et cette suite à laquelle elle avait songé... qui se définit par une sorte de vengeance, et que Jules laissait mûrir en son esprit pendant ces jours où il n'écrivait pas...

Rose se pince les lèvres. Leurs regards se concertent encore. Elle se dit que ses idées n'ont aucun sens, elle s'imagine n'importe quoi, Jules était absent et le nom de Paul circule de bouche en bouche depuis le matin seulement. Il ne peut donc être un des tenants de la rumeur, ni même le géniteur. Car c'est à cette conviction qu'elle vient de s'accrocher, elle s'en rend compte maintenant. Mais cela ne peut être. C'est une idée folle qu'il lui faut chasser de sa tête. Le regard de Jules est si étrange, ses traits tirés, et par quels stigmates sont-ils marqués ? Elle aimerait bien connaître les pensées qui lui absorbent tant le cerveau. Il dit enfin d'une voix abattue :

« Mais oui, je t'entends, Paul se remettra de tout ça, ne t'en fais pas. »

Il prend sa main et la tapote, sans se soucier de l'entourage. Une pensée se fait son plus cher désir : garder la tendresse de Rose. Certes, sa blessure est profonde, car elle ne lui appartiendra jamais. Il lui semble qu'on lui hache la poitrine à grands coups de lame. Mais il n'éprouve plus de remords face à l'écroulement de sa vile entreprise, c'est plutôt comme une sorte de délivrance, comme si un sang plus pur circulait en lui. Car si cette dernière avait abouti, les regrets ne l'auraient-ils pas assailli durant sa vie entière ? Il ne ressent plus cette cruauté qui l'avait habité, liée si profondément à son mal de cœur, mais un besoin de réparer le préjudice moral et physique porté aux Eyraud. Et à Rose. Il ne lui reste plus aussi qu'à espérer que sa faute ne sera pas mise au jour.

C'est à ce moment que le docteur revient dans la pièce. Il s'adresse à Rose, la prenant sans doute pour l'épouse de Paul, puisqu'il l'a aperçue à son chevet.

« Il s'en remettra avec des soins et du repos. Je crois qu'un petit séjour à l'hôpital serait bienvenu mais il ne veut pas y aller. Ses brûlures aux bras sont graves et il faudra du temps avant qu'elles ne se cicatrisent. Il n'en restera rien sur son visage. Toutefois la pommade de madame Petit me semble un remède efficace. La blessure à la tête n'a pas provoqué de grave traumatisme, ni de fracture. Il a le crâne dur. Et je dois encore reconnaître que le cataplasme de madame Petit a déjà fait diminuer la contusion de moitié. Par ailleurs il m'a assuré qu'il ne ressentait aucune douleur, ce qui m'étonne fort. »

Toute l'assemblée paraît soulagée par ses paroles. Étienne Petit propose un verre de vin au docteur qui l'accepte sans hésitation. Il regarde un à un ces visages burinés, marqués par les saisons, ces yeux rieurs d'où toute méfiance s'est enfuie. Mais quelque chose de louche lui échappe dans cette histoire de feu. Le père et le fils Eyraud n'ont que vaguement répondu à ses questions.

« Mais dites-moi, que s'est-il passé au juste ? Comment le feu a-t-il pris ?

– On sait pas, répond derechef Anastasie Sigaud, d'une voix ferme et tendant vers lui un visage des plus hermétiques.

– Le Paul aurait posé sa “tempête” près du foin, elle sera tombée, enchaîne Auguste Junier.

– Et avec cette sécheresse » ajoutent les autres.

Tous bons pour colporter les rumeurs mais quand il s'agit d'un secret touchant à leur honneur ! Pas question de délier les langues ! Le pauvre docteur devra s'en tenir à ces quelques paroles. Mais que lui importe, il a le bienheureux sentiment d'être enfin admis dans ce cercle de paysans, quelques-uns viendront peut-être à sa consultation. Il finit de boire son vin, s'apprête au départ. Rose lui demande :

« Et pour l'hôpital docteur, il faut l'y descendre ce soir ? »

Il la considère un instant, elle ne lui semble pas d'ici, quelque chose en elle dénote plus d'urbanité, sa longue tresse luisante peut-être, et sa jolie robe bleue.

Il répond :

« Oui, ce serait le mieux, mais si vous savez le convaincre d'y aller. On lui mettra des tulles gras et on le bandera. De toute façon il ne faut surtout pas qu'il s'expose au-dehors, ce serait plus raisonnable d'aller à l'hôpital quelque temps. »

Rose acquiesce d'un mouvement de la tête. Jules, qu'on n'avait pas entendu, se tourne brusquement sur lui-même.

« Et pour le paiement ? » demande-t-il.

Le médecin lui répond que monsieur Eyraud père viendra s'en acquitter ultérieurement. Il salue l'assemblée et franchit le seuil. Rose pose un œil interrogateur sur Jules, croyant qu'il le raccompagnerait. Il lui dit que le docteur était venu avec son propre véhicule. Gabriel Ménard, Auguste Junier, Étienne, Firmin et Mathieu Sigaud se mettent d'accord pour descendre aux Sources. Il faut aller vérifier la progression du feu et remiser le mobilier. Auguste s'adresse à Jules :

« Vous vous occupez du Paul, monsieur Jules ?

– Je vais le descendre à l'hôpital, avec Rose nous essayerons de le convaincre. »

Il fait un mouvement de tête, manière de leur dire qu'ils peuvent garder l'esprit tranquille. Mais les autres demeurent encore dans une attitude embarrassée, et comme s'ils étaient empêchés d'avancer par quelque grave réflexion.

Firmin lance :

« C'est que ça coûte l'hôpital ! Nous nous sommes concertés et vous direz aux Eyraud qu'on fera une collecte des villages. »

Pour toute réponse l'écrivain leur adresse un sourire. Son regard croise soudain celui d'Étienne et il demeure un instant paralysé. Son sourire se liquéfie. Il décèle dans les prunelles du ferblantier une sorte de dédain et une froideur qui en dit long. Cependant Jules n'abaisse pas les paupières, soutient ce regard hostile, laissant filtrer entre ses propres cils immobiles un message muet : « Tais-toi. » L'autre détourne les yeux et se dirige à grandes enjambées vers la porte, ses compagnons sur les talons.

Un silence tombe entre les femmes. On croirait qu'elles n'ont plus rien à se dire maintenant que les hommes sont partis. C'est un peu comme si cette absence soudaine leur avait enlevé de leur assurance, un peu comme si leur force les avait quittées. Et elles appuient sur Jules leurs regards inquiets. Elles seraient plus audacieuses si rien ne pesait sur leur conscience. Mais ce sont de braves femmes qui n'auraient pas grand-chose à se reprocher si l'écrivain n'avait pas déclenché leurs commérages. Le retour de Joséphine dans la pièce semble leur redonner de la maîtrise.

« Et le père ? demande Anastasie.

– Il peut rester chez moi, dit la rebouteuse, y a de la place.

– Il viendra au domaine, renchérit alors Rose, d'une voix ferme, vous avez toutes trop à faire en ce moment ; et puis Eugène est mon futur beau-père, il est normal qu'il vienne au Long. »

Elles vont toutes se regarder. Mais aucun étonnement ne se marque sur leurs traits. Anastasie s'approche de la jeune femme, un grand sourire posé sur sa bouche lippue.

« Vous faites plus de souci ma petite Rose, le Paul c'est un costaud, les choses s'arrangeront pour vous deux. Si vous allez le voir à l'hôpital, nous nous occuperons d'Eugène. »

Rose comprend : Auguste Junier a parlé. C'est bien. En de telles circonstances la nouvelle de sa relation avec Paul ne sera aucunement motif à ragots. Cette idée la réconforte, elle sent couler en elle un peu de confiance. En cet instant son plus gros souci est la santé de Paul, et le plus fort de ses désirs, son rétablissement. Elle pivote vers Jules.

« Faut descendre Paul maintenant, allons lui parler. »

L'écrivain se plie aussitôt à sa volonté. Il la devance, jambes lourdes, pour entrer dans la chambre où le père et le fils attendent. Il a le dos courbé, les épaules voûtées, le visage creusé. Il ne reste plus à cet homme qu'à racheter sa faute et à purifier son âme. Rien d'autre.

XI

Dénouement ou la lettre

ROSE VIENT DE S'ADOSSER à un tronc d'arbre dressé près de son endroit favori. Elle a fait le tour du parc, marché dans les allées et rasé la muraille où l'herbe s'est couchée, battue par l'averse. Des bois morts, des feuilles, des pétales, des chatons de marronniers, des samares d'érables jonchent partout le sol. Dans le verger, les vieilles branches déjà porteuses de fruits ont craqué sous la violence de la pluie. Les cerises sont tombées comme une grêle rouge. Certains arbres sont même si effeuillés qu'on dirait que l'automne a passé une main précoce sur eux. Et cependant, chaque végétal, ranimé par l'eau, répand dans l'air son parfum d'été, le plus violent et le plus délicieux. Il suffira d'une heure de soleil pour que les plus solides fleurs se rehaussent de leur éclat.

Dans le clos il est un silence encore lourd, tombé après le déluge et habité d'une brise légère qui sèche l'humidité de l'air. Des oiseaux se répondent d'un feuillage à l'autre dans une timidité insolite. Il semble qu'ils attendent la véritable apparition du soleil pour criailler et battre de l'aile. Le voici qui s'élève sur Coste-Chaude. Ses rayons glissent de la colline vers les fonds, poussent les ombres, les ensevelissent sous la sylve d'où ne monte aucune rumeur.

Rose contemple l'immense paysage entre deux fûts de hêtres. Devant elle : la sente étirée sous des ponts de feuillages, la colline tout entachée par des coulées de roche noire et quelques vapeurs crayeuses. Les trouées du fond de Long découvrent un haut de vallée, un arrière-pays de bocages et de sources. Des murs de pierres claires délimitent de petites cultures inclinées qui s'effondrent en bas de la pente dans une vibration continue de l'air, coulent dans des ravines noyées de soleil. Par-delà, l'horizon s'étend en une ligne immobile, faisant un arrière-plan de creux et de bosses, les unes emplies par les villages, les autres rehaussées par clochers et donjons. Il y a sur le paysage quelque chose d'irréel et de resplendissant que l'averse a jeté. Peut-être ces gouttelettes que le jour n'a pas encore absorbées et qui scintillent comme de l'or dans l'entrelacs des frondaisons.

Rose met la main devant ses yeux pour regarder le ciel. Il est lavé de tout nuage. Seul un réseau de brumes claires se prête au jeu malicieux de brises contraires et s'estompe doucement. Tôt ce matin il était tendu d'une épaisse cotonnade que le jour ne parvenait pas à pénétrer. La petite pluie, tombée pendant quarante-huit heures, avait cessé. On aurait dit que le temps s'était suspendu, que la nature, haletant doucement dans un silence obscur, attendait qu'il reprenne sa mesure. Il y eut un premier coup de vent, puis un éclair. Un deuxième illumina le horst tout entier. Il fut suivi presque aussitôt d'un violent coup de tonnerre qui se répercuta dans la colline et roula au fond de la vallée. Le ciel creva, les bourrasques s'abattirent sur la campagne avec une telle force qu'on pouvait penser qu'elle-même était en proie à une furie. Tout son mouvement semblait naître de ses racines. Elle exécutait une danse frénétique, emportée par les déchaînements, dans le balancement ample des hauts fûts et le ploiement de l'herbe. Puis la tempête s'arrêta aussi soudainement qu'elle avait commencé. La campagne reprit sa respiration dans des allures toutes féminines, remettant en ordre ses plus beaux ornements. Les vents se transformèrent en brises légères qui gommèrent la noirceur du ciel.

À présent, cet immense espace éthéré exprime une promesse de beau temps. Une bouffée brusque soulève l'odeur des terres humides, promène les arômes du jardin. Une présence invisible passe près de la muraille, agite les longues grappes de chélidoine aux bords de ses lézardes, disparaît dans les eaux du Long. Le ruisseau renaissant bouillonne, se hausse contre ses rives dans un tumulte d'écume blanche. Il se rue dans la combe avec des bondissements de joie. Les dernières pluies lui ont redonné vie, et l'averse, toute sa récente vigueur. Rose soupire, un léger sourire effleure ses lèvres tandis que son regard plonge au fond des eaux vives. Ces deux derniers jours lui ont paru longs, et la tristesse du temps ajoutait à ses heures languides. Pas un instant ne s'est écoulé sans qu'elle n'ait songé à Paul, c'est seulement à travers de fugaces images qu'elle a revécu les tristes épisodes qui ont suivi la nuit de l'incendie. Là, dans l'attente du retour de l'homme aimé, dans la sérénité de cette matinée éclairée, alors que ses pensées devraient être toutes à son bonheur, les événements derniers renaissent et défilent dans toute leur intégralité sur le courant de l'eau…

*

* *

Rose avait dû faire montre d'une grande persévérance pour que Paul consentît enfin à être hospitalisé. Son père, Jules et Joséphine s'étaient alliés à la jeune femme pour le convaincre. Elle voulait l'accompagner mais Paul l'en avait dissuadée. Il lui avait dit que les sœurs infirmières refuseraient sa présence et qu'elle serait venue pour rien. Il lui demanda de s'occuper d'Eugène, lequel accepta de séjourner au domaine pendant quelque temps. Quand l'auto de Jules disparut dans les ténèbres, emportant Paul, une douloureuse mélancolie se glissa en Rose. Mais elle avait décidé d'aller le voir dès le lendemain, elle ferait à pied la distance de Coste-Chaude à Aubreynac pour prendre le car si Jules ne lui proposait pas de l'emmener.

Elle installa donc Eugène dans la petite chambre du bas, celle qui touche à la salle d'eau et où couchait oncle Charles autrefois. Elle est agréable, le lit confortable, le mur blanc et éclairé par les premiers rayons de soleil. Le vieil homme ne voulut pas se coucher avant le retour de l'écrivain et ils se tinrent compagnie, chassant leur inquiétude mutuelle en conversant longuement du passé. Eugène parla des siens, elle évoqua sa vie avec Gérard. Ils essayaient de ne pas aborder le drame, comme si dans une entente réciproque ils voulaient déjà commencer à l'oublier, mais quelque parole fit dévier la conversation sur lui. « Se retrouver sans rien, d'un seul coup, dit Eugène, qu'est-ce qu'on va faire, où qu'on va se loger ? » Il regardait le chien Finaud couché à ses pieds. Ce fut alors qu'une idée naquit brusquement dans l'esprit de Rose. Tandis que son voisin se lamentait doucement, elle l'analysa de fond en comble, et y trouva au cœur même quelque ingéniosité. Il suffisait de l'accord du vieil homme et de Paul pour voir la concrétisation de son dessein.

« Et si vous restiez au domaine ? s'exclama-t-elle.

– Que veux-tu dire, petite ? demanda le vieux en posant sur elle un regard sceptique, comme s'il avait saisi sa pensée mais ne voulait pas y croire.

– Paul peut s'installer ici, il y a tout : l'étable, la grange, les bâtiments pour du matériel, l'espace... Vos terres sont toutes proches et nous pouvons en acquérir d'autres. C'était une ferme ici autrefois, mes ancêtres y ont bien fait leurs affaires. »

Elle ouvrait sur lui ses grands yeux vert-de-gris sans un battement de cils. Ils étaient pleins de brillance, d'aspiration, d'exaltation même. Tout lui semblait couler de source, évident, tellement réalisable. Mais pour toute réponse Eugène secouait la tête de droite et de gauche dans un signe négatif. Sa lèvre inférieure remontant sur la lèvre supérieure, apportait à son visage un air navré.

« Pourquoi non ? » s'écria Rose.

Il réfléchit un instant avant de dire :

« Hum... Faut voir, faut voir... Pour le Paul, peut-être, ce serait mieux ici, mais moi... Les Sources c'est chez moi et il me faut rebâtir ma maison, et...

– Allons, l'interrompit-elle, vous savez bien, Eugène, qu'on vous gardera avec nous. On aurait bien été ensemble aux Sources ! Vous savez bien que mon idée est bonne, qu'elle est réalisable, qu'il ne manquerait qu'à convaincre Paul. J'aime bien l'endroit, j'étais toute prête à aller y habiter, avec vous deux, mais maintenant tout est changé. Ici, au domaine, Paul peut s'agrandir, tout l'attend, tout est déjà prêt pour une continuation, c'était le vœu d'oncle Charles, Paul pourra même remettre la forge en route, de quoi réparer son propre matériel.

– Et c'était le mien de voir le fils aux Sources », souffle Eugène.

Un sentiment indéfinissable se glissait dans son cœur, lui faisait mal. Étaient-ce des regrets ? Il avait tellement redouté le départ de Paul pour la ville autrefois, de peur de voir sa ferme abandonnée. Cependant n'avait-il pas songé tantôt que le domaine du Long était un lieu plus amène que celui des Sources, plus riche aussi... et maintenant qu'il ne restait rien de sa propre demeure, l'idée de Rose n'était-elle pas tout simplement propice ?

Certes les Sources demeuraient chères à son cœur parce qu'il y avait vécu, sa douleur était grande de savoir la bâtisse brûlée mais il fallait songer à l'avenir de Paul, celui de sa future épouse, et aux enfants à venir. Il toussota, comme pour chasser de sa gorge une grosse boule de tristesse, regarda Rose qui était restée morne, sans réponse. Il reprit :

« Ce serait pas une mauvaise idée, il faudra payer l'hôpital et y aura pas assez d'argent pour payer la reconstruction.

– Pour l'hôpital, on s'arrangera, dit Rose, j'ai quelques économies. Alors, Eugène, vous convaincrez Paul ?

– Je vais bien le tenter, mais moi... »

Rose aux Sources, la situation était différente car il restait maître chez lui. Il craignait de ressentir l'impression de gêner, de n'avoir plus les mêmes dispositions ni la façon d'agir comme bon lui semblerait. Il eut envie de lui confier ses tourments. Mais il n'osa pas. Comme si la jeune femme lisait dans ses pensées, elle dit :

« Vous m'ouvriez grande votre porte, Eugène, et j'étais sûre de me sentir bien chez vous. Je vous ouvre la mienne maintenant et je souhaite que vous vous y sentiez bien aussi. Les sœurs de Paul, leurs maris et leurs enfants seront toujours bien accueillis, vous ferez ici ce que vous faisiez aux Sources... Que puis-je vous dire de plus ?

– Rien, Rose, tes paroles me donnent chaud au cœur, tu es une brave femme... Tu sais, les filles ne viennent plus si souvent. Mais c'est à Paul de prendre la décision. Ce sera dur pour lui car le domaine t'appartient, il ne voudra pas se sentir obligé.

– Il lui appartiendra tout autant puisque nous nous marierons et qu'il en dirigera la marche. Quant aux Sources, un de vos petits-enfants pourrait un jour y rebâtir, on ne sait pas ce que réserve l'avenir. »

Le vieil homme acquiesçait d'un mouvement de la tête. Il avait l'air plus tranquille, sa bouche esquissait un sourire, son regard était plus limpide. Les douze coups de minuit sonnèrent à l'horloge. Au dernier, alors qu'ils avaient vu la lumière briller à la fenêtre en remontant des Sources, les Sigaud et Étienne Petit frappèrent à la porte du domaine. Ils remirent deux boîtes en fer au vieil homme, l'une contenant ses papiers et l'autre ses économies. Ils dirent qu'ils avaient remisé le mobilier, trait les vaches et laissé Duchesse dans la prairie du Long. Ils avaient ramené les bidons de lait et les avaient plongés dans l'ancien abreuvoir. Rose pourrait tirer la crème pour le beurre. Quant à la traite des bêtes, chaque homme des villages la ferait à tour de rôle.

Puis ils racontèrent ce qu'ils avaient vu aux Sources. Le feu s'était étouffé sans avoir franchi le toit du bâtiment annexe et les dernières matières combustibles s'étaient réduites à un tas de cendres rougeoyantes entre les murs de l'habitation et ceux de l'étable. Eugène récupéra une larme au coin de son œil. Il poussa un long soupir. Comme il s'inquiétait pour la fenaison ils annoncèrent que tous s'y emploieraient dès le lendemain. Ils faucheraient et rentreraient le foin. Le vieil homme, tournant un regard triste mais complice vers Rose, demanda qu'on le mît dans la grange du domaine. La jeune femme offrit une tournée de vin frais. Elle était accablée par la fatigue et la chaleur n'arrangeait rien. Les hommes, en bras de chemise, également flapis, s'assirent un instant et se désaltérèrent avec un plaisir évident. À la lumière de la lampe, leurs visages luisaient de sueur. Le père Sigaud en était tout trempé, elle ruisselait sur son front, dégoulinait le long de ses joues, gouttait sur sa poitrine, entre la chemise ouverte. Une odeur rance se répandait dans la cuisine et s'intensifiait. Mais Rose ne pouvait ouvrir la croisée à cause des mouches et des moustiques qui se seraient agglutinés sur les poutres du plafond. Chacun, d'un revers de bras, essuyait machinalement cette sueur du front et du dessus de la lèvre. Les clappements de langues, les ingurgitations et les froissements de tissus meublèrent bientôt le silence. On n'osait parler de Paul.

Les hommes s'apprêtaient à regagner leurs foyers respectifs quand Jules Chometon arriva. Tout le monde s'empressa alors de quémander des nouvelles du jeune paysan : la sœur infirmière avait bandé ses brûlures, elle rouspétait contre la rebouteuse et ne croyait pas que sa pommade eût un effet si prodigieux. Certes, ces roubiaques étaient totalement opposées aux médecines parallèles. Paul souffrait mais pas autant qu'on pouvait le supposer. La conversation revint ensuite au drame. Le père et le fils Sigaud avaient le verbe haut. Le ferblantier, lui, se taisait. La tête rentrée dans les épaules, il écoutait, et de temps à autre son regard heurtait celui de l'écrivain.

« On trouvera bien le salaud qui a lancé cette rumeur, vociférait Mathieu, tout se sait dans nos villages tôt ou tard.

– Je le secouerai moi, renchérissait le père, je lui ferai cracher le pourquoi. Quand il sera passé entre nos mains, je vous le dis, père Eyraud, il sera pas beau à regarder. La honte le poussera à se cacher dans les combes. »

Les voix des deux hommes vibraient, lourdes d'agressivité mais une autre, plus modérée, se fit entendre, dont la tonalité donnait aux mots un sens profond plein de menace.

« Celui-là ferait mieux de se dénoncer », dit Étienne.

Le ferblantier soutenait le regard de Jules et cette fois ce fut lui qui baissa les paupières le premier.

« Nous sommes tous fautifs, ajouta le père Sigaud, ça nous fera une belle leçon, mais on croyait pas faire mal... On se rachètera. Mais c'est sûr, le véritable coupable, c'est celui qui a donné le nom de Paul. »

Enfin ils quittèrent le domaine du Long. Rose, occupée par l'installation d'Eugène, ne fit pas attention à l'attitude de Jules, elle ne vit pas son regard malheureux posé fixement sur elle. Elle ne remarqua pas son port relâché, son visage contracté sur lequel les rides se creusaient. Tout dans sa physionomie avait changé. Les années s'étaient marquées en quelques heures. Elle ne songea même pas à lui demander de la conduire à l'hôpital le lendemain. Jules ne tarda pas à dire bonsoir, il gagna l'étage et entra dans le bureau.

Rose ne parvenait pas à trouver le sommeil cette nuit-là malgré sa fatigue. Elle ressentait une douloureuse contracture de ses muscles, dans les bras et le bas du dos. Les piqûres du foin sur ses mollets étaient devenues plus sensibles dans l'absence de mouvements et ses pieds brûlants lui faisaient endurer une véritable torture. Elle s'agitait dans son lit, changeant de position afin de chasser ces maux, tout en se remémorant les tristes événements de la soirée. Elle compta les heures qui sonnaient à l'horloge, lasse de la longueur du temps et de la touffeur de la nuit. De chauds effluves entraient par la fenêtre ouverte sans amener un peu d'air frais. Vers les cinq heures elle entendit le grincement de la porte du bureau, des pas feutrés, et le bruit d'un loquet qu'on tournait à l'autre bout du couloir. Devinant que l'écrivain ne s'était pas couché de la nuit elle se demanda ce qu'il avait bien pu faire et se dit : « Il écrivait peut-être. » Elle se rappela l'abominable pensée qu'elle avait eue de le croire responsable du malheur des Eyraud. Quel pouvait bien être celui ou celle qui avait accusé Paul d'un tel acte, et pour quelle raison ? Mais son esprit s'embruma et le sommeil l'emporta enfin. Elle retrouva Paul dans un rêve court.

Elle s'éveilla brusquement alors que la lumière du jour n'avait pas encore toute son intensité. Elle avait perçu un bruit, comme un ronflement de moteur, qu'elle crut avoir rêvé. Elle se leva, regarda par la fente du volet. Elle ne vit rien d'autre que le tableau habituel. Les premières lueurs du soleil se posaient sur l'allée, rosissaient les pierres, allongeaient des ombres bleues sous les arbres. Rose eut envie de se remettre au lit, elle ressentait encore sa fatigue et la contraction de ses muscles. Son sommeil avait été de trop courte durée. Mais elle se rappela le travail qui l'attendait ce matin et la pensée de voir Paul l'après-midi lui donna du courage. « Pourvu qu'il n'ait pas trop souffert cette nuit », se dit-elle. Elle s'habilla avec des gestes rapides, glissa les pieds dans ses mules, ouvrit fenêtre et volets. Elle aspira un grand bol d'air, lequel avait fraîchi avec la rosée matinale, ce qui lui fit oublier complètement sa mauvaise nuit.

Après avoir tiré le drap au fond du lit, elle s'apprêtait à sortir de la chambre quand son regard fut soudain attiré par une enveloppe glissée sous la porte. Surprise, elle se pencha et s'en saisit. Dans l'inscription de son nom elle reconnut l'écriture de Jules. Elle l'ouvrit avec des gestes fébriles, découvrit un feuillet noirci à l'encre noire. Elle le déplia tandis qu'une certitude intérieure lui en faisait redouter la lecture. Ainsi :

C'est après une courte, mais profonde méditation que je t'écris cette lettre. Dans le calme de cette pièce, où nous avons travaillé ensemble si souvent, la lumière a jailli en mon esprit, elle a rangé mes pensées, lesquelles étaient encore si désordonnées ce matin. Aucune autre solution ne s'ouvre devant moi que celle d'avouer mon impardonnable faute. Et je vois dans cet aveu mon unique réconfort. Il n'est d'autre coupable, Rose, aux tristes événements que nous avons vécus et qui bouleversent cette belle contrée, que moi-même. Ils sont le fruit d'un seul être, qui ne mérite que mépris et injures. C'est moi qui ai lancé cet infâme bruit que Paul était le meurtrier de Marie Clément. Si tu savais la profondeur de ma douleur ! J'ai agi dans la seule intention d'éloigner Paul de toi car j'ai eu le malheur de t'aimer, Rose, et de nourrir de fols espoirs. Comment ai-je pu déraper dans les chemins de l'impossible à mon âge ! Je n'ai pu me résigner au refus de ton amour et à l'effondrement de ces espoirs, ni accepter le poids de mes années. Alors la folie s'est emparée de moi, me guidant dans cet acte méprisable, me volant toute pensée raisonnable. J'ai jalousé le bonheur de Paul de t'avoir toute à lui, j'ai envié sa jeunesse. Les événements se sont prêtés à mon idée indigne et c'est par l'intermédiaire d'un autre drame que j'ai provoqué celui-ci. En dénonçant Paul comme l'assassin de Marie, la veille de mon départ, j'ai cru que je pourrais t'avoir complètement à moi. Ah ! si tu savais les remords qui m'ont assailli pendant mon séjour ! À mon retour, quand j'ai vu que les choses ne se déroulaient pas comme je les avais pressenties je n'ai pensé qu'à une chose : ne pas être découvert comme l'auteur de la rumeur, car au moins je pouvais rester ton ami. Cependant j'ai vite compris que cela serait impossible. Je savais aussi que le ferblantier, à qui j'ai donné le nom de Paul, parlerait tôt ou tard. Je pars, Rose, en emportant les regrets de m'être abîmé dans le Mal et la douleur de t'avoir perdue. Pardon...

Ce n'est pas suffisant pour me racheter mais tu recevras un mandat pour les frais d'hôpital et la réfection de la maison des Sources. J'ai détruit le manuscrit, il ne pouvait devenir une œuvre achevée. Pardonnez-moi encore. Sois heureuse, Rose, ta vie entière.

Rose demeura un instant immobile, le feuillet tremblant dans sa main. Elle avait le souffle coupé. Elle retourna lentement vers le lit, s'assit, laissa glisser la lettre sur le drap. Elle sentait remonter en elle cette colère qui l'avait assaillie si souvent. Des larmes sourdaient au coin de ses yeux. Jules, responsable de tout ce malheur ! Il avait cherché une fin à son roman... en vain... et il en avait trouvé une pour la réalité. Ah ! le misérable ! Comme elle aurait voulu qu'il fût à ses côtés pour lui jeter tout son dégoût au visage, son venin, et des mots qui l'auraient atteint plus profondément que ses regrets. Mais il avait fui, le lâche ! comme c'était facile d'écrire une lettre et de fuir !d'écrire ce qu'il n'avait pas su dire ! combien elle s'était trompée sur lui ! Et cependant elle avait eu ce doute qu'il pût être l'instigateur de cette odieuse entreprise. Mais elle l'avait refoulé, bien trop sûre de sa droiture et parce qu'elle ignorait que le ferblantier avait attendu trois jours avant de parler. Elle ne s'était pas trompée.

Longtemps sa colère la remua ; elle se mit debout, tourna en rond, les yeux injectés de sang, parlant à mi-voix. Elle relut la lettre, haussa les épaules. À travers les mots inscrits par Jules elle soupçonna la grandeur de son chagrin. Il aurait pu l'exprimer, car il en avait l'art, par de longues phrases, maintes paroles bien appropriées, mais il s'en était abstenu. Certes, il souffrait… Toute cette souffrance suait dans ses mots. Elle en éprouva furtivement une sensation de joie abominable. Elle relut encore la lettre, deux ou trois fois, et sa colère tomba peu à peu. Elle eut même pitié de lui, mais toute tendresse était effacée. Des souvenirs remontaient à sa mémoire qu'elle essayait de repousser. Une foule de sentiments contradictoires l'assaillirent pendant de longs instants.

Elle se rappela le jour où elle l'avait rencontré et les mois qui avaient suivi pendant lesquels son affection s'était affermie. Ils étaient pleins d'un trouble indéfinissable. Elle ne se sentait plus seule et les liens qui la rattachaient au passé cédaient peu à peu. Au bureau, elle ne pouvait plus fixer son attention sur son travail, l'image de Jules s'interposait entre les pages et ses yeux. Le jour où il l'avait conviée au domaine, elle avait ressenti comme une ivresse la liberté de pouvoir s'aventurer dans sa propre vie. Et malgré l'isolement de la propriété du Long, elle se sentait revivre.

Elle se rappela leurs longues promenades dans le parc, les repas qu'ils prolongeaient par plaisir en cassant noix et noisettes cueillies à l'automne. Les craquements des coquilles se mêlaient aux crépitements du feu et tout en mangeant les fruits secs ils regardaient les flammes danser dans l'âtre. Ces moments de silence, propices à la rêverie, étaient peut-être bien les plus beaux qu'elle avait passés près de lui. Puis ils montaient au bureau et l'on n'entendait plus que le cliquetis de la machine à écrire et le froissement des pages. Pendant les grands froids, quand la bise sifflait dans les fentes des volets, ils s'installaient dans la cuisine et, de temps à autre, le croulement d'une bûche ou le chuintement de la flamme les distrayait un peu de leur travail. Au cours des premiers mois elle avait eu des moments de tristesse résurgente mais il savait toujours l'en extirper par quelque moyen subtil. Il lui avait redonné le goût de rire. Ce qu'elle ressentait pour lui à cette époque n'était en rien ressemblant à ce qu'elle avait éprouvé autrefois mais elle se sentait attirée par une chaleur nouvelle. Pourtant elle ne l'avait pas aimé, sa reconnaissance dépassait tout autre sentiment. C'est après qu'elle avait soupçonné son amour mais elle en avait négligé la vraie nature s'accrochant encore à lui comme à une bouée de sauvetage. Et elle l'avait rejeté le jour où Paul était arrivé ! Alors n'était-elle pas en cause, elle aussi, dans la folie de Jules ? Était-ce à partir de là qu'elle était devenue Adèle, l'héroïne de son roman ? Hélas, elle n'était que l'héroïne d'une histoire sans lendemain et il avait fallu qu'un drame se noue pour que le fil en soit brusquement coupé.

Rose ne ressentait plus qu'une extrême lassitude. Elle relut : *Pardonnez-moi*. Paul pardonncrait-il à l'écrivain ? Et le père ? Quant à elle ! Une petite voix intérieure lui soufflait qu'elle ne pourrait vivre dans la rancune. Mais qu'importait ce pardon puisque Jules n'était plus là pour qu'on le lui accorde ! Une autre pensée lui vint à l'esprit : comment allait-elle procéder pour que Paul retrouve son honneur aux yeux de la population, ainsi qu'elle s'en était fait la promesse ? Car tous l'avaient sali en colportant les ragots et justice ne lui serait rendue que lorsqu'ils lui auraient fait leurs excuses. Certes les gens parleraient, les paroles du petit Antoine seraient répétées et on aurait la preuve que Paul était innocent de la mort de Marie... On voudrait savoir quel était celui qui avait si injustement donné le nom de Paul. Mais pourrait-elle le dénoncer sciemment ? Pourrait-elle dire : « C'est Jules Chometon, l'homme qui vivait sous mon toit » ? Et puis, c'eût été à lui de s'accuser verbalement ! hélas, il avait fui !

Elle soupira, enferma son visage dans ses mains ; elle était encore si bouleversée par la révélation de Jules qu'elle ne parvenait pas à réfléchir correctement. Pourtant elle sut qu'elle n'avait plus qu'une chose à faire : aller trouver Étienne Petit et le sommer de dire la vérité car il était en grande partie coupable de la tragédie. Chacun ferait son mea culpa et ces ouailles de Dieu réfléchiraient à deux fois avant de parler sans savoir. Ils ne se laisseraient sans doute pas emporter de sitôt sur le chemin du péché, car c'en était un de diffamer des innocents.

Quand elle eut mis Eugène au courant du contenu de la lettre, il se proposa d'aller lui-même invectiver le ferblantier, considérant qu'il dédommagerait moralement son fils par cette action. Il ne prononça pas un mot sur Jules mais sa haine envers lui se reflétait dans ses pâles prunelles. Il ne dit rien, eu égard à Rose qui avait donné son affection à l'écrivain, cependant il avait bien deviné les raisons d'agir de ce dernier. Rose ne sut rien à son tour de la scène qui s'était déroulée entre le ferblantier et lui. Il était revenu une demi-heure après, le regard étincelant, et avait clamé, la voix haute : « Ah ! mais, savoir ! je te le dis, Rose, j'ai redressé la situation moi ! Avant ce midi, tous ceux de Coste-Chaude, des Las et d'Aubreynac sauront la vérité. » Il s'était penché à la fenêtre et hurlait presque : « Regarde-le, cette andouille d'Étienne, il file déjà chez les Sigaud. » En effet, un petit homme, replié sur lui-même, la tête cachée sous sa casquette, rasait la muraille. Rose ne dit rien mais une joie mijotait en elle.

Elle soigna les mains du vieil homme, étala sur les brûlures une épaisse couche de la pommade que Joséphine lui avait remise la veille, puis elle replaça les pansements. Elle s'affaira ensuite à l'écrémage du lait, et tandis qu'Eugène était allé voir Duchesse dans le pré, elle songeait à Paul. Elle se demandait comment elle monterait jusqu'à Aubreynac quand Anastasie

Sigaud arriva et lui dit que Mathieu l'y conduirait d'un coup de carriole. Ainsi le problème était réglé, pourtant la jeune femme n'aurait pas hésité à faire la route à pied. Elle conseilla à Eugène de rester tranquillement au domaine car il était manifeste que le vieil homme n'était pas encore remis de cette épreuve et que la fatigue lui tenait encore au corps. « Vous vous reposerez », dit-elle. Mais elle savait qu'il irait faire son tour aux Sources pour vérifier si ses poules et ses lapins avaient eu de quoi se nourrir. Et il y avait le porc ! Une bête devenue trop gourmande à force d'être gavée d'une alimentation de premier choix et de pommes talées qu'Eugène jetait dans la soue chaque jour. Mais le vieux paysan prendrait aussi le temps de réfléchir à sa proposition.

Elle trouva Paul endurant de grandes souffrances. Un docteur l'avait examiné et avait signalé que son état n'était pas aussi critique qu'on l'avait cru. Les brûlures des bras n'étaient que du deuxième degré, heureusement, car si elles avaient été plus profondes Paul aurait été transporté à Lyon. Son visage était moins congestionné que la veille mais ses paupières, encore trop enflées, l'empêchaient de voir. Il avait recouvré tous ses esprits pour ne ressentir que l'impérieux désir de quitter bientôt cette chambre d'hôpital où il avait l'impression d'étouffer.

Rose ne tarda pas à lui raconter la suite des événements. Il l'écouta sans l'interrompre. Par moments, les doigts de sa main gauche, épargnés par les flammes, et que Rose enserrait dans les siens, frémissaient sous le sens des paroles. Elle n'omit rien et il égrena même un petit rire lorsqu'elle raconta la visite de son père chez le ferblantier. « Tu verras, Paul, que tous viendront te faire leurs excuses quand tu seras rentré », disait-elle. Mais il ne répondait pas, serrant seulement un peu plus fort ses doigts. Elle devinait ses pensées et son tourment de ne pas savoir où loger. Mais elle n'osait aborder le sujet. Au bout d'un moment, il dit :

« Au fond, c'est bien pour nous Rose, car maintenant ils savent tout en ce qui nous concerne. Et comme le Jules est parti ils n'auront pas à papoter. »

Elle lui parla alors de son idée, d'une voix persuasive et parfois presque implorante, répétant :

« J'aime bien les Sources, tu sais, mais maintenant... Le domaine est pour toi, Paul, tu y feras du bon travail, nous serons heureux.

– Et le père t'a dit qu'il serait content qu'on s'installe au domaine ?

– Oui, il est d'accord, même s'il a grande peine pour les Sources, il pense que nous serions mieux au Long, et moi aussi Paul. »

Il se tut de longues minutes, réfléchissant au projet avec un grand discernement. Il songeait à Rose qui aimait tant le domaine et à son père pour qui la ferme des Sources était autrefois tout pour lui. Pourtant, depuis que la mère était morte, celui-ci regrettait son éloignement. Parfois il disait : « Si nous avions été plus près des villages elle aurait été plus heureuse. » Ses paroles martelaient le cerveau du jeune paysan et, dans l'obscurité dans laquelle il vivait, il put conclure clairement que Rose vieillirait elle aussi un jour, et il ne voulait pas qu'elle ait les mêmes regrets que la mère. Son père avait sûrement réfléchi lui aussi à tout cela. Paul se dit que la justesse était dans son esprit. Les vieilles gens, parce qu'elles ont vécu, se trompent rarement, elles possèdent la voix de la sagesse.

Alors Paul dit à Rose :

« Oui, je crois que c'est une bonne idée. Étienne Petit possède pas mal de terres autour du domaine et je pense qu'il les cédera sans grande difficulté. Mais je veux les payer de mon argent, Rose, ainsi que les réfections que j'apporterai à l'étable. J'agrandirai le cheptel et après...

– Après nous serons à égalité, l'interrompit-elle, si tu veux qu'il en soit ainsi. Après nous serons mariés et notre bien sera unique, à une même famille, et il reviendra à nos enfants. »

Ils parlèrent longuement de leur avenir, se touchant par le bout des doigts, incapables de se séparer. Mais le temps coulait à grande vitesse et le moment arriva où elle dut s'en aller pour ne pas rater le car. Passant dans le couloir elle vit la sœur directrice et l'aborda car elle s'inquiétait pour les yeux de Paul et pour la longueur de son séjour entre ces murs gris où l'air était corrompu par des odeurs d'éther et d'huile rance. Et la sœur de répondre, riant : « Oh ! c'est pas un homme à rester dedans ! Demain il aura peut-être recouvré la vue et dans huit jours il nous aura quittés. Vous le soignerez chez vous, ma fille ! » Rose s'en alla, comme ivre de son bonheur.

Les premiers jours passèrent lentement dans la chaleur de l'été. L'attente pour Rose était tolérable. Le travail était accompli par l'effort de tous. La fenaison se poursuivait et la grange regorgeait déjà de foin avant l'arrivée de la pluie. Il ne passait pas un matin ou un après-midi sans que des personnes ne vinssent au domaine faire une petite visite, demander des nouvelles, chercher les produits pour le laitier ou apporter quelque nourriture. Victorien Chanal, conseiller municipal, se présenta quatre jours après le drame, voulant en savoir un peu plus sur les causes de l'incendie mais tout le monde affirmait mordicus que le feu s'était déclaré accidentellement. Le pauvre homme repartit du domaine sans insister, riant toutefois dans sa barbe, car il avait eu lui aussi vent de la rumeur, il se doutait bien que ce déplorable accident avait un lien avec celle-ci. Il s'arrêta dans quelques foyers mais n'en apprit pas davantage. Ce jour-là il était presque fier de la solidarité de ces paysans qui pour la première fois ne s'en remettaient pas à lui.

Rose sut par la bouche de ses voisines, presque devenues encombrantes, que le curé Dumas avait, du haut de sa chaire, et dans un prêche éloquent, mis en garde ses fidèles contre les démons de la rumeur et il avait narré les véritables circonstances de la mort de Marie, telles que le jeune Antoine les avait confessées. On avait conduit l'enfant auprès de Paul parce qu'il voulait se racheter de son silence. Il fit du jeune paysan son meilleur ami, après le chien Poussi.

Rose retourna deux fois encore à l'hôpital, avec Eugène. Ces visites occasionnèrent les rencontres avec la famille Eyraud, qu'on avait avertie, et des liens chaleureux se nouèrent entre la jeune femme et les sœurs de Paul qui ne manquaient pas de témoigner leur gentillesse et d'apporter leur soutien. Tout le monde discutait de l'avenir des futurs époux et participait à leurs desseins. Ce triste événement fut aussi le mobile d'un grand rapprochement entre Eugène et sa fille cadette, Denise, qui montrait une tendresse nouvelle envers le vieil homme. Paul avait retrouvé la vue et son visage commençait à reprendre son aspect initial. Aucune cicatrice ne persisterait, selon le médecin, mais il faudrait attendre longtemps avant que les brûlures de ses bras ne soient guéries. Les parents de Rose firent aussi de nombreuses allées et venues, manifestant à l'égard de Paul une grande sollicitude. Ceux du haut pays se déplacèrent également en grand nombre, répartissant entre eux les besognes. L'élan de solidarité était admirable. Chaque visite était prétexte à la présentation de leurs excuses. Certains se perdaient dans des monologues interminables, voulant à tout prix justifier leur conduite, parlant même de devoir.

Paul avait alors retrouvé toute sa belle candeur et oublié sa rancune. Il débordait de joie à l'idée d'être redevenu aux yeux de tous un partisan de la droiture. Maintes fois il demanda des nouvelles d'Henri Clément qui lui faisait porter des pâtisseries. On racontait que la pauvre Marcelle restait dans un même état de prostration mais qu'il ne voulait pas la mettre « chez les fous ». Il disait à tout venant que c'était son plus grand plaisir de la soigner et sa rédemption pour avoir attenté aux jours de Paul.

Ce fut le jour de son dernier déplacement à l'hôpital que le facteur apporta à Rose le mandat de Jules. La somme était nettement supérieure à celle qu'elle avait supposée. La jeune femme préleva le compte pour l'hôpital et mit le reste dans une boîte en fer qu'elle donna à Eugène. Ce dernier la refusa, clamant qu'il n'avait pas besoin de ce mauvais argent ; alors elle glissa la cassette dans le placard. Paul saurait peut-être l'usage qu'il faudrait en faire. Rose se trouva dans la chambre de Paul avec monsieur Demars, son patron, qu'elle n'avait pas revu depuis le mois de janvier. Suite à de brèves explications il ne se montra pas curieux du départ précipité de l'écrivain. Avait-il compris, devant l'embarras de Rose, de quoi il retournait ? Ou bien l'avait-on informé ? Il offrit de ramener le jeune homme au domaine le jour de la sortie. Quand Rose quitta l'établissement hospitalier, la pluie commençait à tomber. Puis, ces deux jours de grisaille et d'humidité avaient coulé dans une langueur monotone. Sachant proche le retour de Paul, elle avait soudainement trouvé les heures interminables bien qu'elle fût occupée avec Eugène à disposer dans la maison maints objets, auxquels il tenait, qui avaient miraculeusement échappé aux flammes et qu'il avait remontés des Sources, dont le chaleil de Rosalie et son chapelet.

*
* *

Un plouf, un tourbillon de rides à la surface de l'eau éveillent l'attention de Rose. Une truite vient de sauter sur le petit replat du ruisseau, son corps moucheté luisant au soleil. Elle plonge et disparaît derrière une pierre. L'onde redevient lisse et laisse voir un monde superbe de formes et de vies, où les plantes aquatiques se meuvent indolemment, griffant le sable roux et récupérant à leurs lèvres des particules d'argent. Ce sont ces fleurs bleues et mauves, complètement immergées, renaissantes, qui se recroquevillaient dans une fange puante il y a deux jours encore, faisant des lits douillets aux salamandres et aux serpents. Un souvenir nébuleux s'impose à l'esprit de Rose : images de l'eau turbulente et grondante, charriant de gros bois, roulant les pierres... Six ans après, les images s'effacent.